Se beber, não ligue

Penelope Ward

SE BEBER, NÃO LIGUE

Tradução: Isadora Sinay

GLOBOLIVROS

Copyright © 2017 by Penelope Ward
Copyright © 2020 by Editora Globo S.A

Publicado em acordo com Brower Literary & Management

Todos os direitos reservados. Nenhuma parte desta edição pode ser utilizada ou reproduzida
— em qualquer meio ou forma, seja mecânico ou eletrônico, fotocópia, gravação etc. —
nem apropriada ou estocada em sistema de banco de dados sem a expressa autorização da editora.

Texto fixado conforme as regras do Acordo Ortográfico da Língua Portuguesa
(Decreto Legislativo nº 54, de 1995).

Título original: *Drunk Dial*

Editora responsável: Amanda Orlando
Assistentes editoriais: Lara Berruezo e Isis Batista
Preparação de texto: Bruno Fiuza
Revisão: Denise Schittine e Manoela Alves
Diagramação: Ilustrarte Design e Produção Editorial
Capa: Renata Zucchini
Imagens de capa: Georgijevic/ Getty Images,
CoffeeAndMilk/ Getty Images, Thinkstock / Getty Images

1ª edição, 2020

CIP-BRASIL. CATALOGAÇÃO NA PUBLICAÇÃO
SINDICATO NACIONAL DOS EDITORES DE LIVROS, RJ

W232s

Ward, Penelope
Se beber, não ligue / Penelope Ward ; tradução Isadora Sinay. - 1.
ed. - Rio de Janeiro : Globo Livros, 2020.
256 p. ; 23 cm.

Tradução de: Drunk dial
ISBN 978-65-5567-027-1

1. Romance americano. I. Sinay, Isadora. II. Título.

20-65265

CDD: 813
CDU: 82-31(73)

Camila Donis Hartmann - Bibliotecária - CRB-7/6472

Direitos exclusivos de edição em língua portuguesa para o Brasil
adquiridos por Editora Globo S.A.
Rua Marquês de Pombal, 25 — 20230-240 — Rio de Janeiro — RJ
www.globolivros.com.br

I

Rana Banana

O QUARTO RODAVA QUANDO eu desabei na minha cama. Ainda vestida com minha roupa azul e dourada de dançarina do ventre, baixei os olhos para as franjas espalhadas à minha volta.

Não pude nem esperar tirar minha roupa de trabalho para abrir aquele vinho. A garrafa de Shiraz que eu ainda segurava estava agora vazia. Ela escorregou da minha mão, mas, por sorte, não quebrou. Pelo menos não ouvi nada se partindo.

Não era a primeira vez que eu chegava do trabalho e imediatamente abria uma garrafa de vinho. Mas este dia tinha sido particularmente difícil. Eu me sentia afogada em tristeza.

E eu nem sabia por quê.

Quando me via afundada nesse terreno melancólico, por alguma razão eu sempre acabava pensando no Landon. Não tinha ideia de por que, depois de treze anos, eu ainda pensava naquele garoto. Quer dizer, tecnicamente ele já é um homem.

Eu me forcei a levantar e fui tropeçando até o armário. Depois de abrir a mochila de lona preta, enfiei minha mão dentro, vasculhando pelas dezenas de bilhetes que ele havia me deixado. Cada um estava dobrado em forma de triângulo. Escolhi um ao acaso e o abri.

Rana Banana,

Eu gostaria de ter tanto pelo no braço quanto você.

Landon

PS: Você me deixa fazer uma trança com eles?

Meu nome se pronuncia RAH-na, então Landon costumava me chamar de RAH-na Ba-NAH-na. Por um breve período da minha vida, ele foi tudo para mim.

Aos treze anos eu era uma moleca e morava com meus pais em uma garagem reformada na propriedade dos pais de Landon, em Dearborn, no Michigan. Eles a haviam transformado em um apartamento, com uma pequena cozinha e um banheiro. Eu não tinha muita coisa além do teto sobre a minha cabeça e, bem, os pelos no braço.

Enquanto o pai de Landon era um executivo na Ford, meu pai, Eddie Saloomi, trabalhava em uma padaria no centro da cidade e ganhava só o suficiente para pagar as contas. Minha mãe, Shayla, que era bem mais jovem que meu pai, nunca trabalhou.

O casamento dos meus pais foi arranjado. Papai preferia que minha mãe ficasse em casa e cuidasse de tudo. Na realidade, tudo que ela realmente fazia era cozinhar de vez em quando, entre idas ao shopping para roubar roupas na Macy's. Ela também fazia ligações escondido para seu namorado, que tinha uma idade mais próxima da dela. Quando era criança só me lembro da minha mãe estar infeliz durante a maior parte do tempo. Também me lembro de pensar que ela era, fisicamente, a mulher mais linda do mundo. Enquanto Shayla tinha feições suaves, eu havia herdado o nariz e a monocelha do meu pai. Eu também era mais peluda que as outras meninas da minha idade. Talvez fosse por isso que Landon me tratava como um menino. Ele certamente não sabia que eu tinha uma queda por ele. Também não tinha como saber que passar um tempo com ele todo dia depois da aula era o sentido da minha vida.

Minha temporada no apartamento em Dearborn foi breve. Os pais de Landon acabaram nos expulsando por atrasar o aluguel, e me lembro de sentir que meu mundo tinha acabado.

Em dois dias meu pai colocou tudo dentro de sua velha caminhonete Toyota e nos levou para viver com meus avós, do outro lado do estado.

Nunca mais vi Landon.

Preferi não dizer adeus. Ele nunca veio se despedir de mim, também. Eu estava incrivelmente brava com ele, como se ele pudesse ter feito algo para evitar o despejo. Foi um jeito horrível de as coisas terminarem.

Ao longo dos anos, pensei muito em Landon. Porém jamais planejei procurá-lo ou entrar em contato com ele.

Até agora.

Por que esse impulso, repentino, em uma quinta-feira qualquer? Eu não fazia a menor ideia.

Redobrei o bilhete e o coloquei de volta na mochila. Quando passei pelo espelho, notei meu rímel escorrendo. A maquiagem pesada realçava meus olhos verdes assim como minha pele morena realçava meu cabelo preto. Apesar da bagunça, gostei do que vi e detestava me sentir assim. Mas eu havia me esforçado muito para ter essa aparência. E, claro, provavelmente o álcool havia me dado uma falsa sensação de confiança.

Eu me pergunto o que você acharia de mim agora, Landon.

Uma coisa eu sabia com certeza: ele não reconheceria Rana Saloomi se a visse na rua.

Eu tinha uma ideia particular sobre como Landon estaria agora, imaginando que ele tinha se formado numa boa faculdade, arranjado um bom emprego, uma bela esposa ou namorada. Eu o imaginava feliz. Imaginava que ele nunca pensava em mim. Estava obcecada com a *imagem* que eu tinha de Landon e não conseguia entender por que isso era importante. Era tudo coisa da minha cabeça, mas de alguma forma a felicidade dele era um reflexo da minha própria *infelicidade*.

Apesar da minha confusão a respeito desse sentimento duradouro por Landon, agora, em meio aos vapores etílicos, eu só sentia raiva. Queria *falar* com ele. E não havia ninguém sensato por perto para me dissuadir. Era minha única chance. Ligar para ele esta noite parecia cada vez mais uma ideia brilhante.

Abri meu notebook, entrei no Google e procurei por Landon Roderick. Um número de telefone de Los Angeles apareceu na tela.

Los Angeles?

Seria mesmo ele?

Caso fosse, provavelmente ele não se lembraria de mim. Mas não importava. Incapaz de convencer meu eu bêbado do contrário, eu precisava falar com ele. Precisava que ele soubesse o quão escroto tinha sido o que os pais dele fizeram. E precisava que ele soubesse que ele não era melhor do que eu.

Basicamente, eu precisava dizer as coisas que vinha gritando para ele apenas na minha imaginação ao longo de todos estes anos.

Disquei e ouvi chamar.

Uma voz profunda e grave surgiu na linha.

— Sim...

Meu coração acelerou.

— Landon?

— Quem é?

— Eu sei que você não se lembra de mim. Bem, com sua vida chique na Califórnia e tudo mais.

— Perdão?

— Mas tem uma coisa que você precisa saber. Eu tinha sentimentos.

— Que porra é essa? O quê? — Ele repetiu: — Quem é?

— Talvez você só me visse como a pequena moleca gordinha com o corte de cabelo horroroso e os braços peludos, só a garota que morava na sua garagem. Mas eu me *importava*. Não só isso, eu te admirava. Eu esperava ansiosa cada dia que ia passar dando voltas com a minha bicicleta na frente de casa enquanto você andava de skate em volta de mim. Ainda tenho todos os seus malditos bilhetes. Eu nem sei por que guardei eles. Enquanto isso, aposto que você nem se lembra de quem eu sou. Nãoooo... não o Landon--que-caga-cheiroso-Roderick... em sua mansão em L.A., bom demais para se lembrar das pessoas pequenas. Caso você esteja se perguntando o que raios aconteceu comigo, bem, tudo virou um inferno depois que a gente se mudou. Minha mãe foi embora. E minha vida nunca mais foi a mesma. Então, mesmo que você não se lembre de quem eu sou, eu me lembro de você. Infelizmente, a última vez que eu fui feliz foi com você.

Com lágrimas escorrendo pelo rosto e sem ter mais o que dizer, eu desliguei e atirei o telefone do outro lado da cama.

E então bateu.

Ah, merda.

Ah, não.

O que que eu fiz?

Meu coração estava acelerado. O quarto estava rodando ainda mais rápido.

Alguns segundos depois, o telefone começou a tocar. Abraçando os joelhos contra o peito, eu simplesmente fiquei olhando para ele como se fosse uma bomba que explodiria quando eu atendesse.

Não. Eu *não ia* atender. Eu já fiz papel de palhaça. Quando o telefone parou de tocar, dei um suspiro de alívio que mal durou até ele começar de novo. Mas mesmo assim não atendi. Por fim, parou — por uns cinco minutos.

Então, começou a tocar de novo.

Eu finalmente levantei o telefone e olhei o identificador de chamadas: *L. Roderick.*

Ajeitei minhas costas contra a cabeceira, respirei fundo e me preparei para atender.

Pigarreei e fiz o melhor que pude para parecer uma mulher sensata, uma que talvez tenha exorcizado um demônio bêbado para fora de si neste minuto.

— Alô?

Ele respirou fundo. Houve um instante de silêncio, até que ele afinal disse:

— Rana Banana?

2

ELE DISSE, ELA DISSE

OUVIR ESSAS PALAVRAS DITAS naquela voz profunda era verdadeiramente surreal. Desde quando Landon tinha *essa* voz?

Eu por fim respondi:

— Sim.

Ele respirou de novo.

— Que merda. Maldita Rana Banana.

— Olha… Só esqueça que eu liguei, ok? Volte a fazer o que você estava fazendo. Finja que isso nunca aconteceu. — Eu estava prestes a desligar quando a voz dele me impediu.

— Espera.

Eu não disse nada, mas continuei na linha.

— Você está aí? — ele perguntou.

Minha voz era baixa.

— Sim.

— É para eu esquecer que esse telefonema aconteceu?

— Claro. Assim como você esqueceu que eu existia.

— Do que você está falando?

— Como você pode me perguntar isso? Seus pais jogaram a gente na rua. Você nunca nem veio se despedir. Na verdade, você magicamente desapareceu durante a coisa toda.

A voz dele ficou mais alta.

— Espere um minuto. Primeiro, eu *pensei* em você, *muito*, se você quer saber. Isso me assombrou, na verdade. E, segundo, você entendeu tudo errado.

— Como?

— Meus pais não *expulsaram* vocês. Eles me disseram que seus pais *foram embora* sem pagar o aluguel. Eu me lembro de entrar lá depois e ajudar a limpar metade das coisas que vocês deixaram para trás.

— Bem, *seus* pais mentiram. Nós fomos forçados a sair.

— Olha, aparentemente esse é um caso de "ele disse, ela disse". O importante é, nunca existiu essa história de não querer me despedir de você. Eu não estava lá quando tudo aconteceu. Eu tinha ido visitar minha vó por uns dias. Ninguém me disse que você estava se mudando até depois que já tinha acontecido. Eu voltei e você não estava mais lá.

Eu não sabia como lidar com isso. Ou ele estava mentindo, ou meus pais tinham mentido para mim. De qualquer forma, eu me senti como uma completa idiota.

— Olha. Mais uma vez, esse telefonema foi um erro. Não faz sentido revirar tudo isso treze anos depois, de qualquer forma. Tenha uma boa…

— O que fez você ligar hoje?

— Eu estava bêbada.

— Você me ligou bêbada?

— Sim.

— Você ainda está bêbada?

— Infelizmente já está passando.

— Como você conseguiu meu número?

— Você é o único Landon Roderick nos Estados Unidos, aparentemente.

— Sorte a minha. Por que você está bêbada em uma quinta à noite?

— Existem respostas demais para essa pergunta. Deixa eu ver. Fui assediada no trabalho de novo. Estou atrasada com o aluguel deste mês. Sei o que você está pensando, que pelo jeito algumas coisas nunca mudam, certo? Ah! E meu *roommate* é um psicopata. Tenho certeza de que ele está planejando minha morte neste momento. Devo prosseguir?

— Que merda! — Ele riu.

— Pronto para desligar, Landon?

— Você está brincando? Agora que começou a ficar bom?

— Você não tem nada melhor para fazer? O que estava fazendo quando eu liguei?

— Só estava fumando na minha varanda — ele disse. — Minha casa tem vista pro mar. Mas não é uma mansão. Perdão por te decepcionar.

— Você fuma? Você não costumava fumar.

— Eu tinha treze anos quando a gente se conhecia. Naquela época eu mal sabia onde ficavam as minhas bolas. Muita coisa pode mudar em treze anos.

— Isso sem dúvida.

— Tempo suficiente para foder com tudo e desenvolver maus hábitos.

Dei um suspiro.

— É.

— Como ligar bêbada pras pessoas numa quinta à noite. Você já fez outras vítimas inocentes? Ou apenas eu?

— Na verdade, acho que *jamais* tinha feito isso antes.

— Bem… que você se lembre.

Não pude fazer nada além de rir. A risada dele se seguiu à minha, e o clima ficou mais leve.

Pude ouvir ele acendendo outro cigarro antes de dizer:

— Espere um minuto. Você disse que foi assediada no trabalho. O que que você faz? É agente penitenciária ou coisa assim?

— Por que você pensou nisso?

— Não sei. Foi a primeira coisa que me veio à cabeça, acho.

— Eu sou dançarina do ventre.

— O quê? Para com isso!

— Por que você acha difícil de acreditar nisso?

— Você costumava se vestir como um garoto… roupas largas. Eu só não consigo te imaginar dançando por aí e tal.

— Bem, como você disse, muita coisa pode mudar em treze anos.

— Aparentemente — ele expirou profundamente. — É bom ouvir sua voz, Banana.

— A *sua* voz ficou bem diferente. Você soa como um homem.

— Da última vez que eu conferi, eu *era,* de fato, um homem. Pensei que você também fosse, em certo ponto.

— Babaca.

— Estou brincando, Rana… um pouco.

Bufei.

— Bem, é melhor eu te deixar em paz.

— Espera... só mais uma pergunta. Por que você acha que seu *roommate* está tentando te matar?

— Ok, bem, o nome dele é Lenny. Eu botei um anúncio procurando um *roommate* um tempo atrás. Não estava conseguindo trabalho, e não estava dando para pagar o aluguel. Lenny respondeu ao anúncio. Ele não fala muito comigo, mas às vezes resmunga coisas. Eu tenho a impressão de que ele está obcecado por mim, mas me odeia ao mesmo tempo, se é que isso faz sentido.

— Não faz sentido, não. Mas nem você faz, na verdade. — Ele riu. — O apartamento está no seu nome... o aluguel?

— Sim.

— Então por que você não o expulsa, se ele é esse maldito estranho?

— Porque eu tenho medo que ele me mate.

— Então você tem medo de morar com ele, mas também tem medo de expulsá-lo.

— Mais medo de expulsá-lo, sim. Ele não tentou nada. É só... uma sensação que eu tenho.

Landon estava gargalhando.

— O que é tão engraçado?

— Você. *Você* é engraçada. E não é pouco, não, é muito engraçada. Na verdade, não consigo me lembrar da última vez que ri assim. — E sussurrou: — Merda. Essa é uma surpresa interessante.

Então, eu ouvi a voz de outra pessoa. Uma mulher chamou: "Landon? O que você está fazendo?".

Ela parecia ter um sotaque.

Ele respondeu: "Já vou. Eu preciso terminar essa ligação".

— Quem é? Você é casado?

— Não.

— É sua namorada?

— Não. Eu não tenho namorada.

— Então, quem é?

— O nome dela é... hmm...

— Você não sabe?

— Valéria.

— Venéria?

Ele riu.

— Valéria.

Claramente eu havia interrompido algum tipo de encontro.

— Bem, vou te deixar voltar para ela.

— Não desliga. — O tom dele era urgente.

— Tenho certeza de que você precisa voltar para a *Valéria*.

— Não, não preciso. Ela já voltou para o quarto, de qualquer forma. Ela não está mais aqui.

— Bom, você não quer deixá-la esperando.

— Ela pode esperar.

— É melhor eu ir.

— Rana, não desligue ainda. Você vai me ligar bêbada de novo? Acho que ainda não ouvi o suficiente das suas maluquices.

— Boa noite, Landon. — E desliguei.

Meu coração estava disparado. Tudo parecia surreal. Aquilo tinha acontecido de verdade?

Que estranho ele estar com uma mulher e ficar conversando comigo.

Não consegui dormir naquela noite. Tudo em que eu conseguia pensar era na imagem de Landon fumando de frente para a praia na Califórnia. Fantasiei com a brisa do mar enquanto me perguntava qual seria a cara dele hoje.

Quando a insônia não arrefeceu, levantei da cama e fui até o armário, peguei a mochila de bilhetes e escolhi um ao acaso.

Rana Banana,

Por que suas roupas sempre têm cheiro de temperos esquisitos? Me dá vontade de ir ao Taco Bell.

Landon

P.S.: Você acha que seu pai pode nos levar ao Taco Bell alguma hora?

3

ME MOSTRE VOCÊ

NA TARDE SEGUINTE, PASSEI pelo meu *roommate* quando estava saindo.

— E aí, Lenny?

Ele apenas grunhiu e levou seu almoço para o quarto. Eu não me importava se ele fingia que eu não existia, desde que não me incomodasse nem me assassinasse durante o sono.

Saltando poças, corri para o ponto de ônibus quando meu celular vibrou. Atendi sem ver quem era.

— Alô?

Não esperava ouvir a voz dele.

— Acho que a coisa terminou meio estranha ontem à noite.

— Tenho certeza de que a coisa toda foi estranha, Landon. Não só o fim.

— Bem, eu prefiro finais felizes.

— Disso eu não tenho dúvida.

Ele riu.

— Ei, queria ter te perguntado antes de você desligar na minha cara... Você algum dia conseguiu resolver um cubo mágico?

Que pergunta estranha. Então me lembrei que em um certo momento conseguir combinar todas as cores do cubo era um objetivo importante na vida.

— Não. Não consegui.

— Nem eu. Não foi por falta de tentativa. Mas imaginei que talvez você também nunca tivesse conseguido.

— Como você tinha tanta certeza de que eu nunca tinha resolvido?

— Bem, para começar, você deixou seu cubo para trás no apartamento. Não deve ter dado para se dedicar muito. Eu ainda tenho ele.

Aquilo me surpreendeu bastante.

— Você tem?

— Sim.

— Você o levou para Califórnia?

— Levei.

— O que te fez me ligar agora?

— O mesmo motivo que te fez ligar ontem à noite… curiosidade? Exceto que, preciso admitir, eu não estou bêbado.

A vergonha pelo meu comportamento de ontem ainda não tinha passado.

— Bem, eu estou com um pouco de pressa agora, então…

— Aonde você está indo?

— Eu visito uma garota de dez anos uma vez por semana, é parte do Programa Irmã Mais Velha de Detroit. O nome dela é Lilith. Eu passo na casa dela e a levo para sair.

— Então você é como uma mentora…

— É.

— É muito legal da sua parte fazer isso.

— Bem, sim, mas eu meio que sinto como se *ela* fosse a irmã mais velha às vezes. Ela é bem madura para a idade, e em muitos dias sou eu que preciso de companhia.

— Mas acho que é esse o espírito. Quanto tempo você passa com ela?

— Algumas horas. Preciso ir direto para o trabalho depois de deixá-la em casa.

— Ah, verdade. A dança do ventre.

— Sim. É em um restaurante grego. É só temporário. Paga as contas por enquanto. Não pretendo fazer isso para sempre.

— Eu acho incrível, não tem nada do que se envergonhar.

— Eu não estou… envergonhada.

— Eu queria poder ver pessoalmente.

— É, isso não vai acontecer. — Mudando de assunto, perguntei: — O que você faz… como trabalho?

— Eu meio que faço de tudo. Atualmente eu sou aspirante a chef de cozinha, mas não exatamente um Wolfgang Puck nem nada assim.

— Muito bem. Bom, é melhor eu ir. O ônibus está vindo.

— Você anda de ônibus?

— Sim. Eu não tenho carro no momento.

— Não tem dinheiro?

Sem saber se admitia, eu suspirei.

— Eu não sei dirigir, na verdade.

— Mesmo? Nunca aprendeu?

— Correto.

— Por quê?

— Ninguém nunca me ensinou.

— Merda. Eu não conseguiria sobreviver sem dirigir.

— É, bem, sorte que existem ônibus.

— Algum dia você vai aprender?

Esse era um ponto dolorido, algo que me envergonhava, e eu realmente não queria falar no assunto.

— Não sei.

— Quanto mais você esperar, mais difícil vai ficar, você sabe, né?

— É, eu sei bem disso, já que neste momento estou na chuva esperando o ônibus.

— Que merda. Isso me dá vontade de te ensinar a dirigir.

— Não, isso não vai acontecer. De qualquer forma, eu tenho que ir. Eu...

— Posso te ligar mais tarde? — ele cortou.

— Por quê?

— Eu sinto que não terminamos de falar sobre o que aconteceu. Você sabe... quando você foi embora.

— Você quer dizer quando eu fui *expulsa*.

— Não, quando...

— Isso não importa mais...

— Claramente importa para você, se depois de treze anos você ainda está pensando nisso o suficiente para eu ser a primeira pessoa para quem você liga bêbada. Acho que precisamos, talvez... esclarecer umas coisas. Vou te ligar bêbado mais tarde.

Fiquei em silêncio, enquanto o ônibus freava bruscamente à minha frente e as portas se abriam.

Enquanto passava meu cartão, falei:

— Você vai ficar bêbado e ligar para *mim?*

— Claro, por que não? Olho por olho. A que horas você chega em casa?

Me sentando, eu perguntei:

— Ligações bêbadas não deviam ser espontâneas?

— Você prefere que eu te surpreenda em um momento inoportuno?

Ele tinha razão. Pelo menos assim eu estaria preparada.

— Vou estar em casa por volta das onze, meu fuso horário.

— Ok... eu te ligo. — Ele soava irônico. — E eu estarei bêbado.

Eu ri, enquanto olhava em volta para checar se alguém estava observando meu comportamento tolo.

— Ok.

— Esteja preparada, Rana.

Lilith estava batendo o pé enquanto me esperava na varanda.

— Você está atrasada.

Nada como ser criticada pela criança para quem você deveria dar um bom exemplo.

— Eu sei, me desculpe. O ônibus sempre demora mais na chuva.

— Você precisa de um guarda-chuva?

— Você tem um sobrando?

Ela correu para dentro e me trouxe um, pequeno e barato, que eu sabia que não aguentaria esse vento.

— Onde vamos? — ela perguntou.

— Froyo?

— Achei que você tivesse parado de comer açúcar.

Ela parecia uma velhinha mandona às vezes.

— Eu parei. Eles têm um sem açúcar. O de baunilha.

Ela deu de ombros:

— Ok.

Quando chegamos à loja de iogurte, cada uma de nós pegou um dos potes verde fluorescente e o encheu com o máximo de iogurte e cobertura que podia. Eu preferia uma mistura de chocolate e nozes, enquanto Lilith sempre escolhia minhocas de goma e cereal Cap'n Crunch.

Ao dar uma olhada na minha montanha de iogurte coberta de doces, ela cortou minha onda.

— Está boa a sua dieta sem açúcar?

— Ok, eu me rendo. — Dei uma piscadela.

Sentamos numa mesa laranja brilhante que estava ligeiramente melada por conta do cliente anterior.

Lilith e eu comemos em silêncio, até que ela falou.

— Por que você vem me ver?

— O que você quer dizer?

— Por que você aparece toda semana? Minha mãe diz que eles não te pagam.

— Eu me sinto bem com você, me faz sentir como se eu estivesse contribuindo com o mundo ao ser um modelo para você, já que eu não tive ninguém quando estava crescendo.

— Mas tem vezes que você parece triste.

— É, bem, talvez eu esteja assim quando chego, às vezes, mas sempre saio mais feliz depois de ter te deixado em casa. O que você acha?

Ela esticou o braço e tirou um pedaço de Kit Kat do meu pote.

— Ok, eu acredito em você.

Terminei antes dela, então me dividi entre vê-la comendo e olhar pela janela, para o estacionamento. A conversa com Landon começou a passar na minha cabeça, e eu devia estar sorrindo quando Lilith interrompeu meus pensamentos.

— Terra chamando Rana. Por que você está rindo?

— Estou?

— Sim. Você estava olhando pela janela e rindo. Parecia boba.

— Bem... — suspirci. — Hoje foi um dia engraçado.

— Por quê?

— Alguém do passado me ligou e me fez rir.

— E você estava pensando nisso agora?

— Sim.

— Ele foi seu namorado?

— Definitivamente não, não.

— Então, quem?

Hesitei, enquanto pensava em como resumir Landon para ela.

— Ele é alguém que eu conhecia quando era só um pouco mais velha que você. Nós brincávamos juntos, meio como você faz com seu amigo, Jasper.

— Então ele coloca a mão por baixo da sua blusa?

Meus olhos quase saltaram das órbitas.

— O quê?

— Brincadeira.

— Não me assuste. — Coloquei a mão no peito. — Sua pestinha.

Ela brincou com a minhoca que estava metade pra fora da boca.

— Que tipo de coisas vocês faziam?

— Nós passeávamos, conversávamos, andávamos de bicicleta... essas coisas.

— Por que ele te ligou?

— Eu liguei pra ele, na verdade, na noite anterior, então ele estava me ligando de volta, eu acho.

— Você vai encontrar com ele?

— Não, ele mora na Califórnia.

— Eu sempre quis visitar a televisão.

Franzi a testa.

— O quê?

— Tudo na tv fica lá. Califórnia é a televisão para mim.

—Ah. — Sorri. — Bem, talvez nós possamos viajar para lá um dia, quando você for mais velha.

— Meus pais não vão deixar.

— Bom, quando você for mais velha, você mesma pode decidir isso.

— Até lá nós não vamos mais nos encontrar.

Me machucou ouvi-la dizer isso. Será que ela presumia que eu iria abandoná-la em algum momento?

— Por que você acha isso?

— Você vai cansar. E eu vou estar velha demais para essa coisa de Irmã Mais Nova.

— Não tenha tanta certeza. Eu meio que gosto de te perturbar toda semana. Vai ser um hábito difícil de quebrar.

Lilith mudou abruptamente de assunto.

—Alguém já te chamou de Jasmine?

— O que você quer dizer?

—Você parece com a princesa Jasmine, de *Aladdin,* apesar da sua pele ser um pouco mais clara e de seus olhos serem verdes. Seu cabelo é exatamente igual ao dela. Você finge que é ela quando dança naquele lugar de *gyro?*

— *Aquele lugar de* gyro. — Dei uma risada. — Você é engraçada.

Eu mal tinha tirado minha roupa de dança do ventre quando saí correndo para atender o telefone, que tocou às onze horas em ponto.

Atendi, ofegante:

—Alô?

Landon parecia cheio de energia.

— Ei!

— Você parece… feliz. Você está bêbado?

— Honestamente? Eu *estou* bebendo, mas sou bom nisso, então infelizmente não estou bêbado como pretendia.

— Você fracassou nessa coisa de me ligar bêbado.

— Eu sei. Sou mais do tipo que liga altinho. — Ele riu. — Então, como foi o trabalho?

— Foi ok. Meus pés estão cansados.

— Quando você aprendeu dança do ventre, aliás?

— Eu aprendi sozinha. Tutoriais em vídeo. Tenho a aparência exótica, então achei que servia pra isso. Levei um tempo para aprender e achar um trabalho, mas estava determinada e finalmente aconteceu.

— Ainda não consigo te imaginar fazendo dança do ventre.

— É porque você está pensando na Rana Banana rechonchuda.

— Talvez. Então… você está diferente? Como você está agora?

— Você não vai descobrir.

— Estou começando a desconfiar disso. Tentei te achar nas redes sociais, mas eu não consigo lembrar de jeito nenhum como se soletra o seu sobrenome. O melhor que consegui foi Salami.

Rindo, eu o corrigi:

— É Saloomi, com dois ós. Mas eu deletei todas as minhas redes sociais e não existem fotos minhas que você possa encontrar.

— Eu também não tenho Facebook — ele disse.

— Eu sei.

— Ah, então você me procurou antes de me ligar bêbada? Foi tipo um prelúdio para me ligar? Acho que devia agradecer. Se você pudesse ter só me estalqueado, talvez nunca tivesse ligado.

Eu rapidamente mudei de marcha.

— Sobre o que você achava que precisávamos falar?

— Você parece ter algumas ideias erradas sobre mim que precisam ser esclarecidas. Quando você me ligou pela primeira vez, começou a cuspir um monte de merda, a presumir coisas. Você disse que eu pensava que eu cagava cheiroso. Também presumiu que eu morava numa mansão. Que merda foi aquela? Parece que você pensa que eu me acho rico e poderoso.

— Não, só acho que você é poderosamente rico. — Ri. — Brincadeira. Desculpa, eu não estava pensando direito quando falei aquelas coisas.

— Ok, mas álcool é basicamente um soro da verdade. Essas ideias já estavam lá antes daquela noite. Queria deixar uma coisa clara, Rana. Eu nunca pensei que era melhor que você só porque tínhamos mais dinheiro. Nunca pensei nessas coisas. Aliás, meus pais não me sustentam mais. Eu segui meu próprio caminho há muito tempo.

— Onde eles estão agora?

— Eles ainda estão no Michigan.

— Como você foi parar na Califórnia?

— É uma longa história. Quero que você me conte o que aconteceu com você antes.

— Nesse caso, vou precisar de uma bebida.

— Bem, por favor, providencie alguma. Você está atrasada para a festa.

— Espera aí.

Corri até a cozinha e me servi uma taça do Chardonnay que estava na geladeira.

Ao voltar para o quarto, deitei na cama e pus os pés para cima.

Dei um longo gole e comecei a me abrir.

— Você se lembra da minha mãe.

— Sim. Ela era tipo uma adolescente, comparada ao seu pai.

— Sim. Você sabe, eles tiveram um casamento arranjado. Ela nunca foi apaixonada por ele e não estava pronta para ser mãe e esposa. Bom, ela basicamente foi embora assim que nos mudamos. Fugiu com o namorado. A última coisa que soube é que ela estava morando em algum lugar em Ohio. Eu não a vejo há mais de uma década.

— Sinto muito.

Respirei fundo para abafar a dor de pensar nela e continuei:

— De qualquer forma, meu pai descontou a raiva dele por conta de tudo isso em mim. Ele se tornou super-rígido. Não queria que eu acabasse como Shayla... como uma piranha, na cabeça dele. Eu não podia ir a lugar nenhum, fazer nada. Mas eu me rebelava pelas costas dele. Muita coisa aconteceu, mas, em resumo, eu fugi de casa por um tempo no fim da adolescência, depois da formatura no colégio. Meus avós me deram um dinheiro que deveria ser para a faculdade e eu gastei em outras coisas. Me sinto muito culpada por isso.

— Bom, você era jovem e estúpida.

— Muito.

— Você ainda mora perto dos seus avós?

— Não. Ironicamente, eu me mudei de volta para Dearborn, alguns anos atrás. Meu pai veio atrás.

— Como é seu relacionamento com seu pai agora?

— Estamos trabalhando nisso. Estamos mais próximos do que antes.

— Fico feliz em ouvir isso. O que ele acha da dança do ventre?

— Ele não ama. Mas precisa aceitar. Ele sabe que estou guardando dinheiro para voltar a estudar e também para devolver o dinheiro dos meus avós.

— O que você quer estudar?

— Eu vivo mudando de ideia, mas ultimamente acho que gostaria de ter uma creche algum dia. Então, talvez Pedagogia ou Psicologia Infantil.

— Muito legal.

Eu me acomodei melhor na cama.

— Ok, então me diz como você foi parar na Califórnia.

— É complicado, mas o ponto-chave é que quando eu fiz dezesseis anos meus pais me disseram que eu era adotado.

O quê?

Eu definitivamente não estava esperando por essa.

— Jim e Marjorie não são seus pais biológicos?

— Não — ele suspirou. — Então, quando eles soltaram essa bomba, passei por um período difícil, vim para cá quando tinha dezoito anos.

— Você fez faculdade aí?

— Não. Na verdade, eu nunca fui pra faculdade.

— Deus, você sempre foi tão inteligente. Eu sempre te imaginei indo para uma faculdade de ponta, Ivy League e tal.

— Eu almocei no Ivy — ele brincou. — Isso conta?

— Acho que não. — Ri. — Por que você escolheu a Califórnia?

— Foi onde eu nasci.

— Você foi procurar sua mãe biológica?

— Eu vim por causa disso, mas não fui atrás dela de cara. Levei um tempo pra tomar coragem.

— Você a encontrou?

— Sim, mas é coisa demais para entrar nisso agora, e não estou no espírito certo. Eu acho que é uma história para outra hora, ok?

Vai haver outra hora?

— Sem problemas.

— Merda. Isso matou totalmente o clima. Rápido, Rana, me conta alguma coisa engraçada.

Revirando meu cérebro, eu disse:

— Hoje eu flagrei meu *roommate* dormindo com minhas leggings em cima da cara dele.

— O cara que quer te matar?

— Isso.

— Aparentemente ele quer cheirar sua xoxota também.

— Ele estava apagado. Foi estranho.

— Isso é bizarro.

— Foi engraçado o bastante pra você?

— Tem mais?

— Alguém derrubou queijo feta no meu decote quando foi jogar dinheiro em mim hoje à noite. Só percebi quando cheguei em casa.

— Ah, sanduíche de feta. Vou começar a te chamar de tetas de queijo. — Ele estava gargalhando. — Deus, Rana, faz séculos que não rio assim. Eu estou chorando.

— Como vai Malária, aliás?

Ele riu ainda mais.

— Valéria...

— É. Que seja.

— Ela é russa.

— Ela é sua "foda amiga"?

— Eu não sei o que ela é. — Ele pausou. — Duvido que a gente se veja de novo. Não teve química.

— Mas você dormiu com ela mesmo assim.

— Você está me julgando por isso?

Um pouco.

— Não.

— Eu acho que talvez você esteja. — Ele pareceu um pouco irritado.

— Não é que eu te culpe por tirar vantagem disso, mas acho que só não gosto da ideia de um homem usar mulheres para o sexo e depois nunca mais ligar para elas.

— O que te faz pensar que fui eu o agressor? Se uma mulher me persegue... me implora por sexo... eu cedo... como isso é usá-la? Nem todas as mulheres estão procurando algo mais que uma noite. Algumas das mulheres que eu vejo por aqui são piores que homens na busca por diversão sem compromisso. Se eu for sincero sobre o que quero e não quero logo de cara, como posso estar machucando essa pessoa?

Ele estava fazendo eu me sentir idiota. Landon estava certo. O comportamento dele provavelmente era normal para um homem solteiro morando em L.A. Ele só não percebeu que estava falando com alguém que tinha uma coleção de dificuldades com sexo.

— Não acho que você está machucando ninguém. Me desculpe por tirar conclusões precipitadas.

— Você não acha que eu quero uma conexão mais profunda com alguém? Eu só não encontrei isso. No meio-tempo, não acho que tenha nada de errado com encontrar parceiras sexuais com expectativas equivalentes, desde que você o faça com segurança e não machuque ninguém.

— Ok, obrigada pela aula. Vamos mudar de assunto.

— Parece que esse tópico está te deixando um pouco desconfortável. Isso te lembra uma experiência ruim? — Ele parecia genuinamente preocupado.

Todas as experiências sexuais que já tive.

Suando, eu disse:

— Eu realmente gostaria de mudar de assunto. Podemos?

— Sim. Estou morrendo de vontade de saber como é sua aparência. Vamos falar disso. Você me mandaria uma foto?

Ok, ele escolheu um tópico ainda pior.

— Não.

De jeito nenhum.

Nunca.

— Por favor!

— Não estou pronta.

— Então *descreva* para mim como você é.

— Como você acha que eu sou?

— Eu fico pensando em você com a aparência de antes, mas com uma roupa de dançarina do ventre. É confuso. Sinceramente não sei o que imaginar.

— Então você me vê com o cabelo preto e curto e uma monocelha?

— Foi você quem disse, não eu. Mas meio que sim.

Fechando os olhos, eu disse:

— Eu te imagino com cabelo loiro escuro, comprido, um tipo meio surfista.

— Eu moro perto do mar, em Venice Beach, mas eu não sou surfista, nem me pareço com um.

— Você não costumava ter cabelo castanho alourado?

— Está mais escuro agora, como muitas coisas em mim.

O que isso quer dizer?

Eu queria explorar isso mais a fundo, mas só perguntei:

— Como é Venice Beach?

— Bem, você sabe que eu costumava amar andar de skate.

— Sim.

— Isso não mudou. Eu melhorei. Temos um ótimo parque de skate aqui, que eu amo. É aonde eu vou nos meus dias de folga. No geral, Venice é legal. É meio que uma mistura de artistas e operários com a gente rica da tecnologia e os sem-tetos. Vamos ver... o que mais? Tem um calçadão, e as pessoas vêm pra cá por causa da praia e para ver os artistas. Há um famoso *freak show* no teatro daqui também, e, antes que você pergunte, não, eu não faço parte dele.

— Eu não teria pensado nisso, mas provavelmente eu seria bem aceita.

Ficamos acordados conversando por um tempo, até eu não conseguir mais ficar de olho aberto.

Depois dessa noite, não soube dele por alguns dias.

Então, uma noite, recebi uma mensagem do número de telefone dele. Era a primeira vez que ele me mandava uma mensagem.

Fui conferir e vi que ele tinha mandado uma foto.

Engasguei.

Era um homem cheio de tatuagens diante do pôr do sol sobre o mar. *Meu deus.* Era ele — uma *selfie.*

Porra. Ele é lindo

Eu nem teria percebido que era Landon se não fosse pelos olhos azuis, que eu reconheci imediatamente. O cabelo bagunçado e cor de caramelo de que eu me lembrava do passado agora era um castanho mais escuro e mais curto, rente à cabeça. Seus braços e peito estavam tatuados, e seu corpo tão perfeito que, se eu olhasse de perto, quase parecia entalhado em mármore.

Eu não conseguia parar de olhar para ele. Meus olhos não queriam mais nada além de explorar as montanhas e vales de seu corpo impressionante.

Isso era uma piada de mau gosto?

Aquele não era o Landon!

Mas era sim.

Com o polegar e dedo do meio, fiquei aproximando e afastando a imagem, examinando os detalhes das tatuagens em seu peito e braços. Realmente não há nada mais sexy que um cara com braços perfeitos e fechados de tatuagens.

Embora seus lábios parecessem mais cheios do que eu me lembrava, eles ainda se curvavam em um sorriso familiar que exalava confiança. Os olhos e o sorriso eram os únicos traços do garoto que eu lembrava. Eu quis mergulhar na tela para cheirá-lo, tocá-lo.

— Ei, Landon — sussurrei, falando por um minuto com o garoto lá dentro, não com o homem na minha frente.

Esse Landon era o exato oposto da imagem de coxinha da Ivy League que eu tinha imaginado. O único diploma que o homem na foto poderia ter era de malandragem. Ele parecia um rock star, um rebelde, com um ar excitante de perigo — alguém que deve ter tido todo tipo de mulher babando em cima dele, simplesmente porque não podiam tê-lo, ou não *deveriam* tê-lo. De repente ficou claro por que, como ele havia dito, uma mulher poderia implorar a ele por sexo. Isso me fez pensar se ele tinha tatuagens secretas em lugares que eu não poderia ver.

Deus.

Um fogo estava queimando dentro de mim e eu sabia que era minha quedinha se tornando uma obsessão completa.

Uma vergonha tomou conta de mim. Se eu estava com medo de mostrar uma foto minha antes, agora eu realmente estava tremendo.

A mensagem que veio junto dizia simplesmente:

> Agora me mostre você.

4

A voz na minha bunda

Eu amarelei completamente.

Dois dias se passaram e eu não tinha respondido à mensagem de Landon. Ele também não me ligou nem mandou outra mensagem.

A coisa toda tinha se tornado algo para o qual eu não estava preparada. Ele querer me ver pareceu invasivo, e eu tive que pôr um fim nessa história.

Jamais imaginei que Landon fosse querer continuar falando comigo depois da primeira ligação. E eu certamente não esperava que ver como ele é agora teria esse tipo de efeito em mim.

Eu tinha medo até de olhar para a foto, porque não gostava das sensações físicas que ela despertava.

Não queria encarar minha atração por ele, esse garoto — esse homem — que um dia me machucou.

Me engane uma vez, erro seu; me engane duas vezes, erro meu.

Por mais que eu evitasse olhar para a foto, a imagem estava gravada no meu cérebro.

Enquanto eu rodopiava por aí todas as noites, sacudindo meus quadris na batida dos tambores, fechava meus olhos e o via ali na praia. Eu estava dançando para ele. Toda as noites. Isso era uma merda.

Na terceira noite pós-*selfie*, ele finalmente tomou uma atitude sobre minha falta de resposta.

LANDON:

Você está me gerando um complexo.

Ele não poderia estar falando sério. É claro que ele sabia o quanto era atraente. Mas e se ele realmente achasse que eu tinha parado de falar com ele por causa da sua aparência? Afinal, ele não tinha uma beleza *clássica*; era cheio de tatuagens e meio desgrenhado. Será que ele achou que eu não curtia isso? Ele não poderia estar mais errado. Na verdade, eu estava apavorada com o que olhar para ele fazia comigo. Pelo mesmo motivo, não queria admitir que minha apreensão tinha a ver apenas *comigo*, não com ele. Era complicado demais explicar por que eu tinha medo de revelar minha aparência para ele.

Por mais que eu não quisesse que isso avançasse, não conseguiria conviver com a ideia dele pensando que paramos de nos falar por causa da aparência *dele*.

Então decidi mandar uma última mensagem — só para esclarecer.

RANA:

Honestamente, você não tem motivos para se preocupar. Você virou um homem lindo, Landon. Eu só não posso responder com uma foto, como você pediu.

Uns trinta segundos depois de eu ter apertado enviar, meu telefone tocou. *Merda.*

Atendi:

— Alô?

— Eu te assustei ou algo assim? Você não precisa me mostrar nada que não queira.

— Não é nada que você fez. Eu só tenho muitas questões com a minha aparência física. É um problema meu.

— Não entendo. Você rebola a bunda em público pra viver.

Sim... mas eles não me conheciam antes como você.

— É complicado.

— Ok, quer saber? Por favor, esqueça que eu te mandei uma foto. Isso criou bem mais problemas do que eu imaginei.

Eu não consigo esquecer. Não consigo esquecer sua aparência agora que te vi.

Ficamos em silêncio, até que ele disse:

— Não pare de falar comigo, Rana. — O tom sincero dele apertou meu coração.

— Por que isso é tão importante para você?

— Não sei. Você me faz sentir que tenho raízes ou algo assim. Não sei. Falar com você tem sido como uma pequena amostra de um lar, ou do que eu um dia pensei que fosse um lar. Mas aparentemente eu fui longe demais ao te pressionar a mandar uma foto e sinto muito.

Eu senti que estava começando a lacrimejar.

— Deus, não. É culpa *minha*, Landon. Eu exagerei. Eu sou cheia de defeitos.

— É, bom, alguns dos mais belos diamantes também. Não há nada de errado em ter defeitos. São eles que nos tornam humanos.

Joguei minha cabeça para trás, respirei fundo e deixei que essas palavras se assentassem. De alguma forma, eu sabia que jamais as esqueceria enquanto vivesse. Sequei meus olhos e choraminguei:

— Parece ser lindo onde você mora.

— É sim. Eu te convidaria para visitar, mas tenho medo que você nunca mais fale comigo.

Não consegui conter o riso.

— Você provavelmente está certo.

— Então fique longe de mim. Só não pare de atender minhas ligações. — Ele riu. — Sério, mesmo, é ok morar perto do mar.

— Só ok? — Eu ri. — Bem, de qualquer jeito, tenho inveja.

— Como está o tempo no Michigan agora?

— Frio e horroroso.

— Falando em horroroso... alguma loucura do Lenny para me contar?

— Além de ele ter tirado uma foto aleatória minha quando achou que eu não estava olhando? Não.

— Esse cara é bizarro.

— Na verdade ele está fora por uns dias. Pelo menos eu acho. Eu o vi saindo com uma mala. Ele já viajou assim antes. Infelizmente, sempre volta.

— Você devia vasculhar o quarto dele, ver se seus medos têm algum sentido.

— Tem cheiro de chulé lá dentro. Não vou arriscar.

— Se você não vai me mandar uma foto sua, pelo menos prometa que da próxima vez que pegar ele dormindo com suas leggings na cara, vai tirar uma foto dessa merda pra mim.

— É sua.

Depois que nossa risada se dissipou, ele suspirou ao telefone, e foi como se eu sentisse na minha pele. Isso me fez pensar em sua fotografia sexy e perguntar:

— Quantas tatuagens você tem?

— Nunca contei. Várias.

— Elas são muito lindas.

Você é muito lindo, Landon.

— Obrigado.

— Então... você disse que é chef, mas nunca me disse em que tipo de comida é especializado.

— Na verdade, eu tenho um *food truck*. Eu faço sanduíches exclusivos, coisas que você não consegue encontrar em restaurantes normais.

— Isso é muito legal. Onde você fica?

— Em vários lugares. Eu estaciono bastante na praia. Mas tenho um *app* pelo qual as pessoas podem ver onde estou em qualquer momento. Vou te mandar o link para você ver.

— Um *app*? Isso é bem inovador.

— Sim. Se chama Lancheira do Landon — o *food truck* e o *app*.

— Fofo. É uma performance solo?

— Na verdade, não. Eu tenho uma funcionária... Melanie.

Melanie.

Eu não sabia nada dela, mas tinha inveja mesmo assim. Meu ciúme indesejado de Valéria e Melanie era bem incômodo para mim.

A próxima pergunta dele me surpreendeu.

— Qual o seu vício, Rana?

— O que você quer dizer?

— Tipo, fumar é um vício. Beber também. Você bebe muito?

— Não tanto quanto você deve achar, dada a maneira como nos reconectamos. Mas eu uso álcool pra me acalmar depois de um longo dia, às vezes. Não considero um problema, porque posso beber ou não. Fumar é seu único vício?

— Fumar, sim... e sexo às vezes. Mas você já sabia disso desde a discussão acalorada da outra noite.

Bom, ok, então.

De repente, eu senti vontade de investigar.

— Eu obviamente sei que você faz sexo casual, mas você é muito rodado? Tipo, uma garota diferente cada noite?

Ele não respondeu de pronto.

— Eu normalmente não transo com mais de uma mulher ao mesmo tempo. Mas também não tenho relacionamentos sérios, ou pelo menos ainda não encontrei ninguém com quem eu queira isso. Então, em geral a rotatividade é alta. Mas não é uma garota nova cada noite, não. Porra. Seria exaustivo.

— Ele riu. — Ok, Senhorita Enxerida, e você? Quando foi a última vez que deixou alguém chegar perto de você?

Eu não fazia sexo desde que era uma adolescente. Mas não ia admitir isso.

— Pode-se dizer que estou passando por uma seca.

— Bom, suponho que namorar pela internet seja difícil sem uma foto.

— Sim, espertão, é.

— Então onde você encontra homens?

Não encontro.

Meu silêncio o levou a especular.

— Rana, você é gay?

— O quê? Não. Por que você pensou isso?

— Só me bateu agora que eu vinha presumindo que você gostava de homens, mas, pensando bem, em todas as minhas lembranças você... — ele hesitou.

— Parecia um menino.

— Sim.

— Eu parecia um menino porque minha mãe me levava a um cabeleireiro ruim, mas eu sou definitivamente hétero.

— Bom... achei melhor perguntar.

Parecia que ele estava expirando fumaça.

— Você está fumando agora?

— Sim.

— Isso vai te matar.

— O seu *roommate* psicopata chamado Lenny também e nem por isso você larga dele.

— Talvez você esteja certo.

Ele mudou de assunto.

— Sua mãe... você disse que ela está vivendo em Ohio?

— Por que você falou nela? Eu não gosto de falar dela.

— Não sei. Eu tenho questões com a minha mãe também. Então você não está sozinha.

— É, como eu disse, não a vejo há uma década. Provavelmente ela ainda rouba roupas. Eu não me importo.

— Você diz isso, mas se importa. Você se importa sim, Rana. Eu conheço essa mentira porque eu tento dizer a mesma coisa para mim mesmo o tempo todo.

Apesar da distância entre nós, Landon definitivamente tinha a habilidade de me ler. Ele era quieto, e, de alguma forma, isso me encorajava a me abrir um pouco mais.

— Ela só nunca quis ser mãe, sabe? Ela descontava no meu pai, em mim. Era como uma irmã mais velha rebelde em vez de uma mãe. Ela costumava me dizer que eu era igualzinha ao meu pai, o que era a forma dela de dizer que eu era feia, porque eu sabia que ela não se sentia atraída por ele. O foda é que... eu ainda a idolatrava. Qualquer migalha de atenção que ela me desse não passava despercebida. E eu vejo muito dela em mim hoje. Normalmente as coisas que odeio em mim.

Quando ele não respondeu de imediato, temi ter assustado ele com a minha franqueza.

— Sua mãe é uma vaca. Ela não te merecia. Eu espero que você saiba disso.

As palavras dele eram duras, mas me confortaram.

— Ok... Eu me abri sobre minha mãe. Agora me conte da sua. Sua mãe biológica. Você disse que mudou para a Califórnia para encontrá-la.

Eu ouvi o clique de um isqueiro antes que ele expirasse no telefone de novo.

— Eu não a conheci. Foi tarde demais. Quando descobri seu paradeiro, minha pesquisa me levou direto para um cemitério. Então eu nunca cheguei a vê-la de verdade. Muitas das minhas perguntas ficaram, infelizmente, sem resposta.

Eu me senti devastada pela situação dele.

— Sinto muito. — Engoli em seco, com medo de perguntar. — O que aconteceu com ela?

— Minha mãe biológica era viciada em drogas. Ela não achou que pudesse tomar conta de mim. Foi assim que acabei com meus outros pais.

— Você sente que se mudou à toa?

— Não, eu acho que era para ser. Eu estava perdido quando cheguei na Califórnia. A vida tinha muitas lições para me ensinar, e acho que eu deveria aprendê-las aqui. — Eu podia ouvi-lo inspirando a fumaça e expirando. — Ok, isso está ficando profundo demais. Rápido. Me conte alguma coisa engraçada.

Pense.

Pense.

Ah!

— Você conhece a música "I Miss You", do Blink-182?

— Sim…

— Bem, por muito tempo mesmo eu achei que ela se chamava "The Voice Inside My Ass", tipo, "A voz na minha bunda". Por causa daquela parte no refrão quando ele fala sobre a voz dentro da cabeça dele. Ele fala *"head"*, cabeça, não *"ass"*, bunda. Mas eu ouvia *"ass"*. Sempre achei que era um título estranho até entender tudo.

Landon começou a rir histericamente.

— Mas que merda é essa? As coisas que saem da sua boca às vezes… — Quando ele finalmente se acalmou, soltou um suspiro. — Você fala as merdas mais estranhas e você é um mistério… mas você faz bem para minha alma, Rana.

Naquela noite, eu me deitei com um enorme sorriso no rosto, embora não tenha conseguido dormir. A cada conversa que tínhamos, eu me sentia mais conectada com ele.

Como a insônia estava ganhando, me levantei e me enfiei no meu closet para ler mais um dos velhos bilhetes de Landon. Esse era meio irônico:

Rana Banana,

Às vezes, quando penso em você, eu rio sem motivo e não consigo parar.

Landon

P.S.: Mas hoje isso aconteceu no funeral do meu avô e meu pai ficou muito bravo.

5

OLHAR INSANO

LILITH ME PASSOU A BOLA de basquete.

— Como vai seu namorado?

Eu a arremessei de volta com mais força.

— Ele não é meu namorado.

Ela pegou a bola, quicou um pouco e lançou para o aro.

— Você parece feliz.

— Acho que estou mais feliz ultimamente.

Lilith ficou ali com a bola embaixo do braço, me observando e sorrindo. Seus óculos escorregaram pelo nariz e ela os empurrou de volta com o indicador. Eu podia jurar que aquela criança lia a minha mente.

Pegando meu telefone, falei:

— Vem cá. Veja isso. — Abri o *app* do Landon. — Esse é o *food truck* dele. Isso te mostra onde ele está a qualquer momento. Não é legal?

Ela não parecia tão interessada no aplicativo quanto eu.

— Então, é tipo um *app* para estalqueres?

— Não… bem, eu não sei. Talvez.

— Ele é bonito?

— Sim… muito bonito. — Eu me sentia como uma pré-adolescente babando desse jeito na frente dela.

— Então por que você não quer que ele seja seu namorado?

Sem saber como explicar minha cabeça problemática para uma menina de dez anos, decidi dar uma resposta simples:

— Eu não quero um namorado.

— Por que não?

— Namorados complicam a vida.

— Bom, eu quero um.

— Você é nova demais, então nem pense nisso.

— Eu espero ser bonita como você quando tiver idade para ter um namorado.

Ouvir ela dizer isso cortou meu coração.

— Você é bonita. Não deixe ninguém te fazer acreditar no contrário.

— Eu não pareço com as outras garotas da escola.

Ela realmente me lembrava de mim mesma quando era criança, e isso me matava. Ninguém nunca havia me dito que não havia nada de errado com a minha aparência. Passei muito tempo da minha adolescência me odiando. Se eu tinha alguma função, era assegurar que Lilith gostasse de si mesma.

— Não há nada de errado em ser diferente, Lilith. A beleza é só uma questão de opinião. Se você acredita que é bonita, isso é tudo que importa. Você está chegando a uma idade muito difícil. As decisões que você tomar agora, e quando for adolescente, podem mudar toda sua vida. É só falar comigo, ou com alguém, se sentir alguma hora que a vida é demais para lidar. E não deixe ninguém te convencer de que você não tem valor só para tirar vantagem de você.

Ela fez que sim com a cabeça e abruptamente mudou de assunto, como era típico de Lilith.

— Trança meu cabelo?

— Claro.

Quando voltei para o meu apartamento naquela tarde, dei um salto ao ver meu pai sentado na mesa da cozinha, bebendo café. Toda vez que ele entrava na minha casa sem avisar eu esquecia que ele tinha uma chave. Ele foi fiador do contrato com a condição de ganhar uma chave, para dar uma olhada em mim sempre que quisesse.

— Você me assustou.

Em seu sotaque pesado e estrangeiro, ele disse:

— Por que você não *ter* aquecimento, Ranoona?

O apelido que ele me chamava era Ranoona. Não sei de onde isso tinha vindo.

— Eu tenho aquecimento. Só mantenho bem fraco. — E, me servindo de uma xícara do café que ele havia feito, perguntei: — Há quanto tempo você está aqui?

— Uma hora.

Olhei para a direita e notei uma estátua da Virgem Maria no balcão, consideravelmente grande, toda em azul e branco. Parecia algo que se veria em um jardim, ou na frente da casa de uma idosa. Tinha um rosário em volta do pescoço.

— De onde veio isso?

— Venda de garagem. Alguém *jogar* fora, você acredita? — Ele baixou a voz enquanto olhava na direção do quarto de Lenny. — Você precisa *do* Santa Mãe para te proteger desse doido. Eu não *gostar* dele. Ele *ter* olhar insano.

— Shhhh.

Meu pai sempre diz que você pode determinar o quanto alguém é doido pelo olhar. Eu realmente acreditava que havia alguma verdade nisso. Pessoas com olhar insano olham através de você, não para você. Havia uma desconexão, de alguma forma.

— Eu não posso expulsá-lo — disse.

— Eu *expulsa* — meu pai insistiu.

— Não, papai. Por favor, não crie problemas.

Ele cortou um pedaço de maçã e o estendeu para mim.

— Você não *comer* saudável.

— Café e pipoca é muito saudável — eu disse, comendo um pedaço da maçã verde.

Ele cortou outro pedaço e colocou na mesa, em frente a mim.

Meu pai nem sempre soube como lidar comigo, mas eu estava feliz de termos chegado a um ponto em que podíamos apenas aproveitar a companhia um do outro. Embora ele sempre tivesse uma opinião sobre tudo, já tinha desistido de tentar me mudar.

— Você *dançar* para *as* gregos hoje?

Eu ri um pouco.

— Sim.

Ele deu um gole do café.

— Eu não *gosta* desse trabalho.

— Mesmo? Você só disse isso umas mil vezes. É só temporário. Eu já te disse isso.

— Você sai, eu te *dá* dinheiro.

— Não. Eu preciso me sustentar. Você mal consegue pagar seu próprio aluguel.

— Eu *vem morar* com você.

— Nesse caso, eu *nunca* vou parar de dançar.

Eles me disseram que aumentariam minha hora se eu tentasse.

Mesmo apavorada, eu tinha concordado. Agora já estava começando a me perguntar se não precisava ir a um psiquiatra.

Se ao menos papai pudesse me ver agora. Não, eu não ia contar a ele sobre aquilo.

Era pesada e pegajosa. Com uma cobra gigante enrolada no pescoço, eu estalava os címbalos nos dedos e ondulava os quadris, rezando para que o tempo passasse rápido. Meu chefe garantiu que não era venenosa. Eu esperava de verdade que ele estivesse certo.

Por alguma razão, tudo que eu podia pensar é qual seria a reação de Landon a tudo aquilo. Ele ia pensar que eu era louca ou que era muito descolada? Enquanto sacudia a bunda ao som do tambor, eu pensava em Landon na praia, com o pôr do sol ao fundo. Mais uma vez, eu estava dançando para ele — minha amiga deslizante e eu estávamos.

Quando meu turno finalmente terminou e a cobra voltou para sua jaula, senti mais que o normal que precisava de um banho.

Peguei o último ônibus bem na hora. Uma vez sentada, a primeira coisa que fiz foi abrir o *app* da Lancheira do Landon, mesmo sabendo que o *truck* já tinha fechado. Mas ainda mostraria o último local do dia. Tinha sido o calçadão de Venice Beach.

Fechando os olhos, imaginei que estava lá, sentindo o cheiro da comida e ouvindo o mar enquanto o sol se punha.

Também dava para ver o menu do dia. Landon parecia se esforçar mesmo para variar as coisas. Criava sanduíches divertidos com ingredientes exóticos e dava a eles nomes como *Reuben cubano*. Uma novidade chamou minha atenção e me fez engasgar.

Sanduíche de feta da Rana.

6

SELFIE DE BUNDA

ALGUMAS NOITES DEPOIS, LANDON me pegou assim que eu estava chegando em casa do trabalho.

— Não tenho muito tempo — ele disse antes que eu ouvisse o clique do isqueiro. — Me conte algo engraçado, Rana.

— Ganhei um aumento.

Ele expirou ao fone.

— Isso é engraçado?

— É, quando a condição foi que eu dançasse com uma cobra gigante em volta do pescoço.

— Caralho, você tá falando sério?

— Seríssimo.

— Eita, garota. Eu sabia que você era guerreira, mas isso é outra coisa.

— Você não vai achar tão legal no dia em que ela se enrolar no meu pescoço e me sufocar.

A risada profunda dele era como uma massagem para os meus tímpanos.

— Entre a cobra e aquele psicopata do Lenny, você já era.

— Deus, isso é verdade. — Eu me deitei e pus os pés para cima. — Como estava Santa Monica hoje?

— Ah, o que é isso agora? Você estava estalqueando meu *app*, Saloomi? É o único jeito de você saber onde eu estava.

— Talvez. Gosto de viver através de você, menino da Califórnia. Gosto de fechar meus olhos e fingir que estou aí, ouvindo o mar e torrando no sol.

— Olha, aqui não é bem tudo isso que as pessoas fingem ser. Às vezes acho que você tem essa ideia errada de que sol é sinônimo de felicidade. O sol sempre se põe, Rana. Ele não tem como esconder tudo.

Não pude conter minha curiosidade a respeito do que ele estava falando, embora pedir que ele se abrisse ainda mais comigo exigiria que eu fizesse o mesmo. Ele continuou:

— Não me entenda mal, é bem melhor do que no Michigan.

— Aposto que sim.

— Bem, eu queria poder falar mais com você, mas vou encontrar uma pessoa.

Meu coração afundou. Não estava pronta para me despedir. Eu odiava o fato de que falar com ele era o ponto alto do meu dia.

— Ah... ok. — A curiosidade foi mais forte que eu. — Uma pessoa mulher?

— Sim.

Perdi o fôlego.

— Qual o nome dela?

— Sage.

Valéria, Melanie... Sage. Mais uma para a lista.

— Sage. Interessante, quer dizer sálvia. Você vai levá-la para seu apartamento para limpar o mau-olhado? Não é para isso que usam sálvia?

— Não tenho certeza, mas tenho certeza de que se você algum dia vier me visitar, todos os espíritos apareceriam para a festa.

— Você provavelmente tem razão. Eu teria o efeito oposto da sálvia.

— Você e sua cobra — ele ironizou. — Merda, isso é engraçado. Não vou conseguir parar de pensar nessa bosta hoje à noite.

— Nem me lembre. Ainda tenho que limpar a gosma do meu pescoço. — Dei um suspiro. — Bem... de qualquer forma, divirta-se.

— Tentarei.

Eu estava literalmente fazendo um bico.

— Diga a Sage que eu mandei um oi.

Depois que desligamos, me senti subitamente muito sozinha. Uma onda gigante de ciúmes percorreu meu corpo.

No chuveiro, meus pensamentos corriam na minha cabeça. Eu queria ser a pessoa que teria um encontro com Landon essa noite. Queria muito poder tocá-lo, cheirá-lo, beijá-lo. Queria poder sentir a vibração de sua risada na minha pele.

Você não pode ter tudo, Rana. Você não pode se esconder dele e querê-lo para si.

É inevitável. Você vai perdê-lo.

Pensar nisso me deixou incrivelmente triste.

Comecei a perceber que estava em negação. Eu estava apaixonada por ele, pela forma como ele me fazia rir, como ele apreciava minhas esquisitices, como ele parecia realmente conhecer minha alma, mesmo que eu tivesse tentado esconder tudo o que estava na cara. Eu pensava nele a todo momento desde a primeira noite em que telefonei — e, honestamente, bem antes disso.

Por mais medo que tivesse de remover a barreira que existia entre nós, eu queria mais.

Depois de ficar deitada em silêncio por um tempo, eu fui até o armário e abri um dos velhos bilhetes.

Rana Banana,

Por que você sempre desvia os olhos quando me pega te encarando? Às vezes eu estou tentando te passar mensagens telepáticas e você estraga tudo.

Landon

P.S.: Você não começou a latir como um cachorro, então acho que você não recebeu meu último comando.

Esse realmente me fez rir enquanto eu o dobrava e o recolocava na mochila.

Pela primeira vez desde a noite em que ele a tinha mandado, me permiti olhar de novo para a *selfie* de Landon salva no meu celular. Por mais que sua aparência fosse dura, seu sorriso era genuíno e reconfortante. Era dirigido a mim, mas eu não me sentia merecedora. Até mesmo os olhos dele estavam sorrindo — seu olhar totalmente não insano. Esta noite esse sorriso era para outra, porque eu tinha escolhido não aceitar o que ele havia me dado.

Corri meu dedo pela imagem. Ele tinha se exposto, e eu não me dispus a dar nada em troca, só porque tinha medo do que teria que admitir para ele. Presumi que ele me julgaria, mas, na verdade, ninguém poderia me julgar da forma como eu mesma me julgava.

Eu não podia dar tudo a ele. Mas queria dar *alguma coisa*. Teria que ser em pequenos passos.

Meu coração estava disparado e eu estava tremendo, porque sabia o que estava prestes a fazer.

Posicionei meu corpo em uma cadeira, com minhas costas para o espelho oval. Meu cabelo preto caía em ondas por minhas costas nuas. Ele ia até minha bunda.

Tirei várias fotos das minhas costas até estar completamente satisfeita com uma. Me certifiquei de que não dava para ver nada do meu rosto.

A que escolhi era uma foto incrivelmente sexy e provocante. O shortinho que eu estava usando não escondia nada. Dava pra ver claramente o formato da minha bunda, com o arco das costas e as pernas. Também tinha calçado os saltos mais altos que tinha. Se eu ia mesmo dar esse passo, faria do jeito certo.

Fechei os olhos com força e me preparei para enviar.

Depois que apertei o botão, uma onda de sangue subiu para o meu rosto. Uma multidão de pensamentos paranoicos flutuaram na minha mente.

Ele estava em um encontro. E se ele mostrasse a ela e os dois rissem de mim? E se ele achasse que eu parecia uma puta?

E se ele odiasse?

Alguns minutos torturantes se passaram até que meu telefone apitou, interrompendo a torrente de questões internas.

Respirei fundo e olhei.

LANDON:

> Por que você me mandou uma foto da Kim Kardashian? Assim, é bem sexy, mas meio aleatório.

Ah, meu Deus. Quê?

Ele pensou que era uma piada?

Ele não percebeu que sou eu?

Meus dedos flutuaram durante alguns instantes por cima do teclado antes que eu finalmente digitasse:

RANA:

> Não é a Kim Kardashian. Sou eu.

Nenhuma resposta por vários minutos. Tive vontade de cavar um buraco no chão e me enterrar. Por que eu mandei isso? Por que deixei que meu ego ciumento vencesse meu bom senso?

Sentada na cama, com a cabeça entre as mãos e os joelhos contra o peito, me xinguei.

Quando o telefone começou a tocar, pensei se deveria atender. Escolhi deixar cair na caixa postal.

Quando começou a tocar de novo, respirei fundo e atendi:

— Oi.

— Rana, você tá brincando comigo.

Eu me fingi de sonsa.

— Quê?

— Você deveria se parecer com um garoto de monocelha, não com uma mulher que me deixa de pau duro. Eu já passava o dia todo pensando em você antes disso. Agora, nunca mais vou conseguir tirar você da cabeça. Isso está fodendo comigo.

— A Kim Kardashian te deixaria de pau duro?

— Não. Esqueça ela. Honestamente, eu olhei muito rápido e estava em um cinema escuro. Agora que tive a chance de examinar com calma, consigo perceber que não é ela. O cabelo longo e comprido me confundiu um pouco. — Ele fez uma pausa. — Mas parece uma modelo de lingerie. Deus… é mesmo você?

— Sim. Você acha que é uma pegadinha? Sou eu.

— Uau. — Ele soltou um longo suspiro. — Por que você teria vergonha de me mostrar sua aparência, então?

De jeito nenhum eu responderia a essa pergunta.

Ignorando, perguntei:

— Onde você está agora?

— Eu disse a Sage que tinha acontecido uma emergência e saí. Quando percebi que você não estava brincando, então entendi o quão monumental é isso, você me mandar uma foto sua, algo que você jurou nunca fazer. Eu não ia perder esse momento. Precisava ficar sozinho. No meu carro.

— Você deixou ela lá?

— Ela ainda está no cinema, sim.

Embora eu soasse surpresa, tinha adorado aquilo.

— Você não deveria voltar pra lá?

— Você está perguntando isso como se não soubesse que eu estava em um encontro quando mandou a foto. Você sabia que eu ia ver e perder a cabeça. Estou sentado no meu carro, sozinho, de pau duro, porque você acabou de me mandar uma foto da sua bela bunda quase de fora. Você sabe muito bem o que está fazendo, Rana Saloomi. Estou mais convencido disso do que nunca. Você está totalmente zoando comigo, me provocando. Admita.

Eu ri um pouco.

— Você está maluco?

— Eu estou amando essa porra.

Meu rosto ficou quente.

— Você realmente pensa em mim o dia todo?

— Não sei como explicar, mas, sim, eu penso em você mais do que deveria. Acordo de manhã e penso em que horas devem ser onde você está. Penso no que você está fazendo, se você está tendo um bom dia, e me pergunto quando vou ter a chance de falar com você de novo. Mas isso... Isso muda tudo. Eu não posso *desver* isso. Você é... — ele hesitou — linda.

Fechei os olhos para aproveitar o elogio, e então os abri de volta para a realidade.

— Você nem viu meu rosto.

— Sim, mas me lembro como se fosse ontem.

Não é mais o mesmo.

— Fiquei com um pouco de ciúmes quando você disse que ia a um encontro. Queria sua atenção de volta.

— Bom, missão cumprida. Você definitivamente a conseguiu de volta. Tudo que quero é ficar sozinho olhando para sua foto agora. — Ele expirou fumaça. — Me mostra mais. Me dê alguma coisa. Qualquer coisa.

Isso foi um erro.

A adrenalina pulsava em mim, porque eu estava cogitando ceder.

— Não posso.

— Por favor... só me deixa te ver de outro ângulo. Para que eu saiba que não estou sonhando. Me mande uma foto fazendo o sinal da paz. Pode manter seu rosto coberto. Quero ver você em tempo real.

Acho que uma parte dele precisava de confirmação de que a garota na foto era eu, especialmente por causa do quanto eu estava protegendo meu rosto. Não queria que ele duvidasse de mim. Resolvi ceder e disse:

— Ok, espera aí, vou te mandar por mensagem. Então você pode ligar de volta.

Sem pensar muito, cobri meu rosto com o cabelo e tirei uma *selfie* levantando o indicador e o dedo do meio, fazendo exatamente o sinal que ele havia pedido.

Quando enviei, ele me respondeu mais ou menos um minuto depois.

LANDON:

> Obrigado, linda. Você não sabe o quanto isso significa para mim.

Landon respondeu com uma foto dele sentado no carro fazendo o sinal da paz de volta pra mim. Ele tinha fumaça saindo pela boca. Embora eu odiasse a ideia de ele encher seu corpo com carcinógenos, preciso admitir que estava sexy. Seus olhos estavam apertados. E eu queria morder aquele voluptuoso lábio inferior. Ele era tão sexy.

LANDON:

> Esse sou eu em tempo real.

RANA:

> Imaginei. Você vai estar com cheiro de cigarro quando voltar para o seu encontro e ela vai achar que você a largou lá só para fumar.

LANDON:

> Vou dizer a verdade para ela, então.

RANA:

> E qual seria?

LANDON:

> Que estou desejando uma garota sem rosto e de cabelos negros que acabou de me mandar uma selfie da bunda dela. E que precisei de uma pausa para olhar para a bunda dessa garota. E então vou dizer que eu planejo ir para casa e bater punheta com essa mesma imagem da minha linda amiga. Que tal?

RANA:

> Não acho que vai pegar bem.

LANDON:

> Rs. Provavelmente não. Aliás, se existisse um prêmio para melhor bunda do planeta, acho que você ganharia.

RANA:

> Obrigada.

LANDON:

> O Oscar da Bunda. Você ganharia Melhor Bunda em um Papel Principal.

RANA:

> "Eu gostaria de agradecer à Academia..."

LANDON:

> Sim! Hahahahaha

RANA:

> Volte para o seu encontro.

O telefone começou a vibrar. Ele estava me ligando de novo. Atendi.

— Ei.

— Só mais uns minutos — ele disse. — Então... você estava com ciúmes, hum? Eu meio que gosto disso.

— Por quê? É patético. Eu estou aqui. Você está aí. Não é como se pudéssemos namorar ou coisa assim. Eu tenho uma queda por você. Também penso muito em você. Estou meio que obcecada com seu *food truck*. Mas, sejamos realistas, não é como se algo pudesse acontecer entre nós.

— Você parece tão certa disso.

— Sua vida está na Califórnia. A minha está aqui. Meu pai está aqui. Tudo está aqui.

— Então, por que se dar ao trabalho de me mandar uma merda de uma foto sexy?

— Eu não sei. Eu...

— Porque você quer que eu te queira mesmo que não possamos ficar juntos. Bem, adivinha? Funcionou. Agora, eu tenho uma queda por *você*. Você quer minha atenção? Você tem. Você já tinha. Mas agora, você *realmente* tem. — Ele expirou. — Sabe, o engraçado é que eu nem queria ir nesse encontro. Queria ficar em casa e falar com você e ouvir sobre a porra da sua cobra e toda a merda bizarra que sai diariamente da sua boca. Algo está acontecendo entre nós. Eu nem sabia que nome dar a isso, porque, sem ter nem ideia da sua aparência, não conseguia fazer isso avançar mentalmente. Quer dizer, eu não poderia me apaixonar pela moleca de treze anos na minha cabeça, certo? Era como se eu estivesse me conectando com uma imagem fora de foco. Mas você jogou a coisa no abismo, Rana. Você tornou tudo real.

Isso estava ficando real.

Parte de mim queria fugir para as montanhas. Outra parte queria saltar pelo telefone e beijá-lo.

Uma mistura de medo e excitação corria por mim.

— Então, o que isso quer dizer?

— Quer dizer que eu tenho alguma esperança de que você vá me deixar vê-la um dia. Mas, enquanto isso, quer dizer que vou ficar encarando essa foto e enlouquecendo um pouco mais a cada dia sem ver o resto.

Sorrindo como uma tonta, eu disse:

— É melhor mesmo você voltar para o cinema.

Meu sorriso desapareceu assim que percebi que deixá-lo voltar para seu encontro era a última coisa que eu queria fazer na verdade. Meu estômago estava contraído. Meu ciúme parecia realmente injusto, dadas as minhas limitações autoimpostas. Mas eu não pude evitar.

Houve um silêncio por um momento, antes de ele perguntar:

— O que aconteceu, Rana?

Me surpreendeu que, mesmo em nosso silêncio, ele podia sentir minha preocupação.

— Você vai dormir com ela?

— Sinceramente? Se essa coisa entre nós não estivesse acontecendo, provavelmente seria o caso. Acho que é o que ela está esperando. Mas não consigo ver nada acontecendo entre mim e ela agora, não mais. — Ele fez uma pausa. — Satisfeita?

Engolindo meu orgulho, respondi sem hesitar:

— Sim.

— Você não quer que eu durma com ela?

— Não — eu sussurrei.

— Então eu não vou.

Um alívio tomou conta de mim.

— Quando é sua próxima noite livre? — ele perguntou.

— Segunda que vem.

— Você não vai me deixar te ver? Ok. Eu ainda quero passar sua noite livre com você. Saia em um encontro virtual comigo.

— Um encontro virtual?

— Sim. Tudo vai acontecer pelo telefone.

— Você é doido.

— Sim, e você ter me mandado essa foto da sua bunda metade pra fora foi o que me fez perder o controle. Eu sou só um cara que não consegue parar de pensar em uma garota e quer levá-la para sair. Como você está tão longe, é o único jeito que podemos dar. Então... você quer sair em um encontro virtual comigo?

Como eu poderia dizer não?

— Vou dizer sim, mas só porque estou muito curiosa com que raios é isso.

— Ainda não sei, mas vai ser incrível pra caralho.

7

Encontro virtual

Era errado que minha única confidente fosse uma menina de dez anos? Pelo menos ela era madura para a idade, era o que eu dizia a mim mesma.

Lilith e eu estávamos indo ao parque perto da casa dela. Eu estava a pé, enquanto ela seguia de patinete ao meu lado.

— Lilith, adivinhe?

— O quê?

Dei uma voltinha.

— Tenho um encontro hoje à noite.

Ó céus. Eu acabei de dar uma voltinha?

— Com Landon? Ele vai vir pra cá?

— Não, ele ainda está na Califórnia, mas ele vai me levar para um encontro virtual. Vou estar aqui e ele lá.

Lilith franziu o nariz.

— Não entendi.

— Eu também não. Mas estou morrendo de curiosidade para saber como vai ser.

— O que você vai vestir?

— Sabe, ainda não tinha pensado nisso. Mas talvez eu devesse me arrumar, hein? Entrar nisso de cabeça.

Ela parou, de repente.

— Achei que você tivesse dito que não ia em encontros.

— Não vou, mas esse é diferente, porque eu não *vou estar* realmente com ele.
Ela voltou a andar.

— Então, qual o sentido?

—Acho que o sentido é que posso viver todas as partes boas de um encontro sem ter que me preocupar com a parte assustadora. É perfeito pra mim, na verdade.

Lilith olhou para trás rapidamente, enquanto ia na minha frente.

— Rana, você é esquisita.

Apertei o passo para alcançá-la.

— E isso é alguma novidade, Lilith? Agora, chega de falar de mim. Como está sua vida? Algo interessante?

— Eu preciso escrever um trabalho sobre alguém que admiro. Eu não conseguia pensar em ninguém, então vou escrever sobre você. — Ela disse despreocupadamente.

Eu fiquei tocada por um instante, e então percebi que isso era provavelmente uma péssima ideia.

— Você tem certeza? Há muitas opções mais viáveis, como sua mãe. Ela é uma advogada. Você deveria escrever sobre ela. Ou alguém tipo a Maya Angelou? O que você vai falar sobre mim?

Ela começou a deslizar ainda mais rápido e gritou:

— Você vai descobrir.

Ó céus.

Quando eu cheguei em casa depois de encontrar Lilith, vi uma grande caixa entregue pelos correios na minha porta. Sabendo que era de Landon, borboletas começaram a voar pelo meu estômago.

Alguns dias antes, ele havia pedido meu endereço para me enviar uma coisa. Tive receio de dar, mas ele me garantiu que nunca me enganaria ou o usaria para vir me visitar de surpresa. Os argumentos dele foram convincentes.

"Rana, você provavelmente está vivendo com um psicopata. Você está mesmo com medo de que EU vá aparecer na sua porta?"

Verdade.

Eu escolhi confiar nele.

Peguei a caixa e a levei para o apartamento. Era bem pesada na verdade.

Lenny estava sentado na cozinha usando fones de ouvido enormes e ouvindo algo em seu laptop. Ele me ignorou completamente quando passei por ele e entrei no meu quarto.

Meu coração estava palpitando quando abri a caixa, só para dar de cara com vários pacotes embrulhados lá dentro. Cada um tinha um número. As palavras *"Me abra primeiro"* estavam escritas em um bilhete dobrado que parecia os que ele costumava me mandar. Aquilo aqueceu meu coração.

Rana,

Não abra nada até eu mandar. Esse é o nosso kit encontro virtual. Eu "te pego" às oito, do seu fuso horário.

Landon

P.S.: Vista algo sexy, ou pelo menos diga que vestiu. Eu não vou saber a diferença mesmo.

Minhas bochechas estavam doendo de tanto sorrir. Ele ter colocado tanto esforço nisso era realmente tocante.

Resistindo à tentação de abrir mais outra coisa, entrei no chuveiro e percebi que não ficava animada assim por causa de alguma coisa há muito tempo.

Ao mesmo tempo, me perguntei se me sentiria da mesma forma se fosse um encontro de verdade. Eu sabia que não. Sabia que teria ficado assustada.

Vestindo calcinhas mais confortáveis e uma camiseta comprida, esperei ansiosa pela ligação de Landon.

Às oito em ponto o telefone tocou e as borboletas no meu estômago levantaram voo.

Pulei para atender.

— Alô?

A voz áspera dele era tão sexy.

— Ei.

— Você chegou bem na hora.

— Você achou que eu ia me atrasar? É nosso primeiro encontro oficial. Seria de mau gosto.

— Não faço isso há um tempo. Não sei mais o que esperar, principalmente nesse cenário.

— Faz tempo que você não tem um encontro?

Hesitei.

— Sim.

Tecnicamente, eu nunca estive em um encontro de verdade.

— Quanto tempo?

Seja vaga.

— Parecem séculos.

— Ok, bem, eu vou pedir que você use um pouco de imaginação hoje à noite, ok? Você vai ter que trabalhar comigo.

Eu me arrepiei.

— Ok.

— Como está o tempo aí?

Inclinando minha cabeça para fora da janela, eu disse:

— Escuro e frio.

— Ok, bem, se estivéssemos aqui, juntos, você veria que o sol ainda está brilhando. Então nosso encontro vai acontecer aqui. Nós temos mais ou menos uma hora e meia de luz do sol ainda. Sua caixa está aí?

— Sim, está aqui na minha cama.

— Bom. Ok, abra. Pegue o item com o número um e desembrulhe.

Meu coração estava acelerado quando eu cuidadosamente peguei a caixa e abri o pacote, que revelou uma lâmpada de luz do sol.

— Meu Deus, você está me dando o sol?

— Ela teoricamente imita a luz do sol, sim. Você tem onde ligar?

— Tenho. — Tirei a lâmpada da caixa antes de ligar na tomada atrás do meu criado-mudo. Quando a luz iluminou o quarto, dei um sorriso.

— Está agradável e iluminado aqui agora.

— Ok, então você já tem seu sol. Sem mais desculpas para um dia ruim.

— Isso é demais. Obrigada.

— Agora, se você estivesse aqui, a primeira coisa que eu ia querer fazer é me exibir um pouco, te levando para ver meu negócio. Então, vá em frente e abra o número dois.

Me sentindo saltitante, desembrulhei o segundo item. Minha boca se abriu em um sorriso quando vi uma adorável miniatura de um *food truck* com um adesivo ao lado, que trazia o logo da Lancheira do Landon.

— Seu *food truck*!

— Achei que você ia gostar disso.

— Você mandou fazer?

— Sim, é uma edição limitada.

— Você sabe que estou obcecada com seu *food truck*, certo?

— Sei. E por isso é a primeira parada no nosso encontro. Agora, venha fazer um tour dentro dele.

Mordendo meu lábio inferior, fechei os olhos e imaginei o que ele estava me falando.

— Ok.

— Ande com cuidado. Você provavelmente pode sentir todos os aromas do dia, que juntos cheiram basicamente a cebolas fritas. Você está com fome, Rana?

— Estou morta de fome.

— Bem, então vamos te alimentar. Eu fiz um sanduíche especial pra você. Abra o número três.

— Você está brincando? Você mandou comida?

— Não se preocupe, está embalada com pacotes de gelo e foi feito com uma *ciabatta* que não fica velha. Então ainda deve estar bom.

— Ah! — Corri para abrir o terceiro item.

Ao abrir a embalagem do sanduíche, eu senti o cheiro de manjericão fresco. Tirei do papel alumínio e dei uma mordida.

— Hummm. O que é isso?

— É uma receita especial, feita para você. Eu chamei esse de *Tomato--Tomahto Saloomi-Salami*.

Dei uma gargalhada.

— Perfeito. — Dando outra mordida, eu disse: — O que tem aqui? É delicioso.

— Tomate, salame, manjericão fresco, mussarela no pão *ciabatta* com sal, pimenta e um toque de azeite de oliva aromatizado com *chili*.

Minha boca estava cheia quando eu falei:

— Puta merda. Isso é muito bom, Landon.

— Você deve estar com sede.

Eu ri.

— Se eu disser que sim, vou abrir mais um item?

— Talvez.

— Bem, eu estou.

— Vá em frente, então.

Reconheci imediatamente a forma do embrulho número quatro antes mesmo de abri-lo.

— Você me mandou uma minigarrafa de vinho.

— Se eu mandasse uma garrafa grande você ia acabar bebendo tudo sozinha — ele brincou. — Você estaria me xingando de novo no fim do encontro.

SE BEBER, NÃO LIGUE 57

— Você talvez esteja certo. — Abri a garrafa e dei um gole no Pinot Grigio.
— Delicioso.

Ele parecia estar mastigando.

— Você também está comendo? — perguntei.

— Claro. Que tipo de encontro seria esse se eu não estivesse? Estou comendo exatamente o mesmo sanduíche que você. Bebendo o mesmo vinho, também. Porque, se estivéssemos juntos, estaríamos dividindo uma garrafa grande.

Eu amava que ele estivesse levando isso tão a sério.

Continuando a entrar no jogo, perguntei:

— Onde estaríamos comendo esses sanduíches?

— Neste momento estamos em Venice, estacionados no Abbott Kinney Boulevard, sentados em um banco. Desculpa, pulei esse passo. Devia ter te dito isso.

— Você está indo bem. Isso é ótimo. Obrigada.

"Santeria", do Sublime, começou a tocar quando ele disse:

— Acabei de ligar meu iPod para que possamos ouvir um pouco de música enquanto comemos.

A música era perfeita para a atmosfera que eu estava criando na minha cabeça.

Era incrível como eu realmente me sentia lá com ele. Acho que uma boa dose de imaginação pode te transportar para qualquer lugar.

Comemos em silêncio por um tempo, escutando música, algumas delas desconhecidas. Ele colocou músicas como "Satellite" e "One Man Wrecking Machine", de uma banda chamada Guster. Quando "Otherside", do Red Hot Chili Peppers, começou a tocar, dois pensamentos me vieram à mente. Um, eu adorava o gosto musical dele. Dois, muitas das músicas que ele escolheu tinham a ver com vício, e me perguntei se isso tinha algo a ver com a mãe biológica dele. Quis perguntar, mas tive medo de estragar o momento, então preferi não.

Em um certo momento, uma música country começou a tocar.

— O que é isso? — perguntei. — Você não me parece o tipo de cara que gosta de country.

— Normalmente não sou, mas eu ouvi essa outro dia e me lembrou de você.

— Por quê?

— Você vai ver.

Prestei atenção na letra por um tempo e entendi.

— Muito engraçado.

— Se chama "This Ain't No Drunk Dial",* do A Thousand Horses.

— Ótimo. — Eu ri.

Se passou pelo menos uma hora enquanto nós conversávamos e ouvíamos as músicas dele.

— O sol está começando a se pôr. Não quero perder o pôr do sol aqui. Vamos para a praia perto da minha casa — ele disse.

Meu sorriso aumentou.

— Ok.

— Abra o número cinco.

Removi ansiosa o embrulho do quinto presente, que era uma máquina de sons do oceano.

— Isso é perfeito.

— Tire sua lâmpada de sol da tomada e a troque por isso. Está escurecendo agora, de qualquer forma.

Segui suas ordens alegremente e sorri.

— Ok.

Ficamos sentados em silêncio, ouvindo os sons da minha nova máquina.

— Onde você está agora, de verdade? — perguntei.

— Eu estava na praia perto da minha casa esse tempo todo — ele admitiu. Eu podia ouvir seu isqueiro e então o som dele soprando fumaça antes de dizer: — Me dê algum detalhe, Rana. Qualquer coisa. Me diga o que você está vestindo.

Eu disse a verdade.

— Estou usando uma camiseta que diz "Jesus ama essa bagunça" e eu... não estou usando calças.

— Você está só de calcinha?

— Sim.

A respiração dele parou um segundo.

— E seu cabelo?

— Está molhado do banho. Tomei um antes de você ligar.

— Ele vai até sua bunda, certo?

— Sim. Nunca esteve tão longo.

— Lindo — ele sussurrou. — Que cheiro ele tem?

Dei uma cheirada nele e pensei em como descrever o aroma.

---

* "Esta não é uma ligação bêbada." (N.T.)

— Coco e menta.

— Hummm — ele gemeu. — Estou tentando imaginar. Eu daria tudo para cheirá-lo agora.

— O que *você* está vestindo? — perguntei.

— Um casaco de capuz preto e short preto.

— Você vai roubar uma loja?

Quando ele nem fingiu achar engraçado, percebi que algo o estava incomodando. Ele não disse nada por quase um minuto.

— O que aconteceu, Landon?

— Me conte mais sobre os últimos treze anos, Rana, em particular a época depois que você se mudou.

— Eu achei que esse deveria ser um encontro leve.

— Bem, se estivéssemos mesmo sentados na praia agora, eu ia querer que você falasse comigo. Estou tentando tornar isso realista.

Pequenos passos.

Dê *alguma coisa* a ele.

— Não tenho muito orgulho da adolescente que fui. Não tinha muito bom senso e nenhum respeito por mim mesma. Deixei que pessoas tirassem vantagem de mim. Nem posso dizer que foi culpa da minha mãe, que me deixou, porque meu pai sempre esteve lá por perto. Eu gosto de culpar Shayla, mas a verdade é que eu preciso assumir a responsabilidade pelas minhas decisões. Sei que estou sendo vaga, mas o fato é que aprendi com meus erros.

— Quando você diz "deixar as pessoas tirarem vantagem" de você... você quer dizer sexualmente?

Como responder a isso?

— Em parte, sim. Eu tinha uma autoestima baixa. Era minha forma de me rebelar. Quando eu fiz vinte anos, no entanto, comecei a pôr a cabeça de volta no lugar, mas antes disso foram uns cinco anos complicados.

— Você teve namorados?

Era difícil para mim admitir que nunca tinha tido um namorado de verdade. Que pessoa de vinte e seis anos pode dizer isso? Mas em parte era por escolha.

Respondi honestamente:

— Não.

— Você saiu com caras?

— Não.

— Pelo que eu vi... que eu sei que é bem limitado... os caras deveriam estar fazendo fila na sua porta. Não entendo.

— Não é que eles não tentaram. Isso é só algo que eu escolhi para mim. Eu não quis me envolver com ninguém.

— Viver como uma freira foi uma escolha? Você não pode mudar o passado se punindo no presente. Não me entenda mal, eu fiz coisas das quais não me orgulho, mas não posso parar de viver por causa delas. — Ele hesitou. — Você não vai me contar tudo, vai?

Ele era perspicaz. Sabia que eu estava escondendo coisas. Decidi virar o jogo.

— *Você* vai me contar todos os seus segredos mais profundos?

— Em algum momento, sim. — Ele nem hesitou antes de responder.

Eu acreditei nele, e isso me assustou, porque eu não queria ter que retribuir. A honestidade de Landon, sua necessidade de descascar minhas camadas, era coisa demais para lidar assim tão cedo.

— Essa conversa está ficando séria demais para o meu gosto — eu disse. — Esse não deveria ser um encontro intenso.

— Quem disse isso?

— Eu só presumi.

— Eu sei que você é reservada. Acho que só quero que você saiba que eu nunca vou te julgar. Acredite em mim... isso seria o sujo falando do mal-lavado.

— Eu só preciso que isso vá bem devagar.

— O que é *isso*? Defina *isso*? Envolve eu algum dia poder te ver... te tocar? Porque não dá pra ir mais devagar do que ter milhares de quilômetros no meio.

— Eu sinceramente não sei o que *isso* é ou o que eu posso te oferecer, Landon.

— Você me mandou aquela foto, e ela fodeu com a minha cabeça. Eu estava bem com as coisas como elas estavam. Mas aquela foto me lembrou que as coisas não precisam ser assim. E, sinceramente, eu acho que você ter me mandado a foto quer dizer que você também quer mais. Você só está assustada, e eu estou tentando entender por quê.

— Me desculpa se eu sou esse mistério que você precisa desvendar. Aquele primeiro telefonema bêbada deveria ter sido um aviso. Você devia ter fugido pras montanhas. Eu sou louca.

Ele não estava rindo da minha tentativa de autodepreciação.

— Não fale merda, Rana. Você não é. Você não é mais fodida da cabeça do que eu sou. Pelo menos você banca a doidice que mostra, ao contrário de todas essas pessoas falsas que eu encontro aqui diariamente.

Mais ou menos um minuto de silêncio se passou enquanto escutávamos os sons do oceano. Ouvi o isqueiro novamente.

Ótimo, eu estava deixando ele estressado.

Tenho certeza de que, se eu fumasse, também estaria acendendo um cigarro agora.

Havia mais um presente na caixa. Ele não havia dito nada sobre ele. Com os olhos fechados, fiquei ouvindo o som dele inspirando e expirando. Eu quase podia sentir o cheiro da fumaça. Minhas narinas ardiam só de imaginar.

— O que está na próxima caixa, Landon?

— Não estou certo de que você vai querer a próxima coisa.

— O quê? O que é?

O tom brincalhão de antes havia desaparecido.

— Bem, está ficando frio. Se você realmente estivesse aqui, eu ia querer te abraçar. Mas não tenho certeza de que você estaria confortável com isso, porque eu realmente não sei o que está acontecendo entre nós. Então, se a resposta for sim, que você ia querer que eu te abraçasse… Então abra a caixa. Se a resposta for não, então vou te pedir para não abrir.

Eu sabia, sem sombra de dúvidas, que ia querer estar nos braços dele. Só não queria admitir, porque me sentir dessa forma me assustava.

Mas eu precisava saber o que era.

— Sim. Eu ia querer isso.

— Abra, então.

Dentro do pacote número seis estava um moletom preto de capuz. *O moletom dele.* Parecia com o que ele tinha dito que estava vestindo essa noite. O material era bem pesado. Eu o levei até o meu nariz e respirei fundo. Tinha cheiro de cigarro e perfume. O cheiro dele era tudo que eu havia imaginado. Eu estava sentindo o cheiro *dele*.

— Bem, eu sempre soube que você era o tipo de homem que me daria a roupa do corpo…

— Vista — ele insistiu.

— Ok — sussurrei. Comecei a tremer um pouco enquanto o passava pela minha cabeça.

Ele esperou um pouco e então disse:

— Me sinta em volta de você. Sinta meu cheiro. Feche os olhos e só esteja comigo.

Devagar, meus olhos começaram a se encher de lágrimas, porque esse foi o maior lembrete do que eu estava perdendo, exatamente. Eu de fato sentia que uma parte dele *estava* comigo, e esse gesto foi ainda mais íntimo do que quando ele me mostrou uma foto dele, porque era como se eu pudesse *senti-lo* pela primeira vez.

Cada lágrima que caiu representava o arrependimento que saía de mim, arrependimento não apenas pelos meus erros passados, mas pelo que viver com medo estava me fazendo perder, agora, no presente.

8

Show de merda

Aquilo estava me corroendo.

Quando meu pai me encontrou para o café da manhã no fim de semana seguinte, aproveitei para contar a ele sobre Landon, porque eu precisava saber se meus pais haviam mentido para mim tantos anos atrás.

— Pai, você se lembra do menino dos Roderick, Landon, daquele apartamento na garagem na Eastern Drive?

— Ah, sim. O que tem ele?

— Bem, eu o reencontrei. Nós nos tornamos amigos de novo.

Meu pai parou de mastigar por um momento e acenou com a cabeça.

— Ah. Isso é bom.

A reação me surpreendeu. Eu esperava que ele ficasse bravo.

Meus olhos se arregalaram.

— Você não está chateado? Pensei que você sempre havia dito que eles eram pessoas ruins.

Ele balançou a cabeça.

— Não. Não o menino. O pai, ele *ter* olhar insano, mas o menino *ser* um bom garoto.

— Bem, ele me contou uma versão diferente da de vocês sobre o que aconteceu. Disse que você e a Shayla saíram sem pagar o aluguel, que nós não fomos despejados, na verdade.

Meu pai parou de cortar sua pera e apoiou a faca.

— Nós não *ter* dinheiro do aluguel, mas eles não *expulsar* a gente.

— Você mentiu para mim?

Ele hesitou, e então disse:

— Sim.

— Eu nunca nem pensei em te questionar sobre isso. Por que você mentiu?

— Sua mãe. Eu mudei para *afastar ela* daquele namorado. Mas mesmo assim ela não *deixar* aquele homem. Eu não *querer* te machucar, Ranoona. Eu *mentir* por causa da Shayla. Sinto muito.

— Você poderia ter me dito a verdade. Eu não teria te dedurado para ela. Eu entendo por que você fez isso.

Meu pai parecia realmente arrependido.

— Eu *comete* muitos erros com você. Grandes erros.

Embora detestasse que ele tivesse mentido para mim, não conseguia ficar brava com ele.

— Você fez o que sentiu que precisava fazer. Me desculpe por te fazer se sentir culpado, mas eu só queria ter sabido a verdade porque eu culpei Landon por isso durante muitos anos.

— Onde ele mora agora?

— Califórnia.

— Ele vem te ver?

— Não.

— Por que não?

— Porque é melhor assim. Você sabe que não namoro.

Ele franziu a testa.

— Eu *fica* triste com isso.

Era interessante como as coisas haviam mudado. Meu pai costumava me proibir de andar com garotos quando eu era adolescente. Enquanto isso, eu fugia pelas costas dele. Agora que estou mais velha, ele não poderia me pagar para sair com um homem.

— Por que você fica triste com isso, pai? Você não me quer aqui pra sempre?

— Você não casa, eu me *muda* pra cá.

— Para de me ameaçar.

E dei uma risada.

Ainda vestida com minha roupa de trabalho, eu estava deitada de bruços fazendo minha ligação diária para Landon.

— Te devo desculpas — eu disse.

— Por quê?

— Você estava certo.

— Sobre o quê?

— Sobre os meus pais. Eles mentiram mesmo sobre termos sido expulsos do apartamento da garagem. Bom, meu pai mentiu.

— Ah, só isso? Eu achei que você ia me deixar ver seu rosto, pelo amor de Deus. Você me deixou todo animado.

— Perdão pelo alarme falso.

— Como você descobriu a verdade?

— Meu pai admitiu. Aparentemente, ele só estava tentando afastar minha mãe do namorado dela, então achou que precisava mentir para fazer parecer que não tínhamos escolha.

— Você contou a ele sobre mim?

— Sim. Ele pareceu estranhamente feliz por termos nos reconectado. Ele provavelmente se sentiu culpado por ter interrompido nossa amizade, todos aqueles anos atrás.

— Eu sempre gostei do seu pai. Ele gritava sem razão e eu nem sempre conseguia entendê-lo quando ele falava rápido, mas sabia que era um cara legal. Lembro que uma vez ele nos levou ao shopping, naquele caminhão de merda que costumava dirigir.

— Sim. E, mais tarde, naquela noite nós demos de cara com a minha mãe e o namorado dela. Lembra?

— Sim. Como eu poderia esquecer? Isso foi uma merda — ele disse.

— Eu me lembro dessa noite. Depois que vimos Shayla, você tentou fazer eu me sentir melhor me comprando balas e uma daquelas revistas de adolescentes do Walgreens com o dinheiro que você tinha ganhado cortando a grama da vizinha. Sra. Sheen, era o nome dela. Eu não suportava a filha dela, Kelsie, a menina loira. Ela costumava querer sua atenção. Eu lembro de me sentir muito competitiva em relação a ela.

Houve uma longa pausa antes de ele dizer:

— Então eu provavelmente não deveria admitir que depois que você foi embora, eu e Kelsie namoramos por dois anos.

Meu coração quase parou.

— O quê?

— É. Ela foi minha primeira namorada e minha primeira... — ele hesitou. — Bem, você sabe.

O quarto parecia estar girando enquanto uma onda de ciúmes corria por mim.

— Você... transou com ela?

Landon pareceu se divertir com a minha pergunta.

— É o que namorados fazem aos dezesseis anos... dezessete, sei lá quantos anos tínhamos.

Um choque silencioso me consumiu. Eu tinha treze anos de novo.

Kelsie e Landon. Jesus, eu queria vomitar.

— Você está aí, Rana?

Ainda processando, perguntei:

— Uau. Ela? Ela foi realmente sua... primeira?

— Sim. Terminei com ela antes de mudar para a Califórnia.

Puxando meu cabelo, perguntei:

— Você... a amava?

— Eu gostava dela, e nós fomos os primeiros um do outro em muita coisa, mas não era amor, só coisa de adolescente. Eu nem sabia quem eu era naquela época. Não teria durado, mesmo que eu não tivesse me mudado. — Ele sentia meu choque. — Você está bem?

— Só estou digerindo isso.

— Não te entendo.

— O que você quer dizer?

— Você tem ciúmes de um namoro adolescente que eu tive quando tudo que eu quero é *você*, agora. Você poderia ter o que quisesse de mim, mas está perdendo tempo se preocupando com alguém que eu comi uma década atrás, alguém em quem eu não pensava há anos até você mencioná-la. Enquanto isso, é só em *você* que eu penso, mesmo que eu não veja seu rosto há treze anos. É quase cômico. Sério, é como um filme B da Netflix. Duas estrelas.

Ele estava certo, e eu me sentia como uma idiota — mesmo que ainda estivesse morrendo de ciúmes.

Ri um pouco de mim mesma, mesmo sem achar nada daquilo engraçado.

— Você sabe o quê? Isso é uma lição para você. Eu sou emocionalmente imatura.

— Bela tentativa. Pare de tentar me afastar de você. Só me faz te querer mais.

— Eu sou mais fodida da cabeça do que você acha, Landon. É pior ainda pessoalmente.

— Bem, eu não tenho como saber, porque você está escondendo metade da sua loucura de mim. Estou tentando comprar ingressos na primeira fileira para seu show de merda há semanas, mas não consigo.

Uma coisa constante é que, mesmo quando nossa conversa ficava pesada, ela geralmente acabava em risadas.

Depois que desligamos naquela noite, eu ainda estava perturbada por conta da confissão dele sobre Kelsie. Podia me sentir desmoronando. A necessidade de dar mais a ele era enorme.

Ainda estava vestindo minha roupa de dançarina do ventre, verde-esmeralda e dourada, e comecei a tirá-la, peça por peça, freneticamente: o sutiã com pedrarias, a faixa com contas do quadril, saia. Mal podia esperar para me livrar dela.

Ele ia provar uma pitada do próprio veneno.

9

GAROTA CIGANA

QUANDO O TELEFONE TOCOU, três noites depois, eu me preparei para a reação dele.

— Você está tentando me matar?

— Vejo que você recebeu meu pacote.

— Repito: você está tentando me matar, porra?

Sorrindo de orelha a orelha, eu já sabia que a encomenda havia chegado, já que eu havia passado o dia todo rastreando a entrega como uma doida.

— Você está bravo?

— Você está brincando? — Ele gemeu. — Estou deitado na minha cama agora, vestindo apenas você em cima de mim.

— E como é?

— É sedoso... Eu tenho franjas douradas em volta do meu pau.

— Essa é uma bela imagem.

— Você tem um cheiro divino. Divino, Rana. Eu quero me afogar em você.

As palavras dele me arrepiaram.

— Você gosta?

Passaram-se uns trinta segundos antes de ele responder.

Ele respirou no telefone e disse:

— Sabe, têm alguns momentos em que eu ainda me pergunto se você está me enganando. Tipo, aquelas fotos não eram realmente suas, ou talvez exista alguma razão sinistra pela qual você não me deixa te ver. Mas deixa eu dizer uma coisa: se isso for verdade, nesse momento eu não quero saber. Quero acreditar que você é tão incrível, por dentro e por fora, quanto eu acredito que você é. E quero ficar aqui te cheirando até não sobrar nada.

As palavras dele fizeram meu corpo inteiro vibrar com uma necessidade urgente de ser tocada por ele.

Pigarreei.

— Foi uma decisão impulsiva.

— Bem, me dá esperança de que uma decisão impulsiva leve a outra. Vou aceitar o que você quiser me dar. O que te fez escolher essa roupa em particular?

— Foi a noite que você me contou que havia namorado com Kelsie. Depois que desligamos, eu arranquei minhas roupas, louca de ciúmes, coloquei numa caixa e mandei para você. Você está vestindo meu ciúme.

— Você é completamente doida, mulher. Mas eu gosto do que você fez com a minha ideia.

— Sou bem engenhosa durante meus surtos psicóticos, sim.

— Da próxima vez me mande tudo, as calcinhas também.

— Isso passou pela minha cabeça, na verdade, mas não quis que você me achasse depravada.

— Eu gosto de depravada. O que eu *não* gosto é de como estou me sentindo agora, *privado*.

Uma ideia me veio à cabeça.

— Espera aí. Deixa eu vestir seu moletom.

Corri para o armário e o enfiei pela cabeça.

— Ok, agora também estou te vestindo.

— O que mais você está usando?

— Nada. Só você.

— Merda.

— Seu cheiro está saindo, porém.

— Bem, não vou te mandar mais nada. Quer me cheirar de novo? Vai ter que ser *eu*, não minha blusa. — Eu podia ouvir ele respirando fundo. — Estou com tanto tesão agora.

Eu me sentia como se pudesse gozar só de ouvi-lo falar sacanagem. Ele tinha aquela voz profunda que fazia isso comigo.

— Você está me deixando com tesão, também. — Eu me desafiei a perguntar: — O que você faria comigo se estivesse aqui?

— Várias coisas. Mas por algum motivo, sentir seu cheiro me faz ter muita vontade de te chupar. Eu estou desejando tanto isso agora, estou até com água na boca. — Ele baixou a voz. — Você me deixaria?

Mal conseguindo falar, gaguejei:

— Sim... Quer dizer... Sim... eu toparia.

— Eu estou totalmente obcecado por você, Rana.

Eu queria dizer que já estava além do ponto da obsessão por ele. Em vez disso, tentei me fazer sair do encanto sexual que suas palavras estavam jogando em mim.

— Você está obcecado com uma *ideia* de mim, o mistério. A realidade é uma bagunça.

— Que realidade não é? Um relacionamento é sobre apreciar o bom, o mau e o feio. Ninguém é perfeito.

Um relacionamento.

É isso que isso é, então?

Sabendo que eu estava fraquejando, sussurrei:

— Estou com medo.

— Não posso fazer isso para sempre. Eu não estive com ninguém desde a noite anterior à foto da sua bunda. Mas eu sou homem, tenho necessidades. Ou você me deixa te ver, me deixa estar com você, ou não terei outra escolha além de gastar essa energia sexual com outra pessoa. É isso que você quer? Quer que eu dê para outra pessoa o que é seu?

Meu coração estava martelando.

— Não.

— Então me diga uma data. Diga uma merda de data. Eu quero te ver. Você tem que decidir. Eu nunca vou aparecer na sua porta sem a sua permissão, te prometo isso. É você que está nos mantendo separados, então você tem que decidir como acontece.

Minha voz estava tremendo.

— Eu preciso de mais tempo.

— Você pode me dizer com honestidade que mais tempo te trará para mim? Se sim, então eu espero. Se não, só acabe com meu sofrimento agora. Me diga que nunca vai acontecer, pra que eu possa seguir em frente.

O medo sequestrou minha capacidade de falar. Aquilo era bem mais do que eu tinha pedido. Eu não tinha uma resposta. Meu silêncio o levou a tirar sua própria conclusão.

— Preciso desligar, Rana. Me ligue quando tiver algo para me dizer. A decisão é sua.

Então ele desligou.

Landon não estava brincando.

Alguns dias se passaram e ele não tinha ligado nem mandado mensagem. Eu me sentia confusa quanto a isso. Parte de mim estava sofrendo, porque eu sentia muita falta dele. O lado autodestrutivo, porém, estava exultante, porque não havia mais a pressão de me abrir para ele, de lidar com todos os sentimentos dolorosos que inevitavelmente surgiriam de um encontro cara a cara.

Mas, apesar da voz negativa, meu coração estava sofrendo de verdade e me implorando para acabar com aquele sofrimento. Para entrar em contato com Landon.

Uma noite, no trabalho, visões de Landon foram especialmente presentes em minha apresentação. Enquanto eu recolhia as notas que haviam sido jogadas para mim, me perguntei por quanto tempo ainda poderia viver assim.

A música parou e corri para beber água. Durante a pausa, finalmente cedi e mandei uma mensagem para Landon:

RANA:

> Você não estava brincando quando disse que a decisão era minha. Sinto falta de falar com você e sinto muito se te magoei.

Os três pontinhos que assinalavam sua resposta iminente apareceram. Meu pulso acelerou enquanto eu observava os pontinhos dançando.

LANDON:

> Aqui é o Ace, um amigo do Landon. Eu estou com o celular dele. Ele sofreu um acidente na pista de skate. Ficou inconsciente depois de bater a cabeça. Estou na sala de espera do Los Angeles Memorial. Os médicos estão fazendo alguns exames neste momento.

O quê?

Meu coração estava batendo fora de controle.

Isso não podia estar acontecendo.

A sala rodava, e senti que estava saindo do meu corpo. Entrei em pânico, enquanto um milhão de pensamentos corriam pela minha cabeça.

E se ele tivesse se machucado seriamente?

E se ele perdesse a memória?

E se eu nunca mais tivesse a chance de estar com ele?

A lista continuava.

E se eu nunca tiver a chance de contar a ele o que sinto?

E se ele... morrer?

MORRER.

E se ele morrer?

Finalmente reuni forças para digitar mais uma mensagem.

RANA:

Ele vai ficar bem?

LANDON:

Não sei de nada por enquanto. Sinto muito.

Não.

Não.

Não.

As lágrimas me cegaram enquanto eu corria pelo salão, atrás do gerente do restaurante. A banda achou que eu começaria a dançar e voltou a tocar.

— Xenophon, eu tenho uma emergência de família. Sinto muito. Preciso ir.

Sem esperar pela resposta dele, agarrei meu casaco e saí correndo do restaurante.

Minha respiração ofegante era visível na noite fria. Depois de correr por um quilômetro e meio, eu finalmente parei um táxi.

— Preciso que você me leve para o aeroporto.

Notando minha roupa pelo retrovisor, ele disse:

— Meio atrasada para o Halloween, hein?

Eu simplesmente dei um sorriso falso e fechei os olhos, rezando para chegar onde Landon estava a tempo, para que ele ficasse bem.

O que ele poderia achar de mim ficou realmente para trás quando preocupações mais sérias tomaram minha mente. Não havia mais tempo para ficar fixada em mim. Essa reviravolta havia colocado tudo em perspectivava.

Ele precisava ficar bem.

Isso era tudo que importava.

Dei ao motorista todas as notas que tinha comigo. Ele deve ter pensado que eu era uma stripper. Meu dinheiro mal deu para a corrida.

Levando apenas meu celular e minha carteira, corri pelas portas giratórias até o balcão da Spirit Airlines.

— Qual o próximo voo para Los Angeles?

— O das oito horas está lotado, mas a Delta tem um saindo em quarenta minutos. Mas você precisa ir até o Terminal A. É do outro lado, naquela direção.

Correndo sem rumo em busca do Terminal A, costurei pela multidão até finalmente chegar no balcão da Delta.

Infelizmente, havia uma fila. O velho atrás de mim me deu uma olhada e sorriu. *Nojento.* Eu estava focada demais em chegar na Califórnia a tempo para me importar.

Finalmente chegou minha vez.

— Preciso de uma passagem para o próximo voo para Los Angeles.

Depois que mostrei minha identidade e o cartão de crédito, a atendente apertou alguns botões antes de passar meu cartão e então disse:

— Sinto muito, senhora, mas a compra não foi aprovada. Você tem outro cartão?

— Só tenho esse. Você pode tentar de novo?

— Eu tentei duas vezes. Sinto muito, mas você vai ter que falar com a empresa de cartão de crédito.

Lembrei que havia atingido meu limite um tempo atrás, quando comprei novas roupas de inverno. Obviamente, não achei que teria que comprar uma passagem de avião. Devastada, implorei para a atendente:

— Por favor. Tem alguma coisa que você possa fazer? A empresa tem um financiamento ou coisa assim? Eu estou desesperada. Não estou viajando por prazer. — As lágrimas escorriam pelo meu rosto. — Tem esse cara. Eu tenho certeza de que é o amor da minha vida. Ele só não sabe disso ainda. Enfim, ele sofreu um acidente. E nem sei quão sério é. Saí do trabalho e corri direto para cá e estou morrendo de medo de que, se eu não pegar esse voo, nunca mais vá vê-lo. — Eu estava engasgando com o choro.

Nesse momento, dedos tocaram meu ombro.

Virando a cabeça, eu falei, nervosa:

— Por favor. Já estou terminando.

O velho então passou na minha frente.

Entrei em pânico:

— O que você está fazendo?

Ele falou com a mulher no balcão:

— Eu quero pagar a passagem dela, por favor.

O quê?

— Você tem certeza? — ela perguntou. — São setecentos dólares, mais taxas, só de ida.

— Sim, tenho certeza. — A mão dele tremia um pouco quando ele tirou o cartão da carteira de couro marrom, um tanto gasta, e o entregou para ela.

Fiquei parada, em silêncio, chocada com a generosidade desse homem que minutos atrás eu havia chamado de nojento. O velho pervertido havia se tornado meu anjo da guarda na Terra.

Ele me olhou:

— Se o amor da minha vida estivesse em perigo, pode ter certeza de que eu precisaria estar nesse voo. Na verdade, o amor da minha vida já morreu, mas ela era uma romântica e, se ela estivesse aqui, estaria me dizendo para pagar a passagem daquela menina cigana.

— Obrigada, senhor... qual o seu nome?

— Ralph Issacson.

— Senhor Issacson, vou ser grata por isso para sempre. Por favor, escreva seus dados para que eu possa te pagar.

Ele levantou a mão.

— Isso realmente não é necessário. É meu prazer fazer isso por você. E eu não preciso do dinheiro.

Não havia tempo para discutir. Eu precisava agradecer a esse homem antes de correr para o voo. A única coisa que consegui pensar que ele pudesse querer, por acaso, era de graça.

Tomando seu rosto entre as mãos, eu dei um beijo firme em seus lábios. Ele pareceu surpreso, mas bastante satisfeito com meu gesto impulsivo. Um sorriso permanente pareceu grudado em seu rosto. Eu definitivamente o deixei pasmo.

Correndo para o portão com apenas alguns minutos para chegar lá, rezei cinco Pai-Nossos e cinco Ave-Marias.

Sem malas, consegui voar pela segurança sem nenhum problema, exceto por um olhar feio quando os enfeites de metal na minha roupa de dançarina do ventre fizeram os detectores dispararem. Eles me liberaram, e cheguei na área de embarque bem a tempo.

Eu já mencionei que nunca entrei em um avião antes?

10

ME CONTE ALGO ENGRAÇADO

PASSEI CADA MOMENTO DO voo de cinco horas subindo e descendo os joelhos. Eu achava que teria medo de voar, mas me peguei com muito mais medo do que me aguardava em terra firme.

Sem poder me concentrar em nada além de Landon, eu não conseguia sequer ler ou focar em um filme para me distrair.

Quando aterrissamos, pedi dinheiro a um estranho para pegar o transporte público, que me deixou bem na frente do Los Angeles Memorial Hospital.

Eu estava ridícula, com rímel escorrendo e só um casaco por cima da minha roupa de dançarina do ventre. Sentindo que ia desmaiar de calor, tirei o casaco, o que levou todo mundo a encarar meu sutiã enfeitado. Eu não me importava, tudo que importava era chegar a Landon.

Parei na recepção.

— Estou aqui para ver Landon Roderick. Você pode me dizer onde ele está?

Meu coração estava na boca durante todo o tempo que a recepcionista levou para buscá-lo no sistema. Eu me preparei para a resposta dela.

— Ele está no quarto 410. Pegue o elevador até o quarto andar e siga as placas para a Ala Leste.

Soltei a respiração que estava segurando e uma onda de alívio correu pelo meu corpo.

Ele ainda estava lá.

Ele estava vivo.

Obrigada, Deus!

Sem ideia do que eu iria dizer ou fazer, corri para o elevador vazio e apertei o botão com o número quatro. Meu coração acelerava a cada andar.

De repente, meus nervos começaram a ganhar de mim. Sem conseguir evitar as lágrimas que estavam se formando nos meus olhos, eu me perguntei se realmente aguentaria vê-lo. Ou, pior, e se ele não me quisesse aqui nessas circunstâncias?

O elevador parou e as portas se abriram no andar de Landon.

Eu fiquei parada por um momento antes de respirar fundo e dar um passo para fora.

Sem conseguir me lembrar do que a recepcionista tinha me dito para fazer, devo ter parecido tão confusa quanto me sentia, porque uma enfermeira parou para me oferecer ajuda.

— Para onde você está indo?

— Quarto 410?

Ela apontou algumas portas à frente.

— É bem ali, mas está vazio. O paciente acabou de sair.

— Onde ele está?

— Sinto muito. Não posso te dar essa informação. É confidencial.

— Ele recebeu alta?

Ela hesitou.

— Creio que sim.

— Há quanto tempo?

— Talvez há uns vinte minutos.

Engolindo em seco, voltei para o elevador em choque. Minha garganta estava seca, eu não bebia nada há horas e logo iria desmaiar e precisaria eu mesma ser internada.

Para onde iria agora? Não tinha ideia.

Enquanto eu voltava para a recepção, olhei ao redor, em busca de algum sinal dele, mas foi em vão. Estava ficando tarde, era quase meia-noite, e eu precisava encontrá-lo. Para onde mais eu iria se não para ele? Eu só esperava que a mulher estivesse certa e Landon tivesse recebido alta em vez de ter sido transferido para outro lugar. Eu precisava ter certeza de que ele ficaria bem.

Me forçando a atravessar as portas giratórias, estava a ponto de mandar uma mensagem para Landon quando o mundo pareceu parar de girar.

Mais que depressa percebi que não precisaria esperar muito para descobrir o que havia acontecido com Landon.

A visão dele tirou meu ar.

Eu congelei.

Reconheci logo de cara seus braços fortes e tatuados, mesmo de costas. Pelo menos eu tinha 99% de certeza de que era ele. Landon estava na calçada, provavelmente esperando um carro.

Agora que eu podia ver que ele parecia bem, fiquei paralisada por outro tipo de medo.

Ele ainda não te viu.

Ainda há tempo de se virar e ir para casa, Rana.

Landon colocou a mão no bolso, puxou o telefone e digitou por um tempo. Eu continuei parada, observando-o de longe.

Uns dois minutos depois, meu telefone vibrou.

Ele estava digitando uma mensagem para mim.

LANDON:

> Eu sei que é tarde aí. Tenho certeza de que você está dormindo e, tecnicamente, estou no meio de uma proibição autoimposta de falar com você, mas só queria te dizer uma coisa. A vida é muito curta. Eu estou bem... mas bati a cabeça andando de skate. Tive uma concussão leve. Passei o dia todo no hospital para fazer exames e ter certeza de que minha cabeça ainda estava parafusada no lugar. (Embora a verdade é que ela nunca esteve, não é mesmo?) Enfim, o sentido desta mensagem é que teria sido uma merda se por algum motivo eu não estivesse bem, principalmente porque eu nunca teria tido a chance de te dizer que sinto muito por ter desligado na sua cara. Se por qualquer razão você estiver acordada e receber essa mensagem, eu realmente gostaria de um pouco da sua loucura agora. Me conte alguma coisa engraçada, Rana.

Ah, meu Deus.

Ok, respire.

Sem pensar, comecei a digitar. Minhas mãos tremiam.

RANA:

> Eu tenho algo pra te contar. Algo importante, na verdade. Então, eu te mandei uma mensagem durante meu intervalo no trabalho e você respondeu... só que não era você. Era seu amigo dizendo que você estava no hospital, que havia batido a cabeça e que ele não tinha ideia de quão grave era. O que uma pessoa sã faz nesse caso? Ela sai correndo do trabalho e vai para o aeroporto. Eu chego lá e acontece — surpresa! — que meu cartão de crédito não passa. Então, eu não ia pegar voo nenhum, até que um velho que estava me secando apenas alguns minutos antes decide pagar minha passagem. Eu dou um beijo na boca dele e corro para o portão. Nunca tinha estado em um avião antes. Seis horas depois, estou no hospital em L.A., ainda vestida com meu sutiã bordado e a saia transparente, só para descobrir que você já teve alta. Sem dinheiro, com fome e vestida como uma puta no Halloween, eu saio e noto que por algum milagre bizarro do destino você está parado na calçada. Então eu congelo, bem atrás de você, morrendo de medo.

Aperto "enviar".

Agora todo meu corpo tremia enquanto eu observava ele baixar os olhos para o celular e ler a mensagem.

Eu esperei por *aquele* momento e ele veio quando seu corpo girou.

Meu peito estava apertado. Finalmente seus olhos encontraram os meus. Foi de fato o momento mais surreal da minha vida, tão bonito quanto aterrorizante.

O vento noturno bagunçou meu cabelo enquanto Landon se aproximava lentamente de mim. Ele era ainda mais absurdamente lindo pessoalmente e de perto. Seus olhos eram ainda mais claros do que eu lembrava, o leve calo em seu nariz mais proeminente.

Estupefato, seus olhos iam de um lado para o outro enquanto me absorviam em silêncio. Ele colocou sua mão quente e grande no meu rosto. Fechei os olhos por um momento para aproveitar a sensação. Esse simples toque enviou algo que parecia ondas elétricas pelo meu corpo, a ansiedade se debatendo com o desejo, o medo se confrontando com o conforto. Tão familiar e ainda assim assustador.

Landon não disse nada, apenas me olhava com intensidade, e então começou a traçar suavemente os contornos do meu rosto. Fechei os olhos de novo, enquanto ele corria o indicador pelo meu nariz pequeno e empinado. Seus dedos então viajaram pelos meus lábios, pelo meu pescoço, e pararam logo antes dos meus seios, que estavam saltando para fora do sutiã bordado de pedras.

— Puta merda — ele sussurrou. — É realmente você.

Diga o que você está pensando.

Diga o que você está pensando.

Só diga.

Ele não disse.

Nosso momento foi interrompido por uma buzina alta, que tirou Landon de seu estado de transe.

Um cara barbudo, com aparência de hipster, baixou o vidro e gritou:

— Ei!

— Quem é esse? — perguntei.

Landon ainda estava me observando, hipnotizado, e não desviou os olhos quando disse:

— Meu amigo Ace. Ele veio me buscar.

Ace ligou o pisca-alerta, saiu do carro e veio até onde estávamos parados, bem na frente da entrada principal do hospital.

Ele apontou com o queixo:

— Quem é essa?

Pela primeira vez, a boca de Landon se curvou em um leve sorriso.

— É a minha garota, Ace. Ela só não sabe disso ainda.

Apesar do meu estado confuso, ri de leve. Isso era quase igual ao que eu tinha dito para a atendente do aeroporto sobre Landon ser o amor da minha vida. *Ele só não sabe disso ainda.*

— Você dá em cima de garotas aleatórias no hospital agora?

— Cale a boca. Essa é a *Rana,* seu idiota.

Ace riu.

—Ahhh, merda. Desculpa. Eu devia ter percebido pela roupa. Não somei dois mais dois. Ele me falou de você.

— Falou?

— Sim.

— Nós trocamos mensagens mais cedo — eu o lembrei.

Landon deu uma bronca no amigo:

— Como assim você não me disse que ela tinha mandado mensagem?

— Eu esqueci de mencionar. — Ace se virou para mim. — Você voou até aqui?

— Sim.

— Legal. Vocês estão prontos para ir embora? Eu tenho um compromisso.

Landon estendeu a mão para mim e eu a peguei, sem conseguir me lembrar de quando foi a última vez que tinha pegado na mão de um cara. Seu aperto era forte e protetor, representando o tipo de homem que eu sabia que ele seria comigo. Notei que ele usava dois anéis de prata nos dedos. Era incrível estar finalmente o tocando. Como um sonho, de verdade.

Depois que ele me levou até o banco de trás do Jeep de Ace, fomos embora. Não tinha ideia de para onde estávamos indo, embora imaginasse que ele estivesse nos levando para o apartamento de Landon.

O olhar de Landon permaneceu focado em mim durante todo o caminho, mas ele não disse nada. Seus olhos eram expressivos, como se ele quisesse dizer algo ou fazer mil perguntas. Com certeza tínhamos muito para discutir, mas ele deve ter preferido não falar nada na frente do amigo. Sem mencionar que nosso motorista havia colocado uma música bem alta com as janelas abertas. Era "So What Cha Want", dos Beastie Boys.

Um sensor fez com que a luz da entrada acendesse quando Ace estacionou na casa de Landon. A estrutura de estuque cinza-arroxeado tinha uma garagem no primeiro andar e uma varanda no segundo. Havia três unidades idênticas, uma ao lado da outra. A praia ficava do outro lado da rua, um pouco longe, mas ainda próximo o suficiente para que se pudesse ouvir o barulho das ondas.

Nós saímos, e Landon deu um tapinha no capô do carro de Ace.

— Obrigado por tudo, cara.

— Sem problemas. Prazer em te conhecer, Rana.

Eu acenei com a cabeça.

— Igualmente.

O barulho dos pneus de Ace no asfalto significava que estávamos finalmente sozinhos. Olhei para as agradáveis palmeiras dançando na brisa da noite, como se estivessem fazendo uma serenata para essa garota confusa do Michigan.

Landon se virou para mim, seus belos olhos azuis brilhando mesmo no escuro. Parada na frente dele, perguntei:

— Você está se sentindo bem?

— Sim. Minha cabeça ainda dói um pouco, mas dei muita sorte. — Ele sorriu. — Mesmo que eu estivesse com dor, tenho certeza de que ela estaria anestesiada agora. — Ele segurou meu rosto entre as mãos. — Puta que pariu, Rana. Você está aqui.

84 Penelope Ward

— Eu sei que é um choque.

— Mas um choque bom. Um choque *ótimo*. Eu sabia que no fim você ia dar o braço a torcer e concordar em me ver, mas, merda, você realmente me surpreendeu.

— Eu estava com medo. Não pensei duas vezes antes de vir para cá quando soube que você estava em perigo. Não era sequer uma escolha. Nada poderia ter me impedido.

— Nem mesmo uma cobra venenosa poderia ter te impedido — ele brincou.

— Isso mesmo. — Eu ri de nervoso, meu corpo incrivelmente alerta. — O que aconteceu com você?

— Costumo ir para a pista de skate para espairecer e às vezes faço umas loucuras. Escorreguei, bati a cabeça e apaguei. A próxima coisa que me lembro é de estar em uma ambulância. Obviamente eu nem sequer sabia que você tinha mandado uma mensagem até você comentar que o Ace tinha te respondido. Eu não notei, porque, como ele já tinha respondido, ela não estava destacada.

— Fiquei tão preocupada com você.

A boca de Landon se abriu em um sorriso enquanto ele passava o polegar pela minha bochecha.

— Você não precisa me convencer disso, linda. Você estar na minha frente agora já é prova suficiente do quanto você se importa comigo.

— Você acha que sou louca por ter pulado em um avião assim?

— Eu sempre te achei meio louca, mas você ter vindo até aqui não é uma das razões para isso. Estou em choque, a ponto de minha mente estar claramente travada e eu não conseguir pensar em nada atraente para dizer. Você entrar naquele avião significa mais para mim do que você poderia imaginar. — Ele se aproximou. — E não acredito que um velho te beijou antes de mim, aliás.

Achei que talvez Landon fosse me beijar bem ali, naquele momento, mas ele não fez isso.

Me sentindo subitamente envergonhada, baixei os olhos para os meus pés.

— Sei que você deve ter mil perguntas sobre a minha aparência. Eu…

— Você não me deve nenhuma explicação. — Ele pôs a mão no meu rosto.

— Mas tenho certeza de que você está se perguntando… — Quando eu fiquei sem palavras, ele completou meu pensamento.

— Me perguntando onde seu nariz está? — Ele riu. — Eu acho que é bem óbvio o que aconteceu aí.

— É. Eu sei que é óbvio. Quis dizer que você poderia estar se perguntando por que eu...

— Na verdade, não, não estou. E você precisa de um banho quente e comida. Vamos entrar. Deixe sua ansiedade aqui fora. Eu vou cuidar bem de você. — Pegando minha mão, ele me levou para a entrada.

— Não seria eu que deveria estar cuidando de *você?* — perguntei enquanto o seguia para dentro.

— Não. Os médicos disseram que vou ficar bem. Só preciso de um Advil e tomar cuidado para não sofrer mais nenhum acidente que envolva meu crânio por um tempo, já que a concussão o deixou vulnerável. Então, sem doidices por algumas semanas, e você vai ter que evitar jogar coisas em mim enquanto estiver aqui. Vou tentar não te provocar. — Ele deu uma piscadela.

— Estou tão aliviada que você esteja bem.

— Eu também, especialmente agora que você está aqui. Teria sido chato perder isso. — Ele fez um gesto para o entorno. — Enfim, bem-vinda à minha humilde toca. Não é nada chique, mas é o que você consegue em troca de morar perto da praia.

O apartamento de Landon era legal. Era pequeno, mas amplo, e com uma boa vista do mar.

Quando ele me levou para o quarto, mostrou a vista da sua janela, mas tudo que eu conseguia fazer era olhar para Landon quando ele não estava olhando. Ele se virou para mim de repente e pareceu notar que eu estava babando. Devo ter ficado vermelha ou algo assim, porque ele aparentemente pôde sentir meu nervosismo.

— Relaxe. Eu não mordo. — Ele se aproximou e pôs as mãos nos meus ombros, mas eu as senti no meu coração. — Sou só eu. Não fique nervosa.

É esse o problema. É você, Landon. E eu não confio em mim.

Eu estava nervosa? Claro. Mas sem dúvida não era porque eu tinha medo de que ele tentasse algo. Eu estava mais surpresa com o quanto meu corpo *queria* sucumbir a cada desejo naquele momento, especialmente quando ele me tocava. Com o quanto eu estava inebriada pelo cheiro dele, com o quanto eu queria correr minha língua por seus lábios carnudos. Mas era claro que Landon estava tomando cuidado. Ele estava levando as coisas devagar.

— Eu me sinto segura aqui. Não estou nervosa de apreensiva. É mais um nervoso de excitação, algo que não estou acostumada a sentir.

— Bem, está bem então. — Ele sorriu. — Você gosta de café da manhã no jantar?

— Sim.

Apontando com a cabeça, ele disse:

— Me siga.

— Já é quase de manhã, de qualquer forma. — Peguei a mão dele enquanto ele me levava para a cozinha.

Landon acabou fazendo deliciosas rabanadas com canela antes de me levar para um banho quente.

Fiquei intrigada com o chique sabonete líquido Anna Sui no banheiro. Isso me fez pensar se uma mulher teria dado aquilo para ele, ou se ela tinha deixado lá. Tentei afastar a ideia da minha mente.

Quando terminei, me enrolei em uma toalha e espiei para fora do banheiro.

— Você tem algo que eu possa vestir?

Ele gritou da sala:

— Deixei algumas roupas no chão, do lado de fora da porta. Vai ter que servir por enquanto. Amanhã nós saímos e te compramos algumas coisas.

De fato, havia uma pilha de coisas dobradas no chão, bem ao lado do meu pé.

— Obrigada — gritei, apanhando as roupas.

Voltando ao banheiro enfumaçado, vesti a camiseta preta e vintage do Def Leppard e o short preto. A camiseta era grande, então decidi dar um nó na base, logo acima do meu umbigo, para ficar mais feminina.

Depois que saí do banheiro, encontrei Landon em seu quarto. Ele estava com as mãos no bolso e olhava pela porta de vidro que dava para a varanda.

— Me sinto uma sem-teto — comentei.

— Bem, você seria a sem-teto mais linda que eu já vi. — Ele baixou os olhos para minha barriga, notando que eu havia amarrado a camiseta. Ele olhou meu umbigo com atenção.

— Você tem um piercing. Eu não tinha notado antes.

— Antes minha saia estava cobrindo.

— Eu adorei.

Landon andou na minha direção. A tensão sexual no ar era pesada quando ele roçou os dedos no meu piercing. Eu não poderia sequer descrever o que aquele simples toque estava fazendo com meu corpo.

Limpando a garganta, falei:

— Eu furei mais ou menos na época em que comecei a dançar. — Landon tinha um pequeno brinco preto em sua orelha direita, e eu havia notado mais cedo que sua língua também era furada. Achei extremamente sexy. — Adorei seu piercing na língua. É seu único furo além do da orelha?

Ele deu um sorriso e acariciou o queixo, parecendo incerto quanto a responder minha pergunta.

— Não. Eu tenho outro.

— Onde?

O sorriso no rosto dele disse tudo.

— Não é um lugar que eu possa te mostrar agora.

Eu me senti subitamente quente.

— Ah.

Ele levantou uma sobrancelha, parecendo se divertir com minha reação levemente constrangida.

— Você perguntou.

— Perguntei.

Ele brincou com o meu cabelo, aparentemente achando minha vergonha bonitinha.

— Você teria uma escova? — perguntei.

Ele coçou a cabeça.

— Sim. Já volto.

Ele trouxe uma escova e me pegou de surpresa quando, em vez de me entregá-la, foi para trás de mim e começou a escovar meu cabelo molhado. Fechei os olhos e aproveitei a sensação de seu corpo quente atrás de mim, suas mãos em meus longos cachos, enquanto ele suavemente corria a escova pelas mechas. E, claro, como qualquer uma com sangue quente estaria, eu ainda estava pensando em seu piercing no pau.

— Eu não lembrava do seu cabelo ser tão escuro quando éramos crianças — ele disse. — É tão preto... maravilhoso.

— Sim. É natural. Pelo menos eu posso dizer isso de alguma coisa, certo?

Ele ignorou minha tentativa de autodepreciação, nem se dignando a responder.

Senti suas palavras suaves contra meu pescoço:

— Até quando você pode ficar?

Respondi com sinceridade:

— Não sei.

Ele parou de escovar e correu as mãos pelo meu cabelo, parando logo antes da minha bunda. Seu toque era eletrizante.

— Seu chefe achou ok você sair correndo para vir para cá?

— Não faço ideia. Eu só disse que tinha uma emergência familiar e saí.

— É melhor você ligar amanhã, para ficar tranquila, mas saiba que se eles te causarem problemas por qualquer motivo, eu te ajudo. Dou um jeito de você pagar o aluguel.

— Não precisa.

— Você nem podia pagar pela passagem pra vir para cá. Está bem claro que você precisa desse trabalho. E você o sacrificou para vir me ver, então eu vou me certificar de cuidar de você.

Sem saber mais o que dizer, simplesmente murmurei:

— Obrigada.

Landon foi até a cômoda. Havia lá vários elásticos amarrados juntos, em uma enorme bola. Ele pegou um e o colocou na boca, segurando-o com os dentes. Por algum motivo, isso era estranhamente sexy.

Ele veio por trás de mim e juntou meu cabelo em um rabo de cavalo baixo, prendendo o elástico em volta. Sua mão ficou um tempo ali antes de soltar. Meu corpo desejava o retorno do seu toque. Ter as mãos dele sobre mim estava rapidamente se tornando uma das minhas coisas favoritas.

Eu me virei para encará-lo. Nossos olhos se cruzaram por vários segundos. Era um pouco irritante o quanto eu queria que ele me tocasse de novo. Mas ele não o fez.

— Fique com a minha cama — ele disse finalmente. — Amanhã tomaremos café na praia. Então, poderemos ter aquela conversa.

— Você não tem que trabalhar amanhã?

— Mel está cuidando do *truck*. Eu estou oficialmente de licença, enquanto você estiver aqui.

— Você pode fazer isso?

— Eu sou o chefe. Eu posso fazer o que quiser. — Ele começou a ir em direção à porta. — Vou te deixar dormir um pouco. Já é de manhã no Michigan.

— E você?

— Eu vou dormir logo, também.

— Ok, te vejo de manhã.

— Boa noite, Rana. — Ele deu dois tapinhas na porta e desapareceu.

Deitada na cama de Landon, nadando em seu intoxicante cheiro masculino, percebi que estava ouvindo o som do mar de verdade. Nada de máquina, mas a coisa real.

Ultimamente, quando eu não conseguia dormir, ia até meu armário e lia um dos velhos bilhetes de Landon. Essa noite, em vez disso, fui até a janela dele. Olhei para baixo.

Ele estava do lado de fora, fumando um cigarro. Admirei sua maravilhosa estatura e a forma como sua bunda se moldava perfeitamente em suas calças pretas. Essa cena não era exatamente como eu tinha imaginado. Na minha cabeça, o mar era um pouco mais próximo, quando na verdade eu só podia vê-lo ao longe. Mas mesmo assim era muito legal.

Então me bateu: minha maior fantasia, estar na Califórnia com Landon, havia se tornado realidade. Era assustador e excitante, tudo ao mesmo tempo, especialmente porque eu não tinha ideia do que viria no dia seguinte.

11

Rasgado

Um aroma delicioso encheu o ar enquanto eu me espreguiçava. Não era um sonho, no fim das contas. Eu realmente estava na Califórnia com Landon.

A forte luz do sol entrou pela janela do quarto dele e eu sorri, mais uma vez notando o fato de que aquilo estava acontecendo de verdade.

Landon não me viu chegar por trás dele enquanto cozinhava no fogão. Havia café fresco sendo passado sobre o balcão. A torradeira apitou. "Island in the Sun", do Weezer, estava tocando, e ele assobiava enquanto fazia várias coisas ao mesmo tempo.

Ele estava usando um boné virado para trás, nenhuma camisa, e sua cueca estava aparecendo por cima do jeans. Fiquei um momento admirando os contornos de suas costas musculosas. Meus mamilos endureceram contra a camiseta dele, que eu ainda estava vestindo.

Tossi de leve, para que ele soubesse que estava lá.

Ele se virou com a espátula na mão.

— Ei! Dormiu bem?

— Como um bebê, quando finalmente peguei no sono.

— Ótimo. — Ele pegou uma caneca e me serviu um pouco de café. — Como você toma?

Até uma pergunta simples como aquela despertou minha mente excitada. *"Como você toma?"* Por que tudo de repente soava tão sedutor?

— Só com creme.

— Pode ser leite? Eu compro creme mais tarde, agora que sei que você gosta.

— Leite está ótimo.

Meus dedos roçaram nos dele quando ele me entregou a caneca fumegante. Mesmo esse pequeno contato me causou arrepios.

— Obrigada.

Seus olhos focaram os meus antes de ele se afastar e voltar para o balcão. Landon parecia um pouco nervoso e eu não conseguia entender por quê. A insegurança estava dando as caras, tentando me convencer de que esse comportamento um pouco estranho era porque ele estava decepcionado comigo.

Ele falou, de costas para mim:

— Só vou embrulhar esses burritos, enquanto estão quentes, e vamos levá-los para a praia.

Havia um leve vento gelado quando andamos em silêncio até o mar. Landon havia colocado café em dois copos com tampa e carregávamos os burritos embrulhados em papel alumínio.

Escolhemos um lugar e nos sentamos perto um do outro no cobertor fino que ele havia levado. Rodeados por gaivotas e comendo em silêncio, olhamos para o oceano.

Quando terminamos o café da manhã, Landon pegou meu papel alumínio e o jogou em uma sacola que ele havia levado para o lixo. Sem a comida para nos distrair, eu me virei para ele e fiz a pergunta que vinha me incomodando:

— Você está bem?

Ele pegou minha mão e entrelaçou seus dedos nos meus.

— Eu estou muito bem, sim.

— Você está muito quieto. Eu estava só imaginando o que está passando na sua cabeça.

— Eu tenho *muita coisa* na cabeça, o que quer dizer você. Para ser sincero, eu estou achando… não sei ao certo como agir com você.

— O que você quer dizer?

Ele olhou para o mar para organizar os pensamentos.

— Ainda estou me acostumando a ter você aqui, em carne e osso. Acho que não estava preparado para isso como pensei que estaria. Não sei como lidar com minha atração por você, porque eu sinto que… pode te deixar desconfortável. Então, estou tentando escondê-la, e não sei bem *como* fazer isso. Porque o que estou sentindo… é bem intenso. Você é incrível. Quero só ficar te olhando, mas sei que você tem questões com sua aparência. Para ser sincero mesmo, quero fazer mais que só ficar te olhando. Mas sei que, se estragar isso, você vai sair correndo de volta para o Michigan antes que eu tenha tido a chance de passar um tempo com você.

Eu odiava saber que o fazia sentir que estava pisando em ovos comigo. Para ser sincera, eu estava petrificada de mostrar a ele o que tinha feito. Mas agora que eu estava aqui de fato, isso não importava mais.

— Eu estava com vergonha de te mostrar o que eu tinha feito com meu rosto e meu corpo.

— Por quê? Não é como se estivessem estragados. Você é perfeita.

— Eu sei. Eles fizeram um ótimo trabalho. Nariz pequeno e empinado. Seios perfeitamente redondos. Shayla e eu sempre tivemos os mesmos grandes olhos verdes, mas todo o resto era diferente. Eu basicamente me fiz ficar igualzinha à minha mãe, e nunca deixei de me criticar por isso. Não havia nada de errado comigo antes, Landon. Mas, de alguma forma, eu acreditava que havia, que ela tinha ido embora porque eu não era boa o suficiente, que eu precisava ser mais parecida com ela para merecer algo na vida. Às vezes, eu não aguento me olhar.

— O dinheiro que seus avós te deram... agora faz sentido. Você o usou para cirurgia plástica.

— Sim. Eles me deram dinheiro para a universidade e eu fugi com ele assim que fiz dezoito anos. Fui ver um médico em Detroit e fiz meu nariz e meus peitos. Depilação a laser também. Morei em um hotel vagabundo por meses. Que tipo de pessoa pega o dinheiro dos avós e faz isso?

— Alguém que está decepcionada e perdida. Mas você era jovem. Tenho certeza de que eles já te perdoaram.

— Perdoaram, mas não acho que deveriam.

— Todos nós cometemos erros, Rana. Você precisa se perdoar. Você precisa aceitar o que fez. Você também precisa aceitar que as pessoas vão te olhar e te achar linda pra caralho e não há nada de errado com isso. Aceite.

— Eu estava apavorada de te mostrar, porque eu *sabia* a forma como você olharia para mim.

— Você se sentiria melhor se eu mentisse e dissesse que não te quero, que te acho horrorosa?

— Não. Gosto que você se sinta atraído por mim. A realidade é que me faz me sentir ótima e terrível ao mesmo tempo.

Ele levantou os olhos para o céu e então voltou a me olhar.

— Eu sempre te achei bonita, ok? Eu me lembro do seu rosto daquela época como se fosse ontem e nunca vou esquecê-lo. Você me fascinava porque me lembro de sentir que você era diferente das outras garotas, mas não de uma forma ruim. Eu adorava seu nariz grande e suas sobrancelhas grossas. Mas eu amo esse nariz, também. Amo os dois rostos. Provavelmente porque eu amaria qualquer pacote no qual você viesse.

A brisa fria do mar não era páreo para o calor que eu sentia dentro de mim naquele momento. As palavras dele realmente me tocaram. Ninguém nunca tinha feito eu me sentir tão bonita por dentro e por fora.

— Sempre te achei bonito também, Landon. E estou muito feliz de estar aqui com você.

Ele passou suavemente seu polegar pelo meu.

— Por favor, fique um tempo.

De jeito nenhum eu poderia deixá-lo agora.

Eu fiz que sim.

— Ok.

Com a energia renovada, ele me puxou para que me levantasse.

— Vamos às compras.

Passamos o resto da manhã na rua, comprando coisas essenciais como calcinha, sutiã e algumas roupas.

De alguma forma, durante todo esse tempo, não falamos sobre o carro dele. Então, fiquei surpresa ao descobrir que, apesar do apartamento modesto, Landon dirigia uma bela Range Rover Sport cinza. Quando perguntei como ele havia pagado por ela, ele me explicou que havia guardado dinheiro por alguns anos. Além disso, o *food truck* ia muito bem. Ele havia pegado um empréstimo para começar o negócio e tinha conseguido pagar de volta em dois anos. Agora o lucro cobria as prestações do carro e outras contas, além de permitir que ele empregasse Melanie e guardasse uma grana.

De tarde, Landon insistiu em me levar a uma pequena boutique em Venice Beach que vendia roupas casuais, com ar de praia. Ele queria que eu escolhesse algo bonito caso fôssemos a esse bar num *rooftop* onde alguns de seus amigos estariam mais tarde.

Entrei no provador para experimentar um macaquinho azul que eu havia escolhido. Como sempre, ficou justo na bunda e nos peitos, mas a cintura coube perfeitamente. Eu queria a opinião dele. Afinal, era ele que estava pagando.

Quando fui até onde ele estava sentado, Landon estava mexendo no celular. Ele olhou para cima quando me notou e seus olhos se acenderam.

— Você está maravilhosa nisso.

— Você gosta mais desse que do anterior?

— Eu adoro. Leve esse. Leve todos.

Assim que me virei para voltar ao provador, meu celular escorregou das minhas mãos. Quando eu me abaixei rapidamente para pegá-lo, o impensável aconteceu.

O impensável.

O tecido sobre a minha bunda se rompeu. Pelo menos foi assim que soou e a sensação que eu tive.

Ah não.

Fique calma.

Talvez ele não tenha notado.

Assim que notei, Landon veio para trás de mim, cobrindo meu corpo com o seu e me empurrando rapidamente para o provador.

Uma vez lá dentro, nós nos encaramos por um breve momento antes de explodir em uma gargalhada histérica.

Eu enxuguei os olhos.

— Eu não posso nem olhar. É muito feio?

— Feio não é como eu descreveria ter visto sua bunda por um rasgo de segundo.

— Obrigada por ter me resgatado. Acho que entrei em choque e congelei. Definitivamente não queria me exibir para a loja toda.

Ele piscou.

— Eu te dou cobertura.

— Literalmente.

Apertados no pequeno provador, não havia como escapar da tensão sexual no ar. Nossos rostos estavam próximos e eu tinha certeza de que ele ia finalmente me beijar. Meu coração estava disparado.

Os olhos dele baixaram para os meus lábios.

— Vou deixar você se vestir.

Então, ele se virou.

Nada.

Uau.

Eu estava morrendo por dentro.

Landon saiu e retornou para a área de espera enquanto eu terminava de me vestir. Ele acabou me comprando os dois vestidos que eu havia provado antes do macaquinho.

O sol estava forte quando voltamos para a rua. Paramos bem em frente ao carro dele.

Carregando uma enorme sacola de compras, falei:

— Eu vou pagar de volta por todas essas roupas que você me comprou hoje.

— Fodam-se as roupas. Você pode me pagar não correndo de volta para o Michigan.

Eu realmente não sabia quanto tempo podia ficar ali. Eu tinha obrigações. Não havíamos discutido um período exato, mas eu sabia que precisaria voltar para casa em breve. Sendo realista, não poderia ficar mais de uma semana.

— Isso me lembra que eu preciso ligar para o trabalho quando voltarmos para sua casa e avisar que vou ficar fora uma semana.

Ele pareceu seriamente decepcionado.

— Uma semana? É tudo que você pode ficar?

— Bem, por enquanto sim. Posso voltar se conseguir guardar algum dinheiro.

— Rana, eu vendo meu carro se precisar, mas pago as suas passagens. Dinheiro não é o que vai me impedir de te ver de novo. Você tem certeza de que só pode ficar uma semana? Vai passar tão rápido, e sinto que preciso de mais tempo com você.

— Não sei quanto tempo meu chefe vai me dar.

Embora ele parecesse desapontado, respirou fundo e concordou:

— Entendo.

Quando voltamos ao apartamento, fui para o quarto para ter alguma privacidade. Liguei para meu chefe para me desculpar pela forma como eu tinha saído e disse a ele que estava lidando com uma emergência familiar do outro lado do país. Ele concordou em me dar a semana de folga, sem pagamento.

Explicar minha ausência para Lilith seria mais difícil.

Liguei para ela em seguida e aguardei enquanto sua mãe a punha no telefone.

— Rana? Por que você está me ligando? Você nunca me liga. Você foi presa?

Aquilo me fez rir.

— Não. Está tudo bem, mas queria te dizer que não estarei aí amanhã.

— Ótimo. Estou escrevendo um trabalho sobre você e acabei de falar sobre como você nunca fura comigo.

Merda. Isso era bem ruim.

96 *Penelope Ward*

— Me desculpe, Lilith.

— Tanto faz. Tudo bem. Enfim, por que você não pode vir?

— Você não vai acreditar.

— O quê?

— Eu estou na Califórnia. Eu vim visitar o Landon.

— Sério?

— Sim.

— Você vai se casar?

— Não.

Eu ri.

— Se você se casar, é bom eu ser a daminha.

— Ok. Garantido.

— É sério, Rana.

Eu ri.

— Você não precisa se preocupar com isso, mas ok.

— Você viu alguma estrela de cinema? Vai aparecer na TV?

— Não e não... Espero que não.

— Quando você volta?

— Daqui a uma semana. Prometo te levar para sair assim que chegar.

— Ele é tão bonito quanto você esperava?

— Muito.

— Você não vai ficar triste de ir embora?

Fechando os olhos, eu disse:

— Muito.

— Você é burra?

— Por que você está perguntando isso?

— Só quis ver se você responderia "muito" de novo. Você já disse duas vezes seguidas.

— Esperta, você.

— Você vai chorar quando tiver que se despedir do Landon?

— Não sei. É possível.

— Você vai me trazer algo?

— Claro. Vou te levar um pedaço da Califórnia.

— Mas não areia em um saquinho. Quero um presente de verdade. Você devia comprar logo, antes de ficar triste demais para se lembrar.

— Ok, vou achar algo legal. Prometo.

Depois que desligamos, a última ligação que fiz foi para o meu pai. Aparentemente, ele surtou quando chegou no meu apartamento para o café da manhã e não me encontrou lá. Ele me disse que tinha começado a rezar para Santo Antônio, padroeiro das coisas perdidas, para que eu fosse encontrada a salvo.

Quando expliquei onde estava, ele ofereceu me mandar dinheiro, que eu disse que definitivamente precisaria aceitar para a passagem de volta, mesmo sabendo que Landon insistiria em pagar.

Landon levantou do sofá quando emergi das ligações.

— Falou com todo mundo?

— Sim. Todo mundo que importa sabe que eu não desapareci.

— E assim Lenny não é mais o principal suspeito — ele brincou.

— Uma grande verdade.

— Seu pai acha ok você estar aqui comigo?

— Sim, de verdade. — Eu sorri. — Ele está ansioso para que eu comece a namorar.

Ele riu, mas então sua expressão endureceu.

— Você vai me contar por que não namora?

Sem saber como responder, eu disse:

— Eu já te disse que, quando era adolescente, cometi o erro de me envolver com caras errados. E agora, já adulta, pareço atrair homens que só querem uma coisa. Eu só decidi que ficaria melhor sozinha. Sempre que penso em tentar, parece exaustivo demais. Então, não namoro.

Landon, aparentemente, podia ler meus pensamentos.

Ele correu a mão pelo meu cabelo e colocou uma mecha atrás da orelha.

— Tem algo que você não está me contando.

Fiquei em silêncio.

— Alguém te machucou? — Minha falta de resposta o levou a concluir por si mesmo e ele disse: — Ok. Não espero que você me conte tudo de um dia pro outro. Mas eu quero saber.

Fechei os olhos quando ele segurou meu rosto. Quando os abri, virei o jogo e disse:

— Você já me contou tudo que tem pra saber sobre você?

— Não, não contei — ele respondeu, sem hesitar. — E não vou começar nada com você antes disso. É por isso que estou dormindo no sofá. Mas acho que esta semana é para nos acostumarmos um com o outro, com quem somos agora, em vez de fazermos falsos julgamentos baseados em como nosso passado nos define. — Ele deslizou a mão pelo meu braço. — Estou falando sério quando digo que não quero estragar isso. O que você diz? Que tal vivermos no presente por alguns dias... levar devagar... aproveitar a vida... e nos conhecermos *pessoalmente* como amigos? Fechado?

— Amigos... — Eu sorri.

— Sim... amigos. — Ele estendeu a mão. — Fechado?

Eu a apertei.

— Fechado.

Ele apertou minha mão com força enquanto nos encaramos. Nenhum de nós queria ser o primeiro a soltar, então, de repente e do nada, ele me puxou. Quando me dei conta, seus lábios estavam envolvendo os meus. O movimento foi tão repentino, tão inesperado, que eu quase fiz xixi nas calças.

Ele gemeu enquanto empurrava suavemente para dentro da minha boca.

— Merda — ele disse por cima dos meus lábios.

Sentir seu piercing rodando por ali foi o suficiente para me fazer perder todas as inibições. Ele tinha gosto de açúcar e cigarro, e o que eu mais queria na vida era continuar com aquilo. Eu não tinha percebido com quanta fome eu estava, o quanto eu precisava desse contato. Mas ir de zero a Landon era como não comer nada por anos e de repente encontrar a melhor das comidas.

Enfiei meus dedos em seus cabelos curtos, empurrando-o mais para o fundo da minha boca. Seu beijo ficou mais forte e eu caí de costas no sofá. Seu corpo duro estava agora sobre o meu. Em vez de me sentir assustada, eu apreciei sua força.

Suspiros desesperados escapavam da minha boca para a dele. Os sentimentos que borbulhavam em mim enquanto nos beijávamos eram diferentes de tudo que eu já havia sentido. O último homem que esteve em cima de mim ainda era basicamente um adolescente. Esse era um homem musculoso, cujos sons de desejo, embora mais profundos, eram iguais aos meus. Me assustou o quanto eu estava disposta a lhe dar qualquer coisa que ele quisesse.

Nós nos beijamos pelo que pareceu serem vários minutos, embora para ser sincera eu não tivesse nenhuma noção de tempo. Me sentia como se pudesse ficar beijando Landon para sempre, me afogando em um abismo de desejo que eu não estou certa de que poderia ter freado mesmo que o prédio começasse a pegar fogo.

O problema com algo tão bom é que nunca era o suficiente, particularmente para alguém como eu, que passou tanto tempo sem nem sequer tocar um ser do sexo oposto.

Eu precisava sentir o corpo dele. Quando tentei deslizar minhas mãos por baixo da sua camiseta, ele as alcançou e imediatamente segurou meus pulsos, antes de se afastar de mim.

Landon estava com a cabeça contra o encosto do sofá e ofegava, parecendo que tinha acabado de escapar de algo.

Eu estava morta de vergonha.

— Eu... me desculpe.

Ele pôs a mão na minha perna.

— Não, não, não... você não precisa se desculpar. Não ouse se desculpar.

O rosto de Landon estava vermelho. Ele parecia tão perturbado quanto eu. Sua ereção estava explodindo por baixo do jeans. Ele estava claramente com tesão, então por que havia parado?

Incerta se realmente queria saber a resposta, perguntei:

— Por que você se afastou?

— Acredite, eu quero suas mãos em *todas* as minhas partes. Só tive que me afastar porque tive medo de perder o controle. Não vou ficar satisfeito enquanto não estiver enfiando bem fundo em você, Rana, e não quero que você faça nada de que vá se arrepender. Estava bom demais, e mais alguns segundos eu teria dito "foda-se", ido rápido demais e estragado tudo.

— Estava tudo bem. Era só um beijo.

— Aquilo *não* era só um beijo. Nunca vai ser *só* um beijo com você. Nunca.

— Não, acho que não era.

— Você estava começando a tirar minha roupa. Tive que parar.

Me sentindo um tanto estúpida, admiti:

— Eu queria sentir sua pele.

— Se você não tem ninguém há tanto tempo quanto diz, você está frágil. Não posso ir tão rápido quanto meu corpo quer, por mais que eu queira. Isso seria um erro.

Por mais que meu corpo resistisse a essa ideia, eu sabia que ele estava certo.

— Bem, obrigada por cuidar de mim quando eu mesma não estou fazendo isso.

Encostei minha cabeça em seu ombro e levantei os olhos enquanto ele olhava para mim.

Landon grunhiu:

— Merda... tá vendo... é só você olhar para mim e eu já preciso te beijar de novo.

Dei um suspiro.

— Então, me beija...

Ele cedeu com um beijo firme nos meus lábios.

— Sem tocar — ele falou por cima da minha boca. — Só beijar. Ok?

Sorrindo por cima dos lábios dele, eu disse:

— Isso vai ser duro de aguentar.

— *Muito* duro.

12

Dançarina particular

Conhecer os amigos de Landon tão rápido foi uma coisa importante. Eu não tinha muito tempo e queria experimentar como era sua vida na Califórnia. Ele tentou deixar claro que nós não precisávamos sair, mas eu o convenci do contrário, porque estava realmente curiosa.

Quando chegamos ao Sunset Rooftop Bar, reconheci Ace imediatamente. Ele estava ao lado de um homem e uma mulher sentados juntos o suficiente para que eu presumisse que eram um casal.

A decoração era muito bacana, com várias lanternas reluzindo pela noite. Havia um bar que parecia iluminado de roxo bem no meio de tudo. Estávamos cercados por pessoas bizarramente bonitas, algo a que eu definitivamente não estava acostumada em minha cidade. Na maior parte do tempo, eu me tornava o centro das atenções em um lugar cheio. Aqui, passava desapercebida.

Landon pôs sua mão na minha lombar quando me apresentou aos seus amigos, que estavam sentados em bancos acolchoados em um canto.

— Rana, você conhece Ace. E este é Dave e sua namorada, Mia.

Dave, um cara alto e loiro, se levantou e apertou minha mão.

— Prazer em te conhecer.

Mia fez o mesmo.

— Ei, Rana. — Ela era bonita, um tanto exótica, talvez meio asiática. Abriu um sorriso sincero.

Ace virou sua cerveja, derrubando um pouco na barba, e soltou um leve arroto.

— Rana é dançarina do ventre.

Os olhos de Mia se arregalaram.

— Isso é tão legal, muito mais divertido que ser uma terapeuta ocupacional como eu. Eu adoraria dançar como profissão.

Landon apertou minha cintura e disse:

— Não é fácil fazer isso todo dia, os caras te agarrando e merdas assim. Rana me conta várias histórias.

Eu sorri para ele.

— Pode ser divertido às vezes, acho, depende da noite.

— Conte para eles da cobra — Landon disse.

— Ah — eu ri. — Sim, meu chefe às vezes me faz dançar carregando uma cobra nos ombros.

Mia engasgou.

— Você tá brincando? Isso ia me apavorar!

Concordando, eu disse:

— Foi estranho no início, mas me acostumei. É incrível o quanto me rende mais gorjetas, então aprendi a conviver com ela.

Landon e eu nos sentamos de frente para eles. Ele deu um tapinha brincalhão no meu joelho.

— Rana é uma guerreira. Sempre topa qualquer coisa. Desde que éramos novos.

Dave pareceu surpreso que Landon e eu tivéssemos um passado.

— Vocês dois se conhecem há algum tempo então?

Olhei para Landon antes de oferecer minha versão da história:

— Fomos amigos no ensino fundamental por mais ou menos um ano, antes de eu me mudar. Eu não via Landon desde que tinha treze anos, até que recentemente nós retomamos o contato.

— Que bonitinho — Mia disse encantada. — Como esse reencontro aconteceu?

Aparentemente, Landon decidiu que a realidade precisava ser enfeitada um pouco.

— Uma noite, Rana estava pensando em mim e do nada decidiu me procurar.

Mia olhou para Dave.

— Que romântico.

Não.

— Teria sido romântico se eu não estivesse bêbada como um gambá quando liguei para ele.

Ace cuspiu um pouco da sua bebida.

— Uau... isso é demais.

— Landon está tentando me fazer parecer mais elegante do que sou.

— É, ela me ligou bêbada. — Ele riu e pareceu realmente aliviado por eu estar confortável com seus amigos.

Durante a hora seguinte, contamos histórias da nossa infância e do nosso reencontro. Com cada gole da minha bebida, a noite parecia mais relaxada.

Em certo ponto, Ace se virou para mim:

— Ei, nos mostre alguns dos seus passos de dança.

Landon olhou feio para ele.

— Ace...

— Não, tudo bem. Eu danço para estranhos o tempo todo. Vou ficar feliz de dançar para os seus amigos. — Eu me levantei e os encarei. — Ok, então um dos movimentos é chamado de Oito. É um movimento básico, no qual um quadril se move de forma oposta ao outro, em um plano vertical. Um lado abaixa, se afastando do corpo, sobe e então volta ao centro. O outro lado sobe, vai para o centro, desce e então se afasta do corpo.

Demonstrei o passo várias vezes, enquanto os olhos deles permaneciam grudados nos meus quadris.

— Basicamente é desenhar um oito com a sua bunda — Ace disse.

— Mais ou menos, sim. E, claro, minhas mãos podem estar fazendo todo tipo de coisas, ou tocando os sinos, se movendo no ritmo, ou às vezes carregando um réptil gigante.

Minha pele balançou quando comecei a mover os quadris com mais velocidade, mostrando um dos passos mais rápidos.

Um cara que estava passando por ali me viu dançar. Ele colocou a mão na minha cintura e disse:

— Continue mexendo, linda.

O rosto de Landon ficou vermelho e seus olhos estavam fuzilantes. Ele parecia prestes a assassinar alguém. Por sorte, o cara não ficou ali e desapareceu antes que uma explosão acontecesse. O olhar de Landon o seguiu por um tempo, no entanto.

Me mexendo até parar, eu disse:

— Enfim, é uma pequena amostra para vocês.

Os quatro bateram palmas para mim quando me sentei de volta.

O momento de ciúmes de Landon passou e ele me olhava orgulhoso, mais uma vez parecendo realmente aliviado por eu estar tão à vontade com os amigos dele.

Ele se inclinou no meu ouvido:

— Você é incrível, sabia?

— Seus amigos são ótimos.

— Fiquei com medo que você ficasse desconfortável.

— Você não precisa ser tão protetor. Eu estou bem.

— Enquanto eu estiver perto de você, Rana, vou ser protetor. Não sei como não ser eu.

Antes de irmos embora, Landon me deixou com seus amigos enquanto ia ao banheiro.

Ace, que definitivamente tinha bebido um pouco demais, se sentou no lugar livre ao meu lado. Seus olhar estava vazio quando ele me encarou por um tempo.

Eu podia sentir o cheiro de cerveja em seu bafo quando ele disse:

— Estou tão feliz que vocês se reencontraram. Eu amo aquele cara. Amo mesmo. Ele merece ser feliz com alguém que não o está usando.

A última parte me chamou a atenção. Eu não ia bisbilhotar sobre as ex de Landon, apesar da minha curiosidade e da vontade de pedir para Ace explicar exatamente quem havia usado Landon. Qualquer informação sobre o passado de Landon deveria vir dele, não de seu amigo bêbado.

Eu simplesmente disse:

— Não poderia concordar mais.

Landon pareceu preocupado quando voltou e me viu conversando com um Ace bêbado.

— Tudo bem?

Tentando parecer indiferente, eu sorri.

— Ótimo.

Ele olhou de Ace para mim.

— Quer ir embora, Rana?

— Claro.

De fato, eu já estava bem cansada e mal via a hora de voltar para a casa de Landon. A noite toda olhando para ele em seu suéter sexy e justo, eu só queria me aninhar em seu peito como um gatinho. Mais do que pronta para ficar sozinha com ele de novo, pensei que, se ele não quisesse transar comigo essa noite, poderíamos ao menos ficar abraçados.

Landon deu um abraço de lado em Ace.

— Estamos indo. Boa noite, cara. Fique bem. Você vai deixar Dave te levar?

— Sim. — Ace me deu um beijo no rosto. — Boa noite, Rana.

— Boa noite, Ace.

Depois que nos despedimos de Dave e Mia, Landon colocou um braço em volta de mim enquanto saíamos do bar.

— Ace se comportou enquanto eu fui ao banheiro?

— Sim. Ele só estava trocando as palavras um pouco e disse o quanto estava feliz que nós nos reencontramos.

— Ele fica falador quando está bêbado. Só queria ter certeza de que ele não disse nada que te chateasse.

— Não, nada.

— Você quer ficar na rua ou ir para casa?

Casa.

— Para sua casa, você quer dizer?

— Bem, certamente não quis dizer no Michigan. — Ele apertou meu braço. — Sim, minha casa… que é sua casa aqui.

— Parece uma boa ideia. Foi um dia longo.

Depois de chegar no apartamento de Landon, ficamos encarando um ao outro no meio da sala.

Um pouco alta e com tesão, meus mamilos endureceram só pela forma como ele estava me olhando. Definitivamente nós dois estávamos sentindo os efeitos do álcool, e dava pra farejar o desejo no ar.

Landon se aproximou. Sentir sua respiração estava me fazendo fraquejar ainda mais.

— Sabe, quando você estava dançando hoje à noite, eu estava enlouquecendo a cada movimento dos seus quadris. Como você, eu também tenho um lado ciumento. Quando aquele cara pôs a mão em você, perdi a cabeça por um momento, o que é meio doido, porque esse tipo de coisa deve acontecer com você o tempo todo. Eu só não estou lá para ver.

Era bom receber o ciúme dele. Normalmente, era o contrário.

— É, acontece um tanto. — Qualquer outra resposta seria mentira. Sempre tinha homens dando em cima de mim no trabalho.

— Invejo as pessoas que podem te ver dançar toda noite.

Isso me deu uma ideia.

— Já volto.

— Onde você vai?

Não respondi, simplesmente fui para o quarto dele. Sabia que ele mantinha a roupa verde-esmeralda que eu tinha mandado pelo correio no armário. Eu a tirei do cabide e vesti.

Ele ainda estava parado no mesmo lugar, esperando por mim, quando voltei.

— O que está acontecendo? — Ele sorriu.

— O que está acontecendo é que... eu vou te dar uma dança particular... se você quiser.

— Eu quero, pra caralho.

Tinha uma música lenta e sensual com a qual vinha praticando no meu celular. Eu a achei e aumentei o volume.

Girando meus quadris delicadamente ao som dos tambores, mantive meu olhar colado no dele. O desejo se acumulava em seus olhos a cada segundo. Dancei devagar em volta dele, que mantinha seu corpo parado enquanto a cabeça se virava para seguir meus movimentos. Provocando-o com o véu de seda, rocei o material pelo seu corpo de forma sedutora.

Em um determinado ponto, ele agarrou o véu e, de alguma forma, o enrolou em volta da minha cintura antes de me puxar e me prender ao seu corpo com ele. Nesse momento, ele me beijou mais forte do que nunca. Eu sentia sua ereção. Era dura como uma pedra contra minha barriga nua, através do tecido da calça. Nossas línguas colidiram numa corrida para se experimentar. Não conseguiríamos ganhar por muito mais tempo a batalha para manter o controle.

O calor do corpo dele contra o meu estava me deixando incrivelmente molhada.

— Você é a mulher mais linda do mundo — ele sussurrou na minha boca, suas mãos enterradas nos meus cabelos. — Obrigado pela minha dança particular.

— Sabe, desde que você me mandou aquela primeira foto sua, eu não consegui dançar no trabalho sem ter você na minha mente. Mesmo que essa seja a primeira vez que estou fazendo isso na sua frente, eu estou dançando pra você, e só pra você, há um tempo.

— Bem, não sei o que eu fiz pra merecer isso, mas vou aceitar.

Os olhos dele caíram para os meus seios.

Levantando uma sobrancelha, perguntei:

— Gostou de alguma coisa?

— Seus peitos sempre ficam assim de fora quando você dança para outras pessoas?

— Esse sutiã em específico é menor que os outros. É o mais revelador.

— Seria muito te pedir para não usá-lo mais… exceto comigo?

— Possessivo, alguém? — provoquei.

— Você não gosta disso?

— Eu gosto, na verdade.

— Bom. Porque eu *sou* um maldito possessivo quando se trata de você.

— Tecnicamente, essa roupa é sua, de qualquer forma. Não vai mais ver a luz do dia.

— É minha, é? — Ele falou de uma forma que me fez pensar se ele estava falando da roupa ou de mim. Não importava a pergunta, a resposta era a mesma.

— Sim, sua.

— Ótimo, porque eu não quero dividir com ninguém. — Ele olhou para o meu decote. — Eles são lindos, Rana. Talvez você não queira que eu te admire assim, mas, que inferno… seu corpo é absurdo.

Landon tinha um jeito que me fazia querer revelar tudo para ele. Era porque eu sabia que, embora ele estivesse me idolatrando com os olhos agora, ele realmente me queria *inteira*. Ele via mais que só o físico, e por isso, pela primeira vez na vida, eu me senti segura e confortável o suficiente na minha própria pele para me impor de uma forma sexual. Porque eu sabia que ele não queria me machucar.

Enquanto ele continuava a admirar meus peitos, perguntei:

— Você quer vê-los? — Minha própria ousadia me surpreendeu.

Ele levantou a cabeça para encontrar meus olhos.

— Você vai mostrá-los para mim?

— Se você quiser.

Brincando, ele checou o próprio pulso.

— Da última vez que chequei eu ainda estava vivo. Então, caralho, sim, eu quero.

Meu coração acelerou quando eu comecei a empurrar o sutiã para baixo devagar, expondo meus seios. O tesão tinha deixado meus mamilos duros como aço.

O olhar de Landon se fixou neles, até que ele disse:

— Eles são perfeitos.

Me sentindo um pouco vulnerável com meus peitos de fora, tentei fazer piada da situação.

— É, bom, eles custaram um bom dinheiro.

— Eu teria gostado deles antes também.

— Nem sei porque fiz isso. Eles nem eram tão pequenos.

Ele finalmente me olhou nos olhos de novo.

— Eu me lembro. Você já os tinha quando eu te conheci. Era tipo a única coisa feminina em Rana Banana.

— Você olhava pros meus peitos naquela época?

— Eu tinha treze anos. E você estava começando a se desenvolver e era meio que a única garota com quem eu andava naquela época. Então, sim, eu olhava.

Isso me fez sorrir.

— Eu nunca soube que você me notava assim.

— Bem, não era como agora, mas notava.

Quando o olhar dele voltou para os meus peitos, eu disse o que estava pensando:

— Você quer tocá-los?

Landon mordeu o lábio, frustrado.

— Eu disse que não ia te tocar.

Me senti estúpida por ser a agressora.

— Ok — eu disse, levantando o sutiã de novo.

Ele me parou, cerrou os dentes e então riu um pouco.

— Espere. Eu preciso tocá-los.

— Ok. — Baixei o sutiã de novo.

Landon colocou suas duas grandes mãos sobre os meus peitos e começou a massageá-los suavemente. Ficando mais molhada a cada segundo, fechei os olhos e me deixei sentir a incrível sensação das mãos dele na minha pele. Um gemido de desespero escapou de mim.

Abri os olhos quando, de repente, senti sua boca quente substituir a mão sobre meu seio esquerdo. Ele estava perdendo o controle, começando a devorar meus mamilos, cedendo à sua necessidade. Ele alternava entre mordidas suaves e chupadas fortes. A sensação da bola de metal na língua dele roçando contra minha pele macia era quase demais para aguentar. Olhando para baixo, eu podia ver a ereção dele saltando do jeans e precisei me controlar para não esfregá-la com a minha mão.

110 Penelope Ward

As chupadas se intensificaram. Se era possível fazer amor só com a boca, era isso que parecia. Pingando entre as pernas, eu estava desesperada para sentir essa boca em outras partes, seu piercing deslizando por cada centímetro do meu corpo. E por mais que isso me aterrorizasse, eu estava desesperada para senti-lo dentro de mim.

Como eu poderia dizer que queria mais sem soar como uma piranha? Fazia tantos anos que eu nem conseguia lembrar como era. Eu estava pronta, desde que fosse ele a entrar em mim.

Mas ele havia dito que nós precisávamos esperar, e eu sabia que isso era mesmo melhor.

Landon começou a diminuir a velocidade de sua língua. Seus olhos estavam fechados e ele continuava a me devorar.

— Você tem um gosto tão bom — ele murmurou na minha pele. — Nunca fiquei excitado assim... estou perdendo minha força de vontade bem rápido.

A necessidade dele de se segurar me levou a pensar se também havia um motivo pessoal pelo qual ele estava levando as coisas devagar comigo.

Quando ele finalmente parou, a perda do contato foi quase dolorida. Meus mamilos estavam molhados e formigando. Seus belos lábios vermelhos estavam inchados de terem sugado meus seios por tanto tempo.

Eu me cobri. Ele fechou os olhos, com uma expressão frustrada.

Era interessante que Landon tivesse sido tão direto sobre querer fazer sexo comigo quando estávamos separados pela distância. Pensei naquela vez ao telefone em que eu quase gozei ao ouvi-lo falar sobre como ele queria me chupar.

O que aconteceu com aquilo, aliás?

Agora que ele me tinha bem na frente dele, algo o impedia. Ele era sexualmente ativo antes de nos conectarmos. Eu sabia disso desde o momento em que liguei bêbada para ele e Valéria estava lá. E, na noite anterior, eu havia espiado a cômoda dele e encontrado uma caixa de camisinhas quase vazia. Não era como se ele não fizesse sexo antes de mim. Então, por que não *comigo*? Era quase como se, agora que ele podia me ter, precisasse pensar duas vezes.

O comentário de Ace havia ficado na minha cabeça. Ele deu a entender que o amigo tivera o coração partido por alguém. Talvez Landon me visse como outra pessoa que poderia machucá-lo. Talvez fosse por isso que estava tendo tanto cuidado.

— Alguém te machucou... alguma mulher?

Ele pareceu surpreso.

— Por que você está perguntando isso?

— Ace mencionou algo para mim no bar… foi vago… mas ele disse que você merecia ser feliz com alguém que não estivesse te usando. Alguém partiu seu coração? Ou eu só estou imaginando coisas?

Landon pareceu ainda mais surpreso.

— Eu já te disse, o Ace fala demais quando está bêbado, nem sempre sabe o que está dizendo.

Eu fiz que sim com a cabeça, embora ele não houvesse exatamente respondido à minha pergunta.

— Ok.

Eu não queria forçá-lo, porque nos abrirmos um para o outro teria que ser uma via de mão dupla, uma fronteira que eu não estava pronta para cruzar.

Landon também não me deu mais corda.

— Quando você disse que voltaria mesmo? — ele perguntou.

— Não estipulei um prazo, mas meu chefe só concordou em me dar uma semana sem pagamento. Acho que se for mais que isso, ele teria que achar uma substituta.

— Nós precisamos de mais tempo. Não sei como vou te deixar ir embora.

— Eu não quero ir. Mas estou meio que presa no Michigan por enquanto. E você está na Califórnia de vez, certo? Quer dizer, por que você iria querer sair desse lugar?

Ele me olhou como se a resposta fosse óbvia.

— Consigo pensar em um bom motivo.

Meu coração se encheu de uma mistura de esperança e medo.

— Você se mudaria para o Michigan?

— Eu não gostaria de voltar para lá. Mas não sei se conseguiria ficar longe de você se isso… se as coisas funcionarem entre a gente. Você disse que não vai deixar seu pai, então… — Ele deve ter notado a expressão levemente apavorada no meu rosto, porque de repente mudou o tom. — Ok, chega de coisas sérias. Escorreguei. Eu não deveria falar sobre o futuro. Não vamos nos preocupar com tudo isso agora. Fizemos um acordo de nos divertirmos e nos conhecermos enquanto você estiver aqui. Acho que devemos cumpri-lo.

Aliviada, suspirei.

— Você está certo.

Nessa noite, dormi sozinha na cama de Landon de novo, desejando que ele estivesse ao meu lado. Apesar do quanto tínhamos nos aproximado, parecia que ele havia tomado uma decisão consciente de não transar comigo durante essa viagem. Por mais que eu não entendesse totalmente o motivo, eu precisava respeitar sua decisão e acreditar que era o melhor para mim.

Meus seios ainda estavam formigando de tesão, desejando serem sugados de novo. Eu praticamente ainda conseguia sentir a umidade da boca de Landon neles. A necessidade física misturada à minha apreensão de deixar a Califórnia estavam me matando.

Precisando de um alívio, deslizei a mão entre as pernas e comecei a massagear meu clitóris com os dedos indicador e médio. Agarrando os lençóis de Landon com a mão oposta, levantei os quadris, acompanhando o movimento dos dedos.

Um intenso orgasmo me tomou depois de alguns minutos.

Do outro lado do corredor, pude ouvir o chuveiro sendo ligado e ri sozinha, pensando se ele estava prestes a fazer a mesma coisa que eu.

13

Desvio

A intensidade da noite anterior foi substituída pelo sol de um novo dia no sul da Califórnia.

Landon achou que seria legal trabalharmos por um tempo no *food truck* durante a tarde. Ele sabia o quanto eu queria vê-lo em ação e, embora tecnicamente ele não devesse trabalhar, queria me mostrar como era seu típico dia de trabalho.

Venice era muito interessante. Misturados à bela praia havia caras vendendo seus CDs e alguns centros para prescrição de maconha medicinal. Era o lugar perfeito para observar as pessoas.

Paramos na pista de skate a caminho do *truck*, para que Landon pudesse me mostrar onde ele passava boa parte do seu tempo livre.

Finalmente chegamos à Lancheira do Landon, que estava estacionada na praia. Melanie estava trabalhando quando chegamos lá. Ela era uma morena bonitinha e pequena, de cabelo curto e um corpo atlético. O ciúme imediatamente começou a dar as caras. Sempre me perguntei qual seria a aparência dela e, secretamente, esperava que fosse feia, considerando que passava todos os dias com ele.

Landon nos apresentou.

— Mel, esta é a Rana.

— Não! — Os olhos dela se iluminaram. — É você! O sanduíche de feta da Rana!

Era estranho ser lembrada por uma comida.

— Oi. — Sorri. — O que tem nesse sanduíche?

— Feta, alface picada, azeitonas, cebola roxa e molho grego no pão pita.

— E tomates — Landon lembrou, atento.

— Ah! — Melanie estalou os dedos. — É verdade. Tomates!

— Mel, por que você não tira a tarde de folga? Eu trabalho o resto do dia e fecho. Rana vai ser minha assistente.

— Tem certeza?

— Claro.

— Legal, cara. Não vou reclamar, né?

Melanie tirou o avental e lavou as mãos rapidamente.

— Rana, foi muito massa te conhecer — ela disse antes de desaparecer do *truck*.

Depois de vê-la sumir na direção do mar, eu me virei para Landon:

— Ela parece muito legal. Como vocês se conheceram?

— Na pista de skate, na verdade. Ela é uma skatista incrível, diferente de mim, que quase abri a cabeça.

Não consegui me conter.

— Ela é bonita, também.

Landon pareceu notar para onde minha cabeça estava indo. Ele apenas sorriu para mim por um momento, antes de informar:

— Ela é lésbica.

— Sério?

— Sim.

Obrigada, Deus.

Menos uma coisa para me preocupar.

— Você nunca comentou isso em todas as vezes que a mencionou.

— Bem, seu ciúme é bonitinho, então eu esqueci. Achei que você viria até aqui mais rápido se se sentisse ameaçada. — Ele deu uma piscadela. — Mas, pelo jeito, tudo que eu precisava fazer era quase morrer, isso sim funcionou.

— Babaca.

— Mas deixa eu te contar um segredo.

— Diga.

Ele se inclinou e falou no meu ouvido:

— Você não precisa se preocupar com nenhuma garota. Não consigo pensar em ninguém além de você há séculos e, quando você for embora, só vai ficar dez vezes pior.

A ideia de me despedir me deixava doente.

— Não vamos pensar nisso — eu disse enquanto ele beijava meu pescoço.

Meus olhos pararam no balcão perto da janela. Uma fila estava se formando, anunciando o início da movimentada hora do almoço. Ele precisava trabalhar.

Roçando o polegar em seu lábio, falei:

— É melhor você ir. Tem uma fila.

Naquela tarde, assisti Landon preparar sanduíche após sanduíche. Me surpreendeu como ele sabia todos os ingredientes de cor, sem ter que checar nada. Havia pelo menos cinquenta ingredientes para os cinco sanduíches do dia. Landon me disse que usava produtos locais e frescos, comprados direto dos produtores sempre que podia. Ele mantinha o *truck* incrivelmente organizado e limpo. Dizer que eu estava impressionada seria um eufemismo.

Meu trabalho era pegar o que ele precisasse. Tudo estava rotulado dentro da geladeira, o que tornou minha tarefa superfácil. Também havia um freezer para sorvete, onde eu ia se pedissem sobremesa.

A fila não diminuiu por pelo menos uma hora. Quando as coisas finalmente se acalmaram, ele me atacou de brincadeira com uma toalha antes de me puxar para um beijo.

Eu falei contra sua boca:

— Eu acho que poderia me acostumar com isso.

— Você é uma ótima ajudante, linda. É tudo que você imaginou... a Lancheira?

— Eu amo este *truck*. Eu já amava a ideia dele antes de saber o quanto era incrível estar dentro dele. Mas, nossa, é *tanto* trabalho, mais do que eu imaginei.

— Sim, mas o tempo passa rápido quando você está ocupado.

— Você é incrível, Landon. Você construiu esse negócio do nada. O sucesso é todo seu. As pessoas lotam isso não só por causa da criatividade que você põe na comida, mas porque tudo que você usa é superfresco. Você é rápido, eficiente e encantador com os clientes. Se eu já não tivesse uma queda por você, certamente teria agora. Com certeza seria sua melhor cliente. Acho que seria gorda, porque me entupiria dos seus sanduíches todo dia.

Ele absorveu minhas palavras enquanto um olhar apaixonado enchia seus olhos.

— Venha aqui, você. — Ele me puxou de novo e só me abraçou enquanto a brisa morna do oceano entrava no *truck*.

Era o paraíso na Terra.

Eu estava tomada de felicidade. Era realmente fácil imaginar uma vida ali com ele. Queria ser sua ajudante permanente, parceira, amante. Mas eu sabia que não seria tão simples. Essa viagem não era o início de uma mudança para a Califórnia, eram férias. E nós nem tínhamos começado a nos conhecer de verdade.

Landon me soltou de repente.

— Quase esqueci. Fiz Mel comprar umas coisas no caminho para que eu pudesse te fazer algo especial.

— O que é?

Ele foi para o fundo do *truck*.

— Fique onde está. É uma surpresa. Sem espiar.

Eu o vi pegar uma banana antes de abrir o freezer e tirar algo dali. Tinha certeza de que ele estava servindo uma bola de sorvete e colocando algo por cima. Então veio o som de um spray de chantilly.

Landon voltou carregando um sundae imenso.

— Em homenagem ao seu pequeno acidente de moda no outro dia, eu te apresento… A Rana Banana Split, perfeito para ser dividido.

Rindo, eu peguei o doce.

— Muito esperto. — Mergulhei a colher e gemi ao provar. — Hummm.

Ele mordeu o lábio.

— Não faça esse som de novo, Saloomi. Você me mata assim.

Landon continuou a me olhar intensamente enquanto eu devorava o sorvete. Eu lambia a colher devagar, só para provocá-lo, e podia ver meu reflexo em seus olhos famintos e brilhantes.

Comecei a lhe dar na boca um pouco de sua deliciosa criação. Nós nos revezamos até que tivesse acabado. E então ele beijou o que havia ficado no meu lábio.

Dividir uma banana split em silêncio era um bom exemplo do tipo de alegria simples que eu sentiria falta quando estivesse de volta à minha vida normal no Michigan.

Nos dias seguintes, Landon me levou a toda parte. Dirigimos pelo Vale da Morte, fizemos uma trilha no Runyon Canyon e visitamos o Teatro Chinês e a Calçada da Fama. Ele até me levou à Disneylândia e insistiu para que eu provasse o hambúrguer do In-N-Out, já que esse também era um clássico da Califórnia. Devo ter ganhado pelo menos cinco quilos desde que chegara aqui, entre a comida dele e todo o fast-food.

Voltávamos tarde todos os dias e Landon me dava um beijo de boa-noite e ia para seu lugar no sofá, enquanto eu dormia na cama dele. Ele continuava fazendo um ótimo trabalho em evitar qualquer acontecimento sexual.

Meu voo estava marcado para o domingo, dali a dois dias. Nosso tempo estava mesmo acabando.

Na sexta à tarde, depois de um dia cheio, estávamos voltando para o apartamento quando ele se virou para mim.

— Se importa em fazer um pequeno desvio?

— Nem um pouco.

Depois de dirigir por vinte minutos pela interestadual, paramos na entrada de um cemitério. De repente, ficou perfeitamente claro por que Landon havia me levado ali.

— Quero que você conheça minha mãe.

Pegando sua mão, sorri com simpatia.

— Tudo bem.

Estacionamos e caminhamos por fileiras de lápides de diversos tamanhos, muitas delas cercadas por flores mortas. Enquanto nos aproximávamos do túmulo da mãe dele, notei um carro funerário estacionado ao longe, seguido por uma fila de automóveis de passeio.

Por fim, Landon parou em frente a uma lápide de mármore que trazia o nome *Beverly Ann Downing* entalhado.

— Nunca trouxe ninguém aqui antes. Você é a primeira garota que estou trazendo para conhecer minha mãe.

— Na verdade nunca tinha estado em um cemitério.

— Você tem sorte, então.

— Com quanta frequência você vem aqui?

— Eu costumava vir bem mais. No último ano minha vida ficou mais agitada. Venho a cada dois meses, em média.

— Tenho certeza de que, onde quer que ela esteja, Beverly entende que você está ocupado. Ela está sempre com você, de qualquer forma.

— Você acredita que ela pode ver tudo que estamos fazendo?

Precisei pensar de verdade no assunto.

—Acredito, sim.

— Não sei como me sinto sobre isso.

— Só sei que ela estaria orgulhosa de você.

Landon franziu a testa.

— Talvez agora. — Ele fez uma pausa. — Isso vai soar estranho, mas eu alterno entre querer a aprovação dela e a mais pura raiva por ela não merecer a importância que dou.

— Você ainda está bravo com ela por te dar para a adoção?

— Há momentos que sim. Mas também tomei decisões ruins na vida. Todos nós tomamos. E até certo ponto entendo por que ela fez a escolha que fez. Pessoalmente, eu não poderia imaginar abrir mão do meu filho. É muito difícil aceitar como alguém pode simplesmente entregar sua própria carne e sangue para estranhos. Quer dizer, sei que ela era confusa. Mas eu só queria que ela tivesse tentado com mais vontade largar as drogas, ou encontrar outro jeito. É estranho... Sempre senti essa falta de conexão com os meus pais no Michigan. Sei que eles me amam, mas com frequência penso em como uma relação com Beverly teria sido, se eu a tivesse conhecido e ela não fosse uma viciada. Obviamente, jamais saberei.

Me matava ver que ele ainda sofria tanto por causa da mãe. Para mim, era óbvio por que ela tinha sentido que precisava abrir mão do filho para que ele pudesse ter uma vida melhor. Mas, claramente, Landon ainda sofria, e isso me deixava muito triste.

— Você conheceu algum outro parente por aqui? — perguntei.

— Conheci a irmã dela, minha tia, Miranda. Parece que ela e minha avó, que já morreu, tentaram convencer Beverly a não me dar para a adoção. Mas minha mãe só sentia que seria melhor para mim. — Ele balançou a cabeça, afundado em pensamentos enquanto olhava para o túmulo. — Ela nem sempre foi viciada. Minha mãe na verdade cresceu em Lancaster, que fica a uns 130 quilômetros ao norte daqui. Veio para Hollywood para tentar ser modelo e atriz. — Landon olhou para mim e sorriu. — Ela era muito bonita. Vou te mostrar uma foto uma hora. Enfim, ela se envolveu com as pessoas erradas, que a apresentaram às drogas. Muitas dessas pessoas estão limpas agora, vivendo ótimas vidas, enquanto minha mãe está a sete palmos do chão.

Hesitei em perguntar:

— E seu pai biológico?

— Ninguém sabe quem é. Há várias possibilidades, se ela era tão problemática quanto eu penso que era. — Ele chutou um pouco de terra. — De qualquer jeito, só queria te mostrar o descanso final dela.

Sentindo a necessidade de abraçá-lo, envolvi seu pescoço com meus braços e encostei meu rosto em seu peito.

— Obrigada por compartilhar isso comigo.

Ele coçou minhas costas devagar.

— Me desculpe por te incomodar com a minha história triste quando Deus sabe que sua mãe não foi muito melhor que uma total ausente. Você acabou ótima, levando tudo isso em conta.

— Isso não tem nada a ver com Shayla. Nunca peça desculpas por amar a mulher que te deu a vida.

— Bem, mesmo morta, Beverly é uma parte grande de quem eu sou e uma grande parte da minha jornada até aqui. Sinto que você precisa saber de tudo isso para entender todo o resto sobre mim.

Landon deixou bem claro que havia algo importante sobre o qual ele precisava falar comigo. Eu não o pressionava porque não queria a obrigação de ter que me abrir com ele de volta, mas não saber o que era estava me matando. Eu sabia que ele queria que essa viagem fosse para conhecermos um ao outro. Então, tinha uma boa certeza de que, além de sexo, também não haveria nenhuma discussão profunda no pouco tempo que eu tinha ali.

14

Seis

Já que eu iria embora no dia seguinte, Landon insistiu em me levar a um dos melhores restaurantes de L.A. no sábado à noite.

O Figaro estava lotado, mas, sinceramente, poderíamos estar em qualquer outro lugar. Eu só conseguia focar em Landon.

Ele definitivamente andou estranho o dia todo. Eu sabia que ele não queria que eu fosse embora, mas Landon me dava a impressão de estar em dúvida quanto a algo.

Era um sentimento perturbador saber que o homem por quem eu estava me apaixonando não havia se aberto comigo completamente. Ao mesmo tempo, eu sabia que ele havia percebido que, embora não tivesse dito com todas as letras, eu também estava escondendo algo dele. Mas eu também conseguia entender por que ele não queria estragar o clima dessa viagem. Eu estava morrendo de curiosidade, mas não o suficiente para forçar uma conversa profunda essa noite e possivelmente estragar nossas últimas horas juntos.

Estávamos cercados por vários outros casais tendo encontros no restaurante lotado. Notei que algumas mulheres olhavam em nossa direção, interessadas em Landon. Acho que isso é algo com o que eu teria que me acostumar. Ele estava incrivelmente gato em sua polo preta de mangas curtas, que deixava à mostra as tatuagens em seus braços. A blusa parecia pintada com tinta spray em seu peito incrível. Era fácil notar por que elas estavam babando. Tive vontade de estender a mão e marcar meu território.

Landon tirou algo de uma bolsinha que ele havia trazido do carro.

— Tenho algo para você.

Meu coração disparou.

— O que é?

Ele deslizou a coisa pela mesa.

Abri a caixinha roxa e sorri.

— Meu cubo mágico. Ainda não consigo acreditar que você o guardou por tantos anos.

— Foi um dos poucos supérfluos que eu trouxe quando me mudei para cá. Acho que eu tinha uma intuição de que isso se tornaria importante de novo algum dia, que você encontraria o caminho de volta para mim para que eu pudesse te devolver pessoalmente.

— Acho que já sei como vou me ocupar no voo de volta.

— É melhor você não resolvê-lo sem mim. — Landon prendeu meus pés entre os seus embaixo da mesa. — Ainda não acredito que você precisa ir amanhã. Você tem certeza de que não tem nada que eu possa fazer para te convencer a ficar? — Ele parecia bastante perturbado.

— Nós vamos nos ver de novo. Eu prometo.

Em um último esforço, ele mais uma vez tentou me convencer:

— Queria que existisse um jeito de você não precisar ir. Eu até poderia te contratar para trabalhar no *food truck*, assim você não teria que se preocupar com grana.

— Você não tem ideia do quanto eu adoraria isso…

Minha expressão deve ter refletido o oposto das minhas palavras.

— Mas não é uma opção… — ele completou.

— Acho que não.

— Bem, vou continuar sonhando com isso.

Ele puxou minhas pernas com as dele ainda mais.

— Então, eu queria falar com você sobre uma coisa.

— Ok…

— Sei que nós fazemos piada sobre Lenny ser um psicopata, mas estou começando a odiar a ideia de você morar com um doido.

— Não sei o que fazer sobre isso. Você sabe como eu me sinto sobre expulsá-lo.

— *Eu* vou expulsá-lo.

— Meu pai diz a mesma coisa.

— Então eu e Eddie faremos isso juntos. Me daria uma enorme satisfação. Rana, não quero mais você morando com esse pirado. Quero te proteger ainda mais desde que passamos esse tempo juntos. Dez vezes mais. E eu me sinto impotente estando tão longe de você.

— Vou dar um jeito, ok? Talvez eu comece a procurar por outro apartamento. Preciso fazer isso com cuidado.

— Você é louca, garota.

Estendendo a mão através da mesa, peguei a mão dele e dei uma piscada.

— Você ama minha loucura.

— Sim. — Ele levou minha mão até sua boca e a beijou. — Realmente amo, Rana.

Sua natureza protetora era um grande atrativo, entre outras coisas. Era difícil acreditar que eu provavelmente voltaria para o Michigan sem saber como era fazer amor com aquele homem. Eu apreciava o cuidado que ele estava tomando, mas realmente queria mais. Tinha medo de qual seria a resposta dele se eu simplesmente implorasse para que me comesse naquela noite. Com medo da rejeição, e com uma boa certeza de que ele seria veementemente contra dar esse passo comigo indo embora no dia seguinte, decidi guardar meus sentimentos.

Acabamos tendo um jantar bem relaxado. Trocamos lembranças e também começamos a pensar sobre aonde ele me levaria em minha próxima viagem para a Costa Oeste. Insistindo que eu aproveitasse mais uma coisa antes do fim das férias, Landon pediu de sobremesa para mim a torta de chocolate e pistache. A refeição foi perfeita. Tudo era perfeito. Isso só podia significar que algo ruim iria acontecer.

Com certeza, o clima mudaria dramaticamente.

Em certo ponto do jantar, fomos interrompidos quando uma mulher se aproximou da mesa:

— Landon! Não te vejo há séculos.

Os músculos do meu corpo se contraíram quando uma estranha expressão de medo marcou o rosto dele.

Ele parecia extremamente desconfortável e só disse:

— Eu sei.

A mulher loira era alta, por volta de 1,70m, e parecia ter trinta e tantos anos. Com maçãs do rosto saltadas e um rosto simétrico, era atraente o suficiente para me deixar desconfortável, especialmente pela forma como estava olhando para Landon, como se fosse um pedaço de carne no qual ela queria afundar os dentes.

Sentindo o perfume dela, tive certeza de que era Quelques Fleurs, a mesma marca que minha mãe costumava roubar do shopping. Isso me fez desprezar aquela pessoa ainda mais.

Com um olhar gelado, ela se virou para mim:

— Oi, eu sou a Carys.

O nome dela soava como Paris, mas com um C. Não respondi, porque não parecia algo que Landon iria querer. Eu me sentia como um gato pronto para arreganhar os dentes.

Algo estava errado.

Se virando para ele, ela sorriu.

— Tentei entrar em contato com você ao longo dos anos, mas seu número não existia mais.

O corpo de Landon ficou rígido. Ele não estava olhando para ela quando disse:

— É verdade. — Se um olhar pudesse matar, ela já estaria morta.

Carys não percebia nada.

— Você ainda está por aqui?

Ele levantou a voz:

— Não.

— Posso te convencer a repensar? Vou te deixar meu novo núme…

— Por favor, vá embora — ele insistiu. — Isso é falta de respeito.

Eu nunca tinha visto Landon tão bravo e ao mesmo tempo tão vulnerável.

Que raios está acontecendo?

— Ah, bem — se dirigindo a mim, ela deu de ombros —, aproveite enquanto pode, acho. Antes que ele mude de número e não te avise.

Então ela foi embora, deixando um rastro de Quelques Fleurs. Sua bunda pequena sacudia contra o tecido das calças brancas. Sentindo como se minhas entranhas tivessem sido retorcidas, fiquei observando até que a mulher desaparecesse.

Landon pressionou as têmporas. Seus ombros subiam e desciam com cada respiração e ele nem sequer olhava para mim. Parecia destruído.

— Landon, por favor, fale comigo. O que foi aquilo? Quem é aquela mulher?

Quando ele levantou o rosto para me olhar, o medo estava estampado em sua expressão.

— Não posso mentir para você. — Ele balançou a cabeça. — Eu nunca vou mentir para você.

— Por favor. O que está acontecendo?

Ele jogou seu guardanapo na mesa.

— Vamos para casa, ok?

A espera para que o garçom trouxesse nossa conta e passasse o cartão foi torturante. Landon ficava subindo e descendo os joelhos enquanto continuava respirando pesadamente.

Enfim no carro, eu o vi se atrapalhar com as chaves antes de dar a partida. Sem saber o que realmente estava acontecendo, congelei, sem palavras. Sentindo frio, esfreguei meus braços enquanto ele acelerava.

Nenhum de nós disse uma palavra no trajeto até o apartamento. "Nightswimming", do R.E.M., estava tocando no rádio e de alguma forma soube que aquela música sempre estaria associada a algo negativo para mim.

Landon abriu a janela e pegou seus cigarros. Ele acendeu um, puxando profundamente a fumaça e então a expelindo. Ele nunca fumava no carro, só do lado de fora e longe de mim. Eu nem sequer questionei por que ele estava fumando naquele momento, porque meu instinto dizia que ele precisava disso mais do que tudo.

Seu silêncio absoluto me deixou com um sentimento terrível na boca do estômago, porque mesmo que ele não estivesse dizendo nada eu podia sentir que estava se preparando para algo grande. Eu podia de alguma forma reconhecer que ele estava no meio de uma discussão interna. Mil pensamentos corriam pela minha cabeça também.

Quando Landon finalmente estacionou na frente do apartamento, desligou o carro e pegou minha mão, acariciando-a com o polegar antes de levá-la à boca para um beijo. Respirando fundo, ele desceu do carro.

Meu coração estava acelerado quando eu o segui para dentro de casa.

Ele parou no meio da sala, de costas para mim. Eu me aproximei por trás e circundei seus braços com os meus, descansando meu rosto em suas costas. Colocando uma das mãos no coração dele, eu podia senti-lo bater.

Ficamos assim por um tempo, até que ele finalmente se virou e me puxou pela mão até o sofá.

Landon começou a falar:

— Eu estive bem mal nos primeiros anos depois de me mudar para cá. Consegui alugar um quarto num lugar perto da Sunset e comecei a trabalhar como garçom, mas basicamente vivi sem rumo por muitos meses. Levei um tempo para juntar coragem e começar a procurar de verdade por Beverly. E você já sabe como essa história terminou.

— Sim...

— Enfim, quando eu finalmente conheci a irmã dela, minha tia Miranda, ela me deu várias informações sobre minha mãe. Ela me contou que havia um diretor de cinema chamado Bud Holliday. Aparentemente, antes de fazer sucesso, ele namorou minha mãe e foi ele quem a viciou em heroína. Ele a largou quando ela começou a perder o rumo. Antes disso, ele estava meio que atuando como empresário dela. Na verdade, o cara não fez nada pela minha mãe, exceto acabar com sua vida. Enfim, anos mais tarde, ele acabou dirigindo mesmo alguns filmes e se tornou importante.

— O que isso tem a ver com a mulher do restaurante?

Ele fechou os olhos por um momento.

— Eu preciso contar essa história do começo, ok? Aguente firme.

— Tudo bem.

— Mais ou menos quando fiz vinte e dois anos, consegui um emprego como garçom num buffet que servia os ricos e famosos. Um dos meus trabalhos foi em uma festa privada em Beverly Hills. Era na casa de Bud Holliday.

Engasguei.

— Ah, meu Deus.

Landon de repente se levantou e foi em direção à cozinha.

— Onde você está indo?

— Pegar uma bebida. Você vai precisar. Vou buscar uma para mim, também.

Ele voltou com duas garrafas de Miller Lite e me entregou uma.

— Obrigada. — Bebi um tanto rapidamente, tossindo por causa da corrente de líquido gelado descendo pela minha garganta.

Landon deu um longo gole e colocou a garrafa na mesinha de centro antes de continuar a história.

— Então, obviamente, como você pode imaginar, eu estava pirando por ter que estar na casa do homem que eu considerava o causador dos problemas com drogas da minha mãe biológica. Estava tomado pela raiva. Não sabia se queria machucá-lo fisicamente, lhe causar uma intoxicação alimentar ou o que fosse. Só sabia que não podia perder a oportunidade de foder com a vida dele de alguma forma. Parecia que o destino tinha me levado para aquela casa.

— O que você fez?

— Bem, a chance de me vingar, ou assim pensei, meio que caiu no meu colo... e nem precisei usar os punhos.

— Como?

Landon deu outro gole longo na cerveja.

— Depois que o evento terminou, acabei me dando bem com essa mulher na cozinha. Ela era uns dez anos mais velha que eu e não escondeu que me queria.

— Qual era o nome dela?

— Jamie-Lynne Holliday.

— Holliday... a filha dele?

Ele fez que não com a cabeça, devagar.

— Esposa.

Meu queixo caiu.

— Ah...

— De início, não tinha ideia de que ela era casada com Bud. Ela era bem mais nova que ele. Claro, quando descobri, só foi um incentivo a mais para aceitar os avanços dela.

— Você dormiu com ela?

— Acabamos tendo um caso longo, sim.

— É isso que você vinha escondendo de mim? O que você tinha vergonha de me contar?

Uma expiração longa e lenta escapou dele.

— Bem que eu queria que fosse só isso.

Engoli em seco, temendo a continuação da história tanto quanto precisava dela.

— Siga em frente...

— Bud acabou me pegando na casa deles uma noite. Ele havia voltado mais cedo de uma viagem. Era exatamente o que eu queria, que ele me pegasse com ela. O *timing* não poderia ter sido melhor, até onde eu sei.

— O que ele fez?

— Essa é a parte triste. Escuta isso... o cara nem se importou. Aparentemente, eles tinham um casamento aberto. Ela só nunca tinha me dito isso. Acho que ela queria fingir que o que tínhamos era mais proibido do que de fato era. Fazia com que sentisse que estava fazendo algo sórdido, e talvez isso a excitasse. Enquanto isso, tudo que eu queria era me vingar desse cara. Então, senti que minha missão tinha falhado.

— Você contou a ele quem era?

— Sim, eu basicamente perdi a cabeça. Acabei partindo para cima dele, admiti quem era minha mãe. Jamie-Lynne ficou chocada, porque ela não tinha ideia de que eu a estava usando para chegar em Bud. — Ele deu uma risada raivosa e olhou para o teto. — Você acredita que ele também não pareceu se importar com isso? Mal se lembrava do nome da minha mãe. Essa porra me matou mais que qualquer outra coisa.

— O que aconteceu depois dessa noite?

— Eu estava em um momento péssimo. Não ligava para nada. Jamie-Lynne queria continuar me vendo, e eu continuei com a coisa porque tinha me acostumado ao estilo de vida e sentia como se não tinha mais para onde ir. Mas ela não se importava comigo. Eu a estava usando e ela fazia o mesmo. Isso era tudo.

Minhas mãos estavam ficando suadas. Ainda não entendia o que aquilo tinha a ver com a mulher do restaurante, mas eu parecia estar prestes a descobrir.

— Uma noite, ela trouxe essa amiga dela chamada April. — Landon continuou. — April começou a brincar sobre como ela queria me "pegar emprestado". Eu não dei bola, até mais tarde naquela noite, quando Jamie-Lynne me contou que sua amiga falava sério, que April me pagaria um bom dinheiro para fazer companhia para ela. Ela estava tentando me convencer a fazer isso.

— Ela queria te arranjar para a amiga dela? Que tipo de pessoa faz isso?

— Eu estava tão exausto e com raiva que tomei a decisão impulsiva de aceitar a oferta de April, só para irritar minha assim chamada namorada. Nesse ponto, eu tinha certeza de que Jamie-Lynne já havia seguido em frente para carne ainda mais fresca e jovem. Não sentia nada por ela, de qualquer forma, nunca senti. Então, comecei a, entre aspas, sair com April.

Minha voz tremia.

— Ela te pagava por sexo?

Ele me olhou direto nos olhos, embora lhe parecesse doloroso responder.

— Sim.

Doía tanto ouvir isso.

— Uau — murmurei.

— Foi assim que começou.

Minha cabeça estava girando.

— Começou?

— Descobri que havia uma rede de esposas de Hollywood que negociava garotos como eu para diversão. Elas te usavam até se cansar de você e então te apresentavam para uma amiga, no que parecia ser uma transação inocente.

Caras jovens se deixam levar pelo estilo de vida luxuoso. Na hora, pensávamos que estávamos levando uma vida boa e não nos dávamos conta do que havia de terrivelmente errado com tudo aquilo. Ganhávamos montes de dinheiro, mais dinheiro do que poderíamos sonhar, e tudo que precisávamos fazer era sermos bonitos e satisfazermos as fantasias de *bad boy* delas.

As palavras duras escaparam de mim antes que eu pudesse pensar melhor:

— Você era um garoto de programa.

Ele fechou os olhos, como se eu o tivesse apunhalado com minhas palavras.

— Na época, nunca me considerei isso. Eu enfeitava a coisa na minha cabeça para me sentir melhor, porque na verdade não queria parar. O dinheiro era bom demais, e, sendo sincero, naquela época sentia que não tinha muito pelo que viver.

Sentindo meu estômago se contrair, me levantei e comecei a andar pela sala.

— Uau. Vou passar mal.

Ele atravessou a sala para ficar perto de mim.

— Você tem que entender meu estado mental na época. Eu estava muito bravo com o mundo, realmente deprimido.

Eu me virei subitamente para encará-lo.

— Por quanto tempo isso continuou?

— Mais ou menos um ano e meio.

Fazendo um esforço para controlar as lágrimas que se formavam em meus olhos, respirei fundo e olhei para o teto, tentando, em vão, absorver aquelas novidades perturbadoras.

— O que te fez parar? — finalmente sussurrei.

Ele me encarou com uma expressão de súplica.

— Tive um sonho uma noite. Nele, eu era o pai de um garotinho que me perguntava na cara dura se eu vendia meu corpo por dinheiro. Era estranho e bizarro que uma criança estivesse sequer falando comigo sobre um assunto desses, mas claramente isso estava vindo do meu inconsciente culpado. No sonho, me lembro de debater sobre como responder a ele. Eu estava muito envergonhado. Quem sabe o garoto representava meu eu interior, ou meu medo de ter um filho um dia e ele descobrir tudo. De qualquer forma, acordei suando frio, corri para o banheiro e fiquei me olhando no espelho por muito tempo, enojado. Isso foi o fim. Troquei de número naquela manhã. Nunca olhei para trás. Nem preciso dizer que foi um despertar pelo qual sempre serei grato. Estou muito feliz por ter visto a luz.

— Há quanto tempo foi esse dia?

— Faz quase três anos.

Fiquei um pouco aliviada de saber que tanto tempo tinha se passado.

Hesitei em perguntar:

— Foi assim que você conseguiu o dinheiro para comprar o *food truck* e tudo mais?

— Em parte. Guardei tudo que já ganhei.

— Isso explica a Range Rover.

— É. — Ele parecia muito envergonhado em admitir. — Estou te contando neste momento, Rana, que eu não acho que saberia lidar com a situação se os papéis fossem invertidos. Se você consegue me aceitar depois disso, você é uma pessoa muito mais forte do que eu. Entendo completamente se você não conseguir se ver comigo depois do que eu acabei de admitir para você. Me enoja pensar no que eu fiz. Penso em mim naquela época e é como olhar para uma pessoa diferente. Esses primeiros dias em L.A... de muitas formas... foi como ser abduzido por alienígenas. Aquela pessoa não é quem eu sou agora. Cometi todos os meus erros no espaço de dois anos.

— Quantas mulheres?

— Foram seis no total.

Seis?

Engoli em seco.

— Aquela mulher no restaurante hoje, Carys, ela foi uma delas?

— Sim. Foi a última.

Me deixava tão mal ouvi-lo confirmar que havia feito sexo com ela, mesmo que eu desconfiasse disso antes que ele me contasse essas coisas.

— E se não tivéssemos nos encontrado com ela? Quando você iria me contar?

— Esse é o grande motivo pelo qual eu queria que você ficasse mais. Eu precisava de mais tempo antes de jogar essa bomba em cima de você.

— Você ia me deixar ir para casa sem essa conversa?

— Minha esperança era usar cada momento desse tempo para que você me conhecesse, o homem que sou agora. Eu provavelmente teria te contado depois que você fosse embora, ou na nossa próxima visita. O principal é: eu só não sabia *como* te contar. Como você conta para alguém que acredita em você que talvez você não valha a pena? Estou envergonhado, mas é um capítulo da minha vida que não vou poder apagar nunca, não importa o quanto eu queira.

— Então você não queria transar comigo até que eu soubesse...

— Sim. Eu não sabia se você ainda ia querer alguma intimidade comigo depois que descobrisse. E, por mais que me destrua, eu entendo se você não quiser.

Tive medo de perguntar:

— Você tem alguma doença?

Ele foi rápido em responder:

— Não. Deus, não. Eu sempre me cuidei. Usava camisinhas religiosamente e já fiz vários exames. O único consolo é que eu sempre tive a cabeça no lugar nesse aspecto.

— Nem sei como processar isso. Quer dizer, eu sei que não é como se você tivesse feito isso com cem mulheres. A maior parte dos caras solteiros transa por aí o tempo todo, mas acho que é o princípio da coisa que é tão perturbador.

— Sempre planejei te contar, Rana. Só esperava ter um pouco mais de tempo antes. Só isso. Não te culpo por estar confusa e chateada.

Eu queria consolá-lo, falar para ele que tudo ia ficar bem, mas não conseguia superar meus choques.

— Não vou mentir para você, Landon. Isso é muito incômodo.

Devastador.

— Eu sei. Sinto muito. De certa forma, estou feliz que isso apareceu hoje à noite, porque estou me apaixonando de verdade por você e, se há a chance de você não querer ficar comigo, quanto mais cedo eu souber, melhor.

15

VOLTA PARA CASA

MEUS OLHOS SE ABRIRAM. *A noite passada aconteceu de verdade?*

O relógio marcava dez horas, o que significava que eu e Landon só tínhamos algumas horas antes que ele precisasse me levar ao aeroporto.

O fato de eu estar indo embora naquele dia parecia surreal, e toda a conversa da noite anterior era como um sonho ruim.

Minha garganta estava seca, e relutantemente me forcei a me sentar. Landon estava fumando na varanda ao lado do quarto.

Usando uma de suas camisetas, abri a porta.

— Bom dia.

Ele expirou o resto da fumaça e apagou o cigarro.

— Ei... — Os olhos dele estavam vermelhos.

Pigarreei.

— Você não dormiu muito.

A voz dele era áspera:

— Não dormi nada.

— Fiquei um tempo acordada, mas depois dormi um pouco.

— Eu sei. Dei uma espiada assim que você tinha pegado no sono. — Ele sorriu com relutância. — Posso ter te observado por um tempo.

Olhando para o mar, falei:

— Eu ainda não processei o que você me contou na noite passada, mas quero que você saiba que eu acho que foi preciso uma quantidade imensa de coragem para admitir aquilo para mim. Você poderia ter inventado uma história, dito que a mulher no restaurante era a mãe de uma ex sua, algo sem sentido assim. Mas você não fez isso. Foi honesto comigo e eu sou muito grata por isso.

— Admitir aquilo para você foi provavelmente a coisa mais difícil que eu já tive que fazer. Queria saber o que você está pensando.

— Nem eu mesma sei bem o que estou pensando. Ainda não caiu a ficha. Então é difícil de saber como me sinto. É incômodo, claro. Mas acho que estou tentando me convencer de que o que aconteceu no passado não está acontecendo agora. Preciso aprender a superar isso. Pelo menos, quero ser capaz de fazer isso.

Ele examinou meus olhos.

— Mas você não tem certeza se é.

— Eu não disse isso, Landon.

— Só me promete uma coisa.

— O quê?

— Promete que não vai ficar comigo se decidir que tem vergonha de mim. Eu não seria capaz de viver com isso. Não quero fingir com você, Rana. E, se você não puder aceitar meu passado, preciso que você seja sincera quanto a isso.

Concordei.

— Só estou em choque ainda.

— Entendo. Seria injusto esperar qualquer outra coisa agora.

Eu não sabia mais o que dizer, mas sabia que nada seria resolvido hoje. Meu avião sairia em breve, e isso me enchia de tristeza. Cada osso do meu corpo a sentia.

Ele podia ver que eu sentia frio, porque estava esfregando os braços. Landon abriu o zíper do seu moletom e me envolveu com o casaco, me puxando para perto de seu peito. Eu podia sentir seu coração batendo. Mesmo nessas circunstâncias assustadoras, ele ainda se importava em fazer com que eu me sentisse segura em seus braços.

Eu me sentia uma hipócrita por duvidar dele. Ele tinha sido totalmente honesto sobre seu passado, o que era mais do que eu tinha feito. Por piores que fossem, ele havia libertado seus demônios. Os meus ainda estavam trancados dentro de mim. Minha escolha de não retribuir a honestidade dele nesse momento não era nada além de pura covardia. Mas mudar o foco para mim seria coisa demais para suportar enquanto ainda lidávamos com aquilo.

Eu não podia garantir como me sentiria quando estivesse de volta ao Michigan. Só sabia o que queria agora, e era que ele continuasse me abraçando. Queria gravar aquele momento na minha memória.

Landon acabou sendo o primeiro a soltar o abraço.

Ele estava prestes a acender outro cigarro, quando eu disse:

— Eu queria muito que você parasse.

Ele guardou o isqueiro. O cigarro se moveu entre os lábios dele quando perguntou:

— Você quer mesmo que eu pare de fumar?

— Sim. Faz tão mal para você. Eu acho de verdade que você deveria parar.

Ele parou e tirou o cigarro da boca. De súbito, o esmagou entre os dedos antes de deixá-lo cair no chão. Então pegou o maço do bolso e o atirou pela varanda.

— Pronto.

— É isso?

— Sim. É isso.

— Você pode fazer isso… só parar assim?

— Eu dormi no sofá e mantive o pau dentro das calças por todo o tempo em que você esteve aqui. E acabei de confessar meu pior segredo para a pessoa mais importante no mundo pra mim. Tenho certeza de que aguento qualquer coisa agora. — Ele sorriu de leve. — Você me pediu para fazer algo por você. E é algo que eu queria fazer por mim, de qualquer forma. Mas agora que sei que te incomoda de fato, é um incentivo ainda maior. Provavelmente não há nada que eu não faria por você a esta altura.

Eu sabia que ele estava falando sério.

— Uau. Ok. Obrigada.

— Obrigado *você*.

O clima continuou pesado. Landon me levou para a cozinha, onde serviu *bagels* e café, e então descemos para a praia. Nesse sentido, minha última manhã ali foi bem parecida com a primeira, exceto pela nuvem negra que pairava sobre nós desta vez.

O caminho até o aeroporto foi feito em silêncio. Talvez estivéssemos lamentando a morte de uma certa inocência no nosso relacionamento, que nunca retomaríamos.

Quando chegamos, os sons do aeroporto pareciam todos misturados. A ansiedade estava começando a tomar conta de mim. Não só eu odiava voar, mas deixar Landon naquele momento era sem dúvida uma das coisas mais difíceis que eu já tive que fazer.

Ele foi comigo até onde pôde, até onde era permitido.

Cocei seu queixo gentilmente.

— Essa viagem foi incrível.

Ele tomou minhas mãos nas dele e as segurou com firmeza.

— Incrível não é uma palavra forte o suficiente para descrever o que a última semana foi para mim. Acho que não serei o mesmo outra vez. Não importa o que aconteça, sempre vou ser grato por você ter pulado em um avião para me ver. Nesse meio-tempo, vou rezar para te ver de novo em breve.

— Já comentei que voar me deixa nervosa? É só a segunda vez que vou fazer isso.

— Isso torna ainda mais especial o fato de você ter vindo. — Ele soltou minhas mãos e cutucou minha bolsa. — Você trouxe o cubo mágico?

Apesar de sentir como se meu mundo estivesse desabando, forcei um sorriso.

— Sim.

Uma chamada de embarque abafada me lembrou que o tempo estava acabando.

— Tenho que ir.

— Ok. — Colocando as mãos no meu rosto, ele me deu um beijo forte, como se nunca mais fosse ter a chance de fazer isso de novo. — Cuide-se, linda — disse por sobre os meus lábios.

— Você também.

Ele deslizou as mãos do meu rosto para os meus braços e me abraçou de novo, antes de soltar lentamente.

Eu estava prestes a partir, quando ele me parou.

— Espere.

— Sim?

— Me conte algo engraçado, Rana. Eu preciso pra caralho disso agora.

Pareceu uma grande pressão, considerando o quanto eu me sentia infeliz. Então me lembrei de algo que havia acontecido naquela manhã.

— Eu estou tão preocupada desde ontem à noite que essa manhã escovei meus dentes com seu creme de barbear. Nunca tinha visto um tubo daquele jeito antes. Então, se eu estou com gosto de quem fez um boquete no cara do Old Spice, é por causa disso.

Ele jogou a cabeça para trás, rindo, e então me deu um beijo na testa.

— Nunca falha. Obrigado.

— Acho que eu devia estar feliz por não ter sido creme para hemorroidas.

O sorriso de Landon desapareceu antes de ele me beijar uma última vez.

Enquanto eu me afastava ouvindo meus saltos ecoarem, me virei e vi que ele não tinha se movido. Ainda estava parado no mesmo ponto, com as mãos nos bolsos. Não me pergunte como, mas eu sabia que ele não iria sair dali até que eu estivesse totalmente fora de vista. Era esse o tipo de pessoa que ele era. Me perguntei o que ele estava pensando naquele momento, se ele duvidava que um dia ia me ver de novo.

A cada passo que me afastava de Landon, eu me sentia mais vazia e confusa, realmente como se estivesse deixando um pedaço de mim para trás.

Sem eu saber, Landon havia enfiado um monte de dinheiro no bolso do meu casaco: cinco notas de cem dólares. Só percebi isso quando estava saindo do avião, depois de ter aterrissado em Detroit.

Uma vez do lado de fora, o frio brutal foi com certeza um despertar violento. O Uber que eu chamei estava demorando um bom tempo para chegar. Enquanto esperava, me bateu o quão deprimente era tudo aquilo, comparado com a Califórnia.

Mas nem era o clima. Parecia que eu tinha um buraco no coração. Já sentia saudades dele. Muita. Ainda mais do que quando eu o havia deixado no aeroporto. A realidade da distância que existia agora entre nós tornava a dor muito pior.

Cada vez que minha mente ia para o passado dele, para a imagem dele transando com diferentes mulheres por dinheiro, eu desviava minha atenção disso. Naquele momento, esses pensamentos eram só um ruído de fundo. Ainda não conseguia lidar com eles. A questão mais importante é que estar em casa já não me dava mais essa sensação de forma nenhuma.

Precisando desesperadamente ouvir a voz dele, eu peguei meu telefone e disquei.

Landon atendeu depois de três toques.

— Rana?

— Sim, sou eu.

Ele parecia sonolento.

— Você chegou bem?

— Estou aqui. Se estou bem é discutível.

— Passei o dia todo anestesiado. Estou no meu quarto agora, olhando para sua roupa no meu armário e sentindo seu cheiro nos meus lençóis, me perguntando se foi tudo um sonho e, se não, me questionando porque raios eu te deixei entrar naquele avião.

— Eu só precisava ouvir sua voz. Você parecia estar cochilando. Te acordei?

— Peguei no sono porque não dormi à noite. Merda, estou tão feliz que você ligou.

— Você foi muito sorrateiro com o dinheiro, aliás.

— Bem, você fez seu pai pagar a passagem, o que não foi certo, porque eu disse que queria cuidar disso. Então, queria me vingar.

— Você não precisava fazer isso.

— Eu quis. Você precisa do dinheiro.

— É tão estranho que você esteja longe de novo.

— Posso não estar fisicamente com você agora, mas estou sempre aqui para você. Sempre que você precisar, Rana, você sabe que eu largaria tudo, certo? Se você alguma hora precisar falar comigo, ou só ouvir minha voz, não importa que hora do dia, me liga.

Eu ainda não havia derramado uma lágrima desde a revelação de Landon na noite anterior, mas estava começando a chorar agora. Não conseguia entender por que tinha escolhido esse momento para desabar. Só havia uma coisa que eu sabia com certeza.

— Eu já estou com saudades.

— Você está chorando?

Uma lágrima escorreu pelo meu rosto.

— Desculpa.

— Você tá brincando? Significa muito para mim que você esteja. Ontem eu não tinha certeza se você continuaria falando comigo, muito menos que ia chorar dizendo que sentia saudades. Nesse momento, suas lágrimas são música para os meus ouvidos.

— Eu tive muito tempo para pensar no voo, mas, para ser sincera, toda vez que minha mente vai para o que você me contou sobre o seu passado, eu instintivamente bloqueio. É como um mecanismo de proteção.

— Acho que sei. É meio que o que eu faço sempre que penso nisso hoje em dia. É como eu lido também.

— É ok que eu só não queira pensar nisso agora?

— Claro, está tudo bem. Leve o tempo que precisar. Só não pare de falar comigo. Preciso ouvir sua voz todos os dias.

O Uber parou na minha frente.

— Meu carro chegou.

— Você vai me ligar antes de ir dormir esta noite?

— Sim — prometi.

Depois que desliguei, durante o trajeto para casa, me concentrei apenas nos sons à minha volta, em uma tentativa de limpar a mente. "Dark Side", da Kelly Clarkson, começou a tocar no rádio. *Que irônico.* Fechando os olhos, tentei relaxar pelo resto da corrida.

Mal sabia eu que encontraria uma recepção um tanto rude quando chegasse ao meu apartamento.

Uma vez lá dentro, o lugar parecia estranhamente quieto. Normalmente, eu podia ouvir algum tipo de barulho vindo do outro quarto. Em vez disso, a porta de Lenny estava aberta, revelando um espaço quase inteiramente vazio.

Ah, meu Deus.

Ele tinha ido embora. Nada tinha ficado para trás.

Eu estava sentindo um misto de alívio e paranoia.

Peguei meu celular e liguei para Landon imediatamente.

Ele atendeu.

— Eu não esperava que você ligasse de volta tão cedo.

— Lenny foi embora.

— O quê? Tipo, desapareceu?

— Tipo se mudou, sim. Levou todas as coisas dele.

— Merda. Bom, isso é bom, certo?

— Acho que sim, é. Quer dizer, uma parte de mim está um pouco paranoica.

— Com o quê?

— Que ele possa voltar. — Ri de mim mesma, percebendo o quanto isso soava ridículo.

— Você prefere viver com ele todo dia do que com o medo de que ele volte?

— Não. Mas pelo menos com ele aqui eu podia ficar de olho nele. Agora Lenny vai ser como um perigo invisível escondido na noite.

— Isso é doideira. Eu estou feliz que o babaca tenha ido embora. É a melhor recepção que você poderia ter desejado. Você não precisa desse merda na sua vida.

— Bom, eu precisava do aluguel dele.

— Não, não precisava. Vou pagar a metade dele até que você encontre outra pessoa, de preferência uma mulher.

— Não posso deixar você fazer isso.

— Não importa se você me deixa. Eu vou fazer de qualquer jeito.

Entrei no meu quarto e me engasguei ao ver meu armário aberto.

— O que aconteceu?

— Minhas roupas… a maioria delas sumiu!

— O doente levou suas roupas?

Minhas mãos estavam tremendo.

— Isso é muito estranho.

— Ligue para a polícia, Rana. Agora.

— Eu não vou fazer isso. Tenho medo demais da retaliação.

— Ok, se você não vai, então no mínimo precisa trocar as fechaduras.

— Vou fazer isso de manhã cedo. Nada está aberto agora.

— A gente achava isso engraçado, mas essa merda não é piada. Esse cara é doente.

— O que você acha que ele está fazendo com as minhas roupas?

— Quem sabe? Algum vudu? Não importa. Só estou feliz que ele foi embora.

— Acho que vou começar a procurar um apartamento novo amanhã. Me apavora que ele saiba meus horários.

— Vou insistir nisso, Rana. Sério.

— Eu estava esperando chegar em casa e relaxar, talvez tomar um bom banho quente de banheira. Em vez disso, me sinto tendo entrado num episódio de *Unsolved Mysteries*.

Landon riu.

— Sem a voz assustadora do Robert Stack.

— Isso. — Dei um suspiro. — Juro… minha vida é muito bizarra.

Como Lenny tinha levado minhas roupas de trabalho também, passei o dia seguinte atrás de duas novas roupas de dança do ventre, já que eu precisaria voltar a trabalhar naquela noite.

Fiquei eternamente grata pelo dinheiro que Landon tinha enfiado no meu casco. Sem ele, eu não teria conseguido comprar novas fantasias. Só havia uma mulher na cidade que as vendia, e ela cobrava caro porque tudo era feito à mão. Eu não tinha tempo para comprar nada pela internet, então precisava dela.

Depois de sair da costureira, com uma hora para matar antes do início do meu turno, decidi fazer uma visita rápida a Lilith e lhe dar as lembranças que eu havia trazido da Califórnia.

Não era nosso dia habitual, então ela pareceu surpresa quando me viu na varanda.

— Você voltou.

— Você achou que eu não fosse voltar?

— Apostei um dólar com o Jasper que você voltaria, mas ele quis cinco. Eu disse a ele que era muito, porque achei que pudesse perder.

— Obrigada por achar que eu valho um dólar, Lil.

— Tem alguma coisa para mim na sacola?

— Há muitas coisas nesta sacola. Duas roupas de trabalho novas para mim e talvez algumas coisas para você, sim.

Ela arrumou os óculos.

— Vamos ver.

— Ok, tecnicamente, Landon pagou por esses presentes, porque eu não tinha nenhum dinheiro.

— Eu gosto dele.

— Eu não sabia o que comprar para você, então compramos algumas coisas diferentes. — Peguei a sacola menor, que estava com todos os presentes dela.

Ela abriu e revirou os presentes: um chaveiro de Venice Beach, uma camiseta da Califórnia, uma réplica da Lancheira do Landon e uma réplica do Oscar que dizia *Melhor amiga*.

Lilith inspecionou cada item.

— Você mandou bem, broto.

Eu ria sempre que ela me chamava de broto. Que pessoa com menos de oitenta anos dizia isso? Cada dia ela ficava mais parecida com uma senhorinha idosa.

Embora ela não estivesse dando pulos de alegria, ou coisa assim, pareceu gostar de verdade dos presentes. Respirei aliviada quando ela me deu um abraço.

— Quando você vai ver Landon de novo?

— Não sei.

— Eu vou conhecer ele um dia?

— Espero que sim.

— Você trouxe mais alguma coisa?

Um caso sério de frustração sexual e um coração um tanto partido.

16

É A CEBOLA

As semanas seguintes voaram.

Eu passava os dias procurando um apartamento novo, mas não estava dando a sorte de encontrar nada dentro do meu orçamento. Isso e ficar de olho no meu pai, que estava se recuperando de uma cirurgia no joelho, significavam que minha vida estava mais caótica que o normal.

Embora tivesse falado com Landon todas as noites, evitei assuntos sérios, porque sentia que não conseguia lidar com isso. Ele percebeu e me deixou conduzir todas as conversas.

Tudo chegou ao auge quando, certa noite no trabalho, tive algo que pareceu ser um ataque de pânico enquanto dançava. Apesar de conseguir continuar, eu me sentia totalmente exausta quando cheguei em casa.

Durante nossa conversa noturna, contei a Landon o que havia acontecido no restaurante:

— Tive um leve ataque de pânico hoje à noite enquanto dançava. Isso nunca aconteceu comigo antes.

— Você está bem? O que que você sentiu?

— Estou bem agora. Senti como se não conseguisse respirar, como se estivesse presa no meu corpo, sem ter como fugir. Acho que estou reprimindo meus sentimentos e eles finalmente se voltaram contra mim.

Ele não respondeu logo de imediato.

— Seus sentimentos sobre mim... sobre meu passado?

— Sim, acho que sim. Tenho feito muito esforço para não pensar no que você costumava fazer, mas isso tem sido como um fantasma que me segue por todas as partes mesmo assim.

— Por mais que eu não queira, acho que precisamos falar sério sobre isso.

Não havia outra resposta possível além de:

— Concordo.

— Por favor, me pergunte logo tudo que quiser saber. Arranque esse band-aid de uma vez. Vamos colocar tudo em pratos limpos para podermos lidar com isso. Só assim você vai saber se é algo que pode ignorar ou não.

Eu sabia quais eram as perguntas na minha cabeça. Só não queria necessariamente saber as respostas. Mas esse limbo não podia continuar para sempre. Então, aproveitei o espaço que ele estava me dando e comecei a disparar minhas dúvidas:

— Você disse que essas mulheres eram todas casadas?

— Sim. Todas elas. Mas a maioria estava em casamentos ruins, relacionamentos abertos, ou o marido também traía. Infelizmente estou descobrindo que essas coisas são bem comuns entre os ricos daqui, vários divórcios depois de casos.

Minha próxima pergunta era talvez a mais difícil, mas eu ainda precisava saber:

— Você alguma vez... gostou?

Ele respirou fundo.

— Eu amo sexo. Você sabe disso. Provavelmente não há nada que eu goste mais de fazer. Mas há uma grande diferença entre fazer sexo com alguém que você escolheu versus alguém que está te usando e vice-versa. A ideia do segundo me dá nojo agora. Mas, na época, eu só desligava, me desconectava da situação. Embora não possa dizer que gostasse, também não posso dizer que odiava. Na hora eu nunca me sentia como se estivesse sendo usado, nunca me deu nojo como dá agora.

— Todas elas eram bonitas... como Carys?

— São mulheres ricas que sabem se cuidar, então, sim, elas eram todas atraentes. Não eram mulheres que eu teria escolhido para mim, mas eram atraentes ainda assim. Eu não conseguiria se a pessoa me repugnasse. — Quando eu fiquei vários segundos sem falar, ele perguntou: — Você está bem?

Minhas emoções estavam uma zona e perdi um pouco a compostura:

— Meu Deus, Landon, como você pôde deixar que elas se aproveitassem de você assim?

— Eu estava perdido, deprimido. Algumas pessoas vão para as drogas, ou se cortam, outros tipos de autodestruição. Eu usei meu corpo, mas consegui me convencer de que não era tão ruim porque eu estava me beneficiando financeiramente. Da forma como eu enxergava, estava fazendo aquilo em lugares chiques e privativos, nos meus próprios termos, não me vendendo na rua para qualquer um. No melhor momento, me convenci de que não era realmente prostituição, que era outra coisa. Não percebia que um pedaço da minha alma era roubado a cada vez, e que em algum momento tudo isso iria me atingir de repente. Também não percebia que um dia eu teria que olhar nos seus olhos e admitir para você que vendi meu corpo. Eu não estava pensando, ponto.

Eu me perguntei se o que ele havia feito era realmente tão diferente de quando eu era adolescente e fazia sexo com garotos que estavam me usando. Claro, eles não pagavam, mas estavam me usando de qualquer forma.

Durante mais uma hora, por mais doloroso que fosse, continuei fazendo perguntas a Landon. Não queria nunca mais ter que falar sobre esses detalhes, então me assegurei de que cada curiosidade mórbida fosse satisfeita. Ele estava sendo incrivelmente aberto comigo, mesmo que eu soubesse que era muito difícil para ele.

Entre outras coisas, ele me disse que a maioria das mulheres queria mais do que sexo papai-e-mamãe. Elas pediam que ele incorporasse suas fantasias de *bad boy*, coisas como levar tapas, ser xingada, chamada de puta, ou transar de quatro enquanto ele puxava o cabelo delas, coisas que os maridos não faziam. Uma mulher chegou a pedir que ele mijasse nela. Eu não podia acreditar que ele estava admitindo tudo aquilo para mim, mas, de certa forma, foi um alívio saber que não precisaria mais ficar pensando nisso. Era uma verdade dura, mas pelo menos era a verdade.

Aquilo me assustou um pouco, porque enquanto ele me contava algumas dessas coisas, eu me flagrei ficando excitada. Era minha reação natural quando minha imaginação punha Landon em qualquer tipo de cenário sexual.

Eu me recusei a bloquear as imagens sexuais, no entanto. Era a única forma com que poderia me livrar delas, deixá-las ir e vir.

Em um certo ponto, a mulher na minha cabeça se transformou em uma imagem de mim mesma. Imaginei Landon fazendo algumas daquelas coisas comigo: batendo na minha bunda, puxando meu cabelo, deslizando pela minha pele com a língua. Dadas as circunstâncias da nossa conversa, era perturbador, e eu jamais deveria admitir isso para ele.

Ficamos acordados conversando até tarde da noite.

Na manhã seguinte, acordei me sentindo de ressaca, mesmo que não tivesse bebido. Percebi que esse sentimento era resultado de ter finalmente libertado todas as perguntas sobre Landon que estavam entaladas. Como ele havia sido muito direto comigo, jamais haveria necessidade de um dia revisitar tudo aquilo.

Tinha sido mentalmente exaustivo, mas não havia outra escolha. Não se pode apagar um incêndio desviando dele. É preciso lidar com a situação, jogar água até que não exista mais nada. Uma vez que o fogo foi apagado, você pode escolher reconstruir ou abandonar os destroços.

Eu sabia que Landon queria garantias de que eu não o julgaria por suas indiscrições passadas. Ele foi claro sobre não conseguir manter uma relação comigo caso eu planejasse jogar seu passado contra ele.

Por isso, eu precisava muito dar um tempo e olhar para dentro de mim, para ter certeza de que não faria isso com ele.

Passei boa parte daquela tarde sentada, em silêncio. Percebi que, mesmo que eu estivesse decepcionada com suas decisões passadas, em momento nenhum sua confissão me fizera parar de me importar com ele. Ao contrário, o sentimento de amor ficou ainda mais forte, como se todas as emoções que eu já tivesse sentido por Landon acordassem de repente e se juntassem, em solidariedade, para protegê-lo e perdoá-lo.

Mais tarde, decidindo fazer algo que eu não fazia há um tempo, fui até meu armário e peguei a mochila preta.

Catei alguns dos bilhetes que eu podia ver que ainda não tinham sido lidos no ano anterior.

Abri um.

Rana Banana,

Por que pés cheiram e narizes escorrem? Não devia ser o contrário?

Landon

P.S.: Cheirei seus pés uma vez quando você estava dormindo na rede do jardim. Eles tinham cheiro de salgadinho.
P.P.S.: Brincadeira (talvez). Agora eu quero batatinhas.

Com um sorriso, dobrei o bilhete de volta antes de abrir mais um.

> *Rana Banana,*
>
> *Às vezes esqueço que você mora na minha garagem. Antes do meu pai transformá-la em apartamento, eu costumava estacionar meu patinete bem onde você dorme! Agora, eu tenho que deixar ela do lado de fora.*
>
> *Landon*
>
> *P.S.: Tudo bem. Eu prefiro ter você aqui do que um lugar para deixar meu patinete.*

Rindo e chorando, abri outro.

> *Rana Banana,*
>
> *Você sabia que Rana quer dizer sapo em espanhol? Aprendi isso hoje na escola.*
>
> *Landon*
>
> *P.S.: Eu acho que seria muito legal se você começasse a coaxar.*
> *P.P.S.: "Croac"*

O bilhete seguinte fez meu coração parar por um momento, porque me lembrou de toda a sensação de ciúme e desorientação que se seguiu à primeira vez que o li, muitos anos antes.

> *Rana Banana,*
>
> *Kelsie tentou me beijar hoje. Acho que ela é muito bonita, mas pareceu estranho. Virei a cara. Eu estava comendo doces e tive medo que você descobrisse. Sei que você não gosta dela.*
>
> *Landon*
>
> *P.S.: Você teria ficado brava se eu tivesse deixado ela me beijar?*
> *P.P.S.: Você já beijou alguém?*
> *P.P.P.S.: Talvez pudéssemos praticar um com o outro alguma hora. Você sabe, para não ser estranho quando beijarmos alguém de verdade.*

Embora Landon e eu nunca tenhamos nos beijado naquela época, aquele bilhete me lembrou do quanto eu tinha perdido quando nos mudamos e de novo trouxe à tona o ciúme de Kelsie, que acabou se tornando a primeira namorada dele. *Depois de tudo que ele confessou, eu ainda estava com ciúme da Kelsie?* Eu sabia o quanto isso era ridículo. Dobrei o bilhete e o guardei.

O último bilhete que abri me tocou de verdade e me pareceu ser aquele com o qual eu devia terminar aquela sessão de leitura.

Rana Banana,

Me desculpe por ter dito pra minha mãe que você bateu no carro dela com a sua bicicleta. Eu devia ter assumido a culpa. Mas ela não ficou brava. Ela disse que todos nós cometemos erros. De qualquer jeito, sinto muito que você tenha chorado. Eu nunca tinha te visto chorar antes. Foi chato.

Landon

P.S.: Talvez não seja realmente um erro se você aprende com ele.

Dobrando-o de volta, chorei por um tempo que pareceu infinito, por diversos motivos. Chorei pela inocência do menino que tinha escrito aqueles bilhetes. Fiquei aterrorizada pelo que eu agora sabia que aconteceria a ele no futuro. Mas, ao mesmo tempo, a mensagem final, sobre aprender com os erros, fez muito sentido, as palavras talvez mais importantes para mim naquele momento do que Landon jamais poderia ter imaginado na época.

Olhei para o relógio. Sabia que o *truck* estava no meio do rush da hora do almoço, mas eu precisava ouvir a voz de Landon, precisava que ele ouvisse o que estava se passando no meu coração, antes que eu perdesse a coragem de falar.

Depois de alguns toques, Landon atendeu. Ele sabia que eu nunca ligava quando ele estava trabalhando e pareceu preocupado em ter notícias minhas àquela hora do dia.

— Rana, está tudo bem?

Eu podia ouvir algo fritando e pessoas falando.

— Sei que você está ocupado.

— Espere aí. — Ele falou com os clientes: — Sinto muito. Só preciso de um minuto, por favor. Preciso atender. — Quando ele voltou, disse: — Nunca estou ocupado demais para você.

— Só precisava te ligar para dizer que... não me importa. Quero ficar com você. Sei que você cometeu um erro enorme. Mas um menino muito sábio uma vez me disse que "talvez não seja realmente um erro se você aprende com ele". Esse menino era você, Landon. Então, sim, eu também cometi erros. E aprendi com eles. Mas sei que confiar em você não foi um deles. E, prometo, você nunca verá vergonha nos meus olhos quando eu olhar para você. Você ainda é o garoto que eu admirava. Só que agora você é um homem, que viveu, cometeu erros e aprendeu com eles. Eu precisava ligar e te dizer isso.

Ele respirou profunda e tremulamente no telefone. Parecendo tomado pela emoção, manteve-se em silêncio.

Tive a impressão de que ele tinha fungado. *Ele estava chorando?*

Então, ouvi ele dizer para um dos clientes:

— É a cebola.

— Você está cortando cebola?

— Não. — Ele riu.

Apertei os olhos e sorri.

— É melhor você voltar para os seus clientes.

— Por que você ainda não pode estar aqui, Rana? Você está longe demais, e eu realmente preciso te beijar agora por causa dessa notícia.

— Espero que possamos nos ver em breve.

— Você tem que dançar hoje, certo?

— Não, o restaurante está fechado para uma festa privada, na verdade. Vou ficar em casa essa noite.

— Ótimo. Vou te ligar por volta das oito, seu horário, quando eu fechar o *food truck*. Vou tentar corresponder à altura a essas palavras lindas que você me disse. Tente estar em casa na hora.

— Estarei.

Não fiz mais nada o resto do dia, esperando a ligação de Landon.

Minha cabeça continuava a toda, alternando entre alívio e pânico.

Por um lado, eu finalmente tinha decidido colocar a história dele em perspectiva, deixá-la no lugar ao qual ela pertencia, o passado, e isso me fez sentir que podíamos avançar em nosso relacionamento.

Por outro, ainda não tinha lavado minha própria roupa suja e, sinceramente, não sabia como isso iria afetar as coisas entre nós.

Mas contar a Landon sobre o que tinha acontecido comigo significaria ter que lidar com algo que eu não estava realmente pronta para enfrentar, algo que poderia mudar a forma como ele me via.

Quando ele me ligou, infelizmente me pegou em um momento de pânico.

Landon mal teve a chance de dizer "oi" quando despejei minhas inseguranças em cima dele:

— Eu me sinto hipócrita, porque mesmo que você tenha se aberto comigo, eu não consigo fazer o mesmo. Mas não estou pronta ainda para lidar com minhas próprias... coisas.

— E se eu te garantisse que nada do que você possa me contar me faria não querer estar com você?

— Como você pode dizer isso sinceramente?

— Porque é verdade.

Não tenho tanta certeza disso, Landon.

— Você matou alguém? — ele perguntou.

— Não.

— É algo que colocaria você ou eu em risco físico?

— Não.

— Você vai me contar hoje à noite?

— Não.

— Então vou arriscar, ok? Acho que já tivemos estresse suficiente recentemente. Você, em particular, parece bem afetada. Por que não se deita e me deixa te ajudar a relaxar? Acho que nós dois precisamos disso.

— Como você pretende fazer isso exatamente, se não está aqui?

— Você está me desafiando? Se é o caso, eu quero te fazer gozar, para que você durma bem esta noite.

— Hum... uau, ok.

— Quando foi a última vez que você teve um orgasmo muito bom?

Só de ouvir essas palavras saindo da boca dele, minhas pernas fraquejaram. Engolindo em seco, admiti:

— Eu me dei um na sua cama, na noite em que você chupou meus peitos.

— Merda, sério?

— Sim. Você me excitou e depois me largou para cuidar disso sozinha. — Eu ri.

O tom dele se tornou mais sedutor.

— Foi mal-educado da minha parte.

— Foi.

— Que tipo de babaca faz isso?

— Você tinha suas razões.

— Acho que bati umas três punhetas no banho naquela noite. Estou feliz por não saber que você estava fazendo isso na minha cama. Eu definitivamente não teria conseguido ficar longe.

Houve um silêncio. Podia ouvir ele se mexendo nos lençóis. Parecia que ele estava tirando a roupa.

— Vou tentar compensar isso um pouco agora. Na verdade, me deixe te ligar de volta do telefone fixo — ele disse.

— Por quê?

— Vamos precisar dos nossos celulares para tirar fotos enquanto falamos.

— Fotos?

— Você sabe… ilustrar as coisas. Preciso te ver.

Só de pensar em ver o corpo firme dele me deixava absurdamente molhada. Quando ele ligou de volta, atendi o telefone com uma piada:

— Alô… é o pervertido que vai perguntar o que estou vestindo?

— Não. Não preciso dessa pergunta… porque eu te quero nua, com nada além do seu lindo cabelo te cobrindo. Tire a roupa e solte o cabelo.

— Eu nunca fiz isso antes… sexo pelo telefone.

— É como sexo… mas pelo telefone.

— Não diga!

— É uma porta de entrada para o sexo pela webcam, mas vamos te introduzir devagar no mundo do sexo virtual. Vamos começar só com o telefone. — Ele soltou uma risada maliciosa. — Tire a roupa, Rana. Até a última peça. Te quero pelada.

Fiz como ele mandou, tirei cada peça de roupa até estar completamente nua.

— Ok. — Respirei fundo.

— Quero que você me mande uma foto de como está agora. Você decide o quanto quer que eu veja, muito ou pouco — ele ordenou.

Antes que tivesse tempo de mudar de ideia, tirei a foto. Eu estava nua, com os seios aparecendo, mas fiz questão que meu cabelo estrategicamente cobrisse minha virilha.

A voz de Landon era áspera.

— Cristo. Você parece uma deusa com o cabelo enrolado em você desse jeito.

— Quero te ver também.

— Você vai. Abra suas pernas e se toque. Saiba que estou batendo punheta para sua foto e imaginando que minha mão é na verdade sua boceta apertada, enrolada em volta do meu pau. Caralho. Essa foto… não consigo tirar os olhos de você. — Ele grunhiu. — Por quê? Por que você não pode estar aqui agora?

— Você quer dizer que não me deixaria sozinha na sua cama esta noite?

— De jeito nenhum. Você nunca mais dormiria sozinha.

— Faz tanto tempo para mim, Landon.

— Não consigo imaginar como vai ser pra você, então.

— Sabe o que eu nunca fiz?

A respiração dele ficou pesada de expectativa.

— O quê?

— Nunca fiz sexo oral em alguém.

— Sério?

— Sim.

— Alguém já fez em você?

— Não.

— Merda, temos *muita* coisa para te atualizar então. Vamos praticar agora. Coloque três dedos na sua boca e finja que sou eu. Quero ouvir como você soa com a sua boca molhada no meu pau.

Pus o telefone ao lado da minha cabeça e comecei e sugar meus dedos devagar, mas com força, enquanto brincava com meu clitóris.

A respiração dele ficou exaltada.

— Eu amo te ouvir chupando. Quer ver o que você está fazendo comigo?

— Sim — exalei. — Por favor.

Não havia nada que eu quisesse ver mais do que o corpo nu dele.

Alguns segundos depois, meu celular vibrou e eu o peguei.

Minha respiração ficou mais intensa quando vi seu pau, grosso e lindo, totalmente ereto contra seu abdômen duro. Era liso, com algumas veias protuberantes e uma bolinha prateada enfeitando a ponta, bem como ele tinha prometido. Minha boca se encheu de água e desejei correr minha língua por ele, da base à ponta.

Usando a foto como inspiração, esfreguei meu clitóris latejante com mais força, incapaz de conter a necessidade de gozar. Eu o queria dentro de mim, e saber que isso não aconteceria hoje era pura tortura.

— Vou gozar, Landon.

Eu podia ouvir a fricção enquanto ele batia mais rápido. Fechando os olhos, cheguei ao orgasmo com o som de seus gemidos profundos penetrando meus ouvidos enquanto ele gozava.

Ficamos ouvindo o outro respirar por um tempo, até que ele falou primeiro:

— Caralho. Isso foi muito bom.

Ofegante, eu disse:

— Me mande uma foto de você agora.

— É uma sujeira. Você realmente quer ver o resultado do que fez comigo?

— Sim. Me mostra.

Alguns momentos depois, ele me mandou uma foto. Jamais imaginei que acharia aquilo tão erótico, mas a visão da barriga dele coberta com a porra reluzente era mais do que excitante.

— Tem... tanta.

— Pode-se dizer que eu estava bem estimulado.

— Eu também.

— Me mostre você. Quero ver sua boceta molhada — ele exigiu.

Deixando minhas inibições de lado, abri minhas pernas e pus a câmera entre elas, tirando uma foto sem o cabelo cobrindo minhas partes íntimas dessa vez. Dei uma olhada rápida e a enviei antes que mudasse de ideia.

Ele sibilou.

— Puta que pariu. Não consigo acreditar que posso ver o tanto que você está molhada. É lindo, Rana. Acho que nunca mais vou ser funcional de novo agora que tenho essa foto para ficar olhando. — Ele brincou: — Ace vai me ligar e perguntar o que estou fazendo, e a resposta vai sempre ser "olhando para a boceta molhada da Rana". Puta merda.

Me acomodando melhor na cama, fiz uma pergunta que sempre quis fazer:

— Como é quando você goza?

— Bem... é uma euforia muito intensa. Minha mente fica em branco por alguns segundos.

— E então o quê? Depois que você goza?

— Quando estou sozinho? Pronto para apagar. Mas assim... com você? Só quero fazer de novo.

— Posso te contar uma coisa? — perguntei.

— Qualquer coisa.

Era difícil para mim admitir isso.

— Me assusta um pouco estar com você.

— Por quê? Acha que vou ser violento com você ou algo assim? Pode ser honesta comigo.

— Na verdade, não. Tenho medo de parecer empolgada demais, que possa querer demais. Faz muito tempo. Tenho medo de gozar em tipo trinta segundos, ou de ficar ridiculamente molhada durante o sexo.

— Você está brincando, né?

— Não.

— Ok... se qualquer uma dessas coisas acontecesse seria muito sexy. E vamos deixar uma coisa clara já. Não existe molhada *demais*. Eu quase gozo de novo só de pensar nisso.

— Só não quero te decepcionar. Sou muito inexperiente comparada a você.

— Quer saber? Você pode só ficar parada, nua, e tenho certeza de que vai ser a coisa mais excitante que já vi. Acredite em mim. Vai ser incrível. E você pode me dar algo que ninguém nunca deu.

— O que é?

— *Você*. Nunca quis alguém como quero você. Eu já fodi bastante, mas era só por prazer. Com você eu quero muito mais. Quero experimentar o sexo de uma forma diferente, demorada, gozar dentro de você, ser parte de você. Nunca desejei intimidade de verdade com ninguém. Então vai ser algo novo para mim também, acredite. O que me lembra que, se você ainda não toma pílula, precisa começar.

— Eu tomo há anos, embora não precisasse realmente.

— Ótimo. Porque eu sonho em gozar dentro de você.

Eu também.

— Posso confessar mais uma coisa? — perguntei.

— Qualquer coisa.

— Tenho medo de te contar todas as coisas que tenho vontade.

— Por quê?

— Acho que é porque, desde nova, fui ensinada que sexo é errado de alguma maneira. Não estou acostumada a ser aberta sobre meus desejos sexuais mais profundos. Minha inexperiência não se deve à falta de vontade. Só não encontrei ninguém em quem confiasse o suficiente. Mas na verdade não há limites para o que eu quero tentar com você, ou para o que quero que você faça comigo.

— Bem, é oficial, estou excitado de novo — ele disse. — Não ter limites é uma coisa boa, Rana. Mal posso esperar para te dar o que você quiser. Topo qualquer coisa. Por que eu ia querer ter qualquer limite com você?

— Acho que um dos medos que cruzou minha cabeça é... — hesitei. — Depois de saber do seu passado... se eu começar a te pedir certas coisas...

— O quê? Diga.

— Bem, se eu quiser que você seja agressivo comigo... isso vai te lembrar de...

— Não, não, não. Sei aonde você quer chegar. Você tem medo de parecer que você está me usando? A resposta é... nem fodendo. Isto é diferente. Satisfazer suas fantasias é minha fantasia. Acha que não quero sexo selvagem com você também? Nenhuma parte de mim quer ser suave. Não ouse me frear. Peça tudo que quiser. Só tenha cuidado, porque eu *vou* te dar.

— Ok... — Eu estava dolorosamente excitada.

— Você está preocupada em me ofender... enquanto isso, tudo que consigo pensar é quanto tempo vou ter que esperar antes de comer essa sua linda bunda.

Dei um suspiro.

— Pare de me excitar de novo, Landon. Não é justo. — Massageando meus próprios seios, eu sentia uma dor física. — É difícil estar tão longe de você.

— Temos que fazer planos. Não sei quanto tempo vou aguentar sem te ver de novo. Quero ir para o Michigan. Posso aproveitar e visitar meus pais também.

Pensar nele aqui me deixava feliz e com medo ao mesmo tempo. Para que isso funcionasse de verdade, não podia mais haver segredos entre nós. Eu queria uma vida com esse homem, e ele merecia a mesma abertura que havia me dado.

Eu preciso te contar, Landon.

Eu quero tanto te contar.

EU VOU te contar.

Mas não hoje, não quero estragar nada.

17

ME LEVE PARA O SEU QUARTO

Às vezes, eu acordava no meio da noite suando frio, preocupada com que algo pudesse ter acontecido com Landon.

Não sabia se era algum tipo de estresse pós-traumático por causa da experiência com o acidente de skate, ou sei lá o quê.

Talvez fosse só o normal quando você ama alguém, quando o amor é novo e, talvez, quando você sente que não o merecc. Então você tem medo de que o universo de alguma forma tire isso de você.

Claro, Landon e eu não havíamos dito "eu te amo" com todas as letras ainda. Não sei se isso fazia diferença, porque quando se tratava dele, eu definitivamente *sentia* o amor. A formalidade nunca pareceu significante.

Ainda assim, eu tinha meus momentos de paranoia, e, uma noite em particular, ela veio com toda força. Landon não havia respondido minhas últimas mensagens naquele dia, e tive que sair para trabalhar carregando o peso da minha preocupação nos ombros.

Não vou esquecer aquela noite nunca. Dançar e sorrir não é algo fácil quando você está se consumindo de preocupação. Ao mesmo tempo, o medo me forçou a me conectar com a música de forma mais profunda que o normal. Eu colocava todo o meu foco na música. Se eu começasse a ruminar e pirar nas coisas, não teria conseguido executar as coreografias.

Quando cheguei em casa, já sabia que seria uma noite de insônia caso Landon não me ligasse de volta.

Finalmente, pouco depois da meia-noite, meu telefone vibrou. Pulei até ele.

LANDON:

> Desculpa, querida. Meu telefone não estava recebendo mensagens.

Digitando mais rápido do que meu pensamento, eu respondi:

RANA:

> Você me deixou preocupada. Não é sua cara não responder. Achei que talvez você tivesse se machucado de novo ou algo assim.

LANDON:

> Só vi sua mensagem agora.

RANA:

> Seu celular está com defeito?

LANDON:

> Porra... Eu não sei como mentir para você.

RANA:

> O quê? Por que você precisa mentir para mim?

LANDON:

> Porque, se eu contar a verdade, terei que admitir que meu celular não estava funcionando porque eu estava em um avião. E, se eu admitir que estava em um avião, então vou ter que admitir que fraquejei e fiz algo que prometi que nunca iria fazer, que é aparecer de surpresa na sua porta.

Meu coração disparou e borboletas levantaram voo no meu estômago quando pulei da cama e corri até a porta.

A mochila de Landon caiu no chão antes que ele me tomasse nos braços. Sempre me surpreendia o quanto eu chorava fácil quando se tratava dele. Antes dos últimos meses, eu quase nunca chorava. Mas estar nos braços dele de novo, sabendo que tinha vindo até aqui, definitivamente abria as comportas.

Ele falou com a boca no meu pescoço:

— Eu precisava te ver.

Envolvendo-o com meus braços, apreciei o calor do seu corpo e o cheiro de sândalo do perfume dele.

Ele está aqui de verdade.

— Fiquei tão preocupada.

Pressionei meus dedos em sua nuca antes de escorregar minha mão por suas costas. Tinha esquecido o quanto era incrível sentir os contornos do seu corpo musculoso. Talvez tocar nele fosse ainda melhor dessa vez, porque não havia mais nenhuma hesitação em mim, e eu me permitia sentir tudo o que o toque dele despertava. A resistência que havia na Califórnia tinha desaparecido. Ele estava se rendendo totalmente à atração física entre nós.

No segundo em que ele se afastou do nosso abraço, não perdeu tempo e baixou seus lábios em direção aos meus, sua língua deslizando para minha boca com uma necessidade desesperada de me provar. O sabor familiar e açucarado do seu hálito se tornou o único oxigênio de que eu precisava. Eu estava completamente viciada.

As mãos dele estavam por toda parte, enquanto o beijo se intensificava. Ele apertou minha bunda, e eu podia sentir o tesão formando uma piscina entre as minhas pernas enquanto meu corpo se preparava para o que ele sabia muito bem que estava chegando.

— Me leve para o seu quarto — ele grunhiu contra os meus lábios, pressionando seu corpo mais forte contra o meu.

Isso está acontecendo mesmo.

Meu coração martelava contra o dele enquanto tropeçávamos até meu quarto.

Mal paramos para respirar, apenas para que Landon pudesse arrancar minha camiseta. Usando só lingerie, eu estava praticamente nua quando ele agarrou meu cabelo, enrolando-o entre seus dedos.

— Eu amo essa porra de cabelo — ele disse enquanto o puxava para inclinar minha cabeça para trás e liberar meu pescoço para ser devorado. Ele enfiou os dedos mais fundo nas minhas longas mechas e as chupadas se intensificaram.

Então, ele baixou a cabeça para os meus seios e apanhou meu mamilo entre os dentes antes de atacá-lo. Ele sorria co: boca contra minha pele enquanto eu me arrepiava por causa da dor prazerosa. Sua mão áspera envolveu o outro seio, apertando minha pele macia.

Eu amava o fato de que ele não estava me poupando, que ele sabia que eu podia aguentar. Mas eu mesma não conseguia imaginar estar com ele de qualquer outra forma. Era uma força sexual à qual eu devia me curvar.

Meu clitóris estava inchado por causa da provocação nos meus seios. Minha calcinha estava ensopada. Me sentindo desesperada, agarrei o queixo dele, levando sua boca de volta para a minha para que eu pudesse prová-lo de novo. Segurando seu piercing entre meus dentes, eu o puxei suavemente. Ele gemeu na minha boca e me beijou com mais força, dessa vez pressionando sua ereção contra mim e sussurrando dentro da minha boca:

— Sinta isso.

Agora era tudo real. Era enorme. Eu podia sentir seu pau quente e latejante e ele parecia ocupar um bom pedaço da sua coxa. Só de pensar em como seria tê-lo dentro de mim me deixava mais molhada.

Eu ousadamente pressionei meu clitóris contra os jeans dele e me esfreguei em cima do seu pau. Ele colocou as duas mãos com força na minha bunda e me guiou, enquanto eu continuava a montá-lo através das roupas.

— Consigo sentir o quanto você está molhada através das minhas calças. Puta merda. — Ele soltou uma respiração trêmula dentro da minha boca. — Você é tão gostosa, mas continue com isso e vou te foder em dois segundos.

— É isso que eu quero.

Quando olhei para ele e sorri, pude ver a necessidade visceral em seus olhos vidrados. Eles estavam cheios de luxúria e praticamente me comendo.

Landon puxou a lateral da minha calcinha e então enfiou dois dedos embaixo do elástico. Eu pulsava em volta dele enquanto ele, devagar, enfiava os dedos dentro de mim. Ele fechou os olhos, em êxtase, enquanto sentia meu calor molhado pela primeira vez. Isso me fez perceber mais do que nunca o quanto eu precisava de mais. Contraindo os músculos, apertei os dedos dele e ele gemeu em resposta.

Ele subitamente tirou os dedos de mim e se ajoelhou. Tirou minha calcinha e a jogou para o lado, mas ficou de joelhos quando enterrou seu rosto entre as minhas pernas. Seus dedos afundaram na minha bunda, e ele, sem amarras, passou sua língua pela minha boceta, o frio do piercing de metal aumentando meu tesão. Joguei minha cabeça para trás e percebi que poderia gozar facilmente.

Os sons abafados dele vibravam contra minha barriga enquanto ele usava seu rosto inteiro para garantir que meu clitóris macio experimentasse um prazer inédito. Em certo ponto, ele parou e me olhou, então se levantou lentamente e abriu as calças. Ele atirou o cinto para o outro lado do quarto e baixou o zíper.

Ofegante, observei seus jeans caírem no chão e ele chutá-los para o lado. Quando ele tirou a camiseta, eu me maravilhei com a visão de seu peito duro e tatuado, podendo olhá-lo de perto como nunca. Seu corpo parecia finamente esculpido, um puro deleite para os meus olhos. Queria lamber a linha da felicidade de pelos que dividia seu abdômen inferior.

Ele estava na minha frente, sem nada além de sua boxer preta. O material nem tentava mascarar o contorno do seu pacote. A ponta do seu pau aparecia pelo topo e eu podia ver seu piercing reluzente ao vivo pela primeira vez.

Lambi os lábios de expectativa enquanto ele colocava as mãos sobre o elástico e devagar baixava a cueca, fazendo seu pau saltar para a frente em toda sua glória. Essa visão me deixou de joelhos, literal e figurativamente.

Sem poder resistir, enrolei minha mão em volta de sua carne quente, apreciando a textura sedosa de seu bastão. Com vontade de lamber a pequena gota de pré-gozo que já rodeava seu piercing, rodei minha língua por volta da grossa cabeça dele, como se ela estivesse lentamente dançando em volta do brinco. Tinha um gosto delicioso. Não sabia dizer se algo tivesse me dado mais prazer do que aquilo. Sem conseguir parar, comecei a engoli-lo ainda mais, enquanto ele puxava meu cabelo com a mão para que pudesse assistir a seu pau entrando e saindo da minha boca. Ele jogou a cabeça para trás.

— Porra. Nem tente me dizer que você não sabe o que está fazendo. Isso é incrível.

Com seu pau ainda enchendo minha boca, eu sorri para ele. As pálpebras dele se apertaram quando, relutante, ele me levantou e então disse:

— Eu não posso esperar mais um segundo. Eu vou te foder muito, Rana.

Pressionando seu corpo gloriosamente duro contra os meus seios, ele jogou seu peso contra o meu até que eu caísse na cama. Nesse momento agradeci por estar morando sozinha, porque sabia que ia ser barulhento.

Abrindo minhas pernas, ele olhou para mim intensamente, em um aviso silencioso, antes de entrar em mim com uma estocada firme que me fez gemer.

A cama balançou e minha cabeceira bateu contra a parede enquanto ele me fodia sem piedade. Depois de esperar tanto quanto tínhamos esperado, não dava para levar as coisas com calma. O atrito da sua vara grossa entrando e saindo de mim era melhor que tudo que eu já tinha sentido. Landon trepava como uma atleta, totalmente focado e com todo o corpo.

O sexo que eu tinha feito na adolescência era burocrático e não tinha nada a ver com o meu prazer. Para Landon, sexo não era só enfiar seu pau em mim e se mover para dentro e para fora. Estávamos conectados de todas as formas possíveis. Suas mãos prendiam as minhas para me ajudar a me segurar. Sua língua me provava em sincronia com os movimentos do seu corpo. Ocasionalmente, ele parava e me mordia com suavidade, o que sempre pareceu como marcação de território de alguma forma. E seu pau me penetrou tão profundamente que eu sabia que sentiria dor no dia seguinte.

Mal podia esperar para que ele gozasse, para sentir aquela explosão do seu desejo dentro de mim.

— Você achou que estaria molhada demais para mim, hein? Eu amo ter seu gozo por todo meu pau. Não há nada melhor.

Meus dedos dos pés se contraíam por causa da intensidade das metidas. Eu amava o som e a sensação das bolas dele batendo contra a minha bunda.

Era essa a sensação de ser fodida de verdade.

Os quadris dele fizeram um movimento circular e ele desacelerou.

— Preciso diminuir, senão vou explodir.

— Estou pronta — sussurrei.

Ele me desafiou:

— Ah é?

Agarrei a bunda dele.

— É.

Ele começou a meter em mim ainda mais forte enquanto soltava seu esporro. Assim que senti o calor do seu gozo, meus músculos se contraíram ao redor dele, em clímax. E então finalmente entendi o que ele quis dizer quando explicou como era quando ele gozava, que sua mente ficava em branco. Foi exatamente isso que aconteceu comigo. Todas as preocupações do mundo simplesmente desapareceram por um momento.

Ele ficou em cima de mim, seu pau ainda duro e quente dentro do meu corpo. Nossas testas se tocavam e nossa respiração ainda era pesada. Não sabia como tinha vivido tanto tempo sem experimentar aquilo.

Tentei desviar as tentativas da minha mente de pensar nas mulheres com quem ele esteve. Agora que havia experimentado estar com Landon, tinha ainda mais ciúmes de qualquer uma que tivesse vindo antes de mim e esperava que nenhuma houvesse experimentado exatamente o que eu tinha sentido. Porque parecia ser muito mais que sexo.

Quando ele finalmente saiu de cima de mim, não gostei. Queria continuar conectada ao calor dele.

— Tenho uma confissão — Landon disse enquanto puxava um lençol por cima da gente e me puxava para ele. Mais uma vez, meu corpo estava feliz.

— O quê?

— Não me mate.

— O que você fez, Landon?

— Eu te vi dançar hoje.

— Como?

— Eu, egoisticamente, queria te ver em ação sem que você soubesse que eu estava te assistindo. Sentei no canto do restaurante, para que você não pudesse me ver.

— Ah, meu Deus. — Eu me sentei. — Não acredito que eu não percebi que você estava lá.

— Afundei o boné na cabeça. Se você me visse, eu ia me entregar. Mas como você não viu, decidi te assistir, como se fosse qualquer outro.

Minhas bochechas coraram.

— O que você achou?

— Melhor do que eu tinha imaginado. Você estava incrível. Cada movimento encaixava perfeitamente com a música. Cada pessoa naquela sala só queria um pedaço da sua alma, da sua beleza. Não acredito que não posso te assistir o tempo todo. Eu estaria na primeira fila toda noite, se pudesse. Não faria mais nada. Não esperava me sentir tão orgulhoso de você. Foi difícil não correr para a pista de dança. Não sei o que eu estava esperando, mas não imaginava que fosse tão mágico.

— Bem, foi bom que eu não soubesse que você estava lá, porque senão eu não conseguiria me concentrar de jeito nenhum. Como você chegou lá do aeroporto?

— Aluguei um carro. Portanto, nada de ônibus por alguns dias.

Eu estava começando a ruminar um pouco.

Ele examinou meu rosto.

— No que você está pensando agora?

— Parece que tenho pensamentos e sentimentos demais na ponta da língua, mas nada sai e vou simplesmente explodir.

— Se você não consegue achar as palavras, pode usar essa língua da forma que quiser. E definitivamente me identifico com o sentimento de precisar explodir. Foi por isso que voei até aqui. De verdade, Rana, com o que quer que você esteja preocupada agora, só tire essa porra da cabeça, ok?

— Ok — sussurrei.

— Eu não vim aqui para te forçar a falar sobre nada do passado. Um homem não larga o trabalho aleatoriamente, no meio da hora do almoço, e corre para casa para comprar uma passagem para o outro lado do país porque quer causar problemas. Eu vim para duas coisas.

Meu coração estava prestes a explodir.

— Sim?

— A primeira é óbvia. Mas a segunda e mais importante é para te dizer pessoalmente que estou totalmente apaixonado por você, Rana Saloomi. Porque isso não parece ser algo que se faça pelo telefone. Eu te amo para caralho.

Ele aninhou meu rosto entre as mãos e plantou um longo beijo nos meus lábios. Eu me soltei logo, porque precisava retribuir os sentimentos dele.

— Eu também te amo. Nunca amei ninguém como eu te amo. — As palavras não saíam da minha boca rápido o suficiente. Tudo que eu vinha esperando era que ele dissesse aquilo primeiro, mas eu já sentia há muito tempo.

— Bem, vou lidar com isso. — Ele me apertou com força. — Sabe, eu realmente gostava de você quando éramos crianças. Você me divertia e eu achava que você era provavelmente a garota mais legal que eu já tinha conhecido. Mas não vou mentir e dizer que sempre te amei. Eu não te *amava* até recentemente. Eu me apaixonei de verdade pela garota problemática que me ligou bêbada e me faz rir. Acho que percebi isso na noite que confessei meu passado para você em L.A. Porque nunca tive tanto medo de perder alguém em toda a minha vida.

Enxuguei uma lágrima.

— Obrigada por gostar de mim naquela época, mas especialmente por me amar agora, mesmo com toda minha loucura.

— Não consigo te imaginar sem sua loucura. É minha loucura agora. — Ele estalou os dedos. — Esqueci que te trouxe um presente.

Eu admirei sua bunda nua e musculosa quando ele andou até sua jaqueta e tirou algo do bolso.

Ele voltou para a cama.

— Comprei isso pra você na Califórnia. Queria te dar algo. E isso me lembrou demais de você.

Era uma caixa branca em que estava escrito Pandora em letras douradas, e eu sabia que aquela marca era bem cara. Dentro dela estava uma pulseira prateada com duas contas redondas e azuis.

— É linda, Landon!

Ele abriu o fecho e a colocou no meu pulso.

— Pensei que poderíamos ir construindo a pulseira com o tempo, meio como nosso relacionamento todo. Mas comecei com essas duas contas porque elas me lembraram muito de nós dois até agora. Algum chute de por quê?

Então me bateu.

Duas bolas azuis.

18

SEM MAIS SEGREDOS

— ESTOU DIRIGINDO! EU estou dirigindo de verdade! — gritei enquanto dávamos a volta no caminho circular pela enésima vez.

Landon tinha decidido que sua primeira missão no Michigan era me ensinar a dirigir. Ele estava achando ótimo que eu estivesse me divertindo tanto. A verdade é que, sem outros carros em volta, realmente não havia do que ter medo.

— Diminua um pouco, linda. As curvas não precisam ser tão fechadas.

Landon havia me levado até o estacionamento quase vazio do shopping que costumávamos frequentar quando crianças. O shopping havia fechado anos atrás e eles nunca o reconstruíram. A área parecia uma cidade fantasma, e algumas das antigas placas das lojas ainda estavam intactas, mesmo que o prédio estivesse lacrado. Mas ele fazia questão de que minha aula de direção acontecesse naquele exato lugar.

Eu virei mais uma esquina.

— Uhuuuu!

— Vamos com mais calma.

— Acho que estou pronta para tentar a rua.

Landon pareceu cético.

— Vamos ficar na lição um hoje. Quando você realmente pegar o jeito e aliviar esse pé, nós te levamos pra rua. Talvez isso não aconteça antes de eu ir embora, mas prometo terminar o que comecei.

Freando até parar, pus o carro em ponto morto antes de desligar a ignição.

— Por quanto tempo você vai ficar? Você não disse.

— Alguns dias. Não posso largar o *food truck* por mais tempo que isso tão em cima da hora. Minha vinda foi realmente impulsiva e não cuidei de tudo que precisava antes de partir.

Virando meu corpo para ele, peguei sua mão.

— Relacionamentos a distância em geral não duram muito, duram?

— Bem, estou contando que não vai ser assim para sempre. — Ele olhou para o celular e fez uma careta.

— O que foi?

— Minha mãe mandou uma mensagem para confirmar hoje à noite. Eu meio que disse pros meus pais que ia visitá-los.

Desapontada com a perspectiva de não passar o tempo com ele mais tarde, franzi a testa.

— Ah.

— Quero que você venha comigo. Quero que eles saibam da gente.

Uma onda de pânico me acertou.

— Você quer?

— Sim.

— Não sei como eles vão reagir a mim.

— Isso não importa.

— O que eles sabem... — Hesitei. — Da sua vida na Califórnia?

— Se você está perguntando se eles sabem da coisa de que fui acompanhante, não sabem. Nunca tive coragem de contar para eles e acho que ninguém sai ganhando se eles souberem. Minha mãe ficaria arrasada. Meu relacionamento com meus pais ficou bem abalado desde que decidi me mudar para a Costa Oeste e procurar Beverly. Eles são boas pessoas, e sei que eles me amam e têm boas intenções, mas eu meio que, sem querer, me distanciei deles desde que mudei. Eu me arrependo disso e acho que o mínimo que posso fazer é visitá-los enquanto estou aqui.

— Quando foi a última vez que você os viu?

— Mais ou menos um ano atrás, eles foram me visitar no Natal. Mas, antes disso, fazia alguns anos.

— Uau.

— É. Preciso trabalhar em ser um filho melhor. — Landon apertou minha mão. — Então, você vem comigo, certo?

Engolindo minha insegurança, eu sorri.

— Sim... claro.

Respirei fundo enquanto permanecíamos parados em frente à casa dos pais dele. Era tocante para mim estar de volta ao lugar em que tudo começou, com Landon, tantos anos depois.

Ele esfregou minhas costas.

— Não fique nervosa. Vai dar tudo certo.

— Eles vão pirar quando perceberem quem eu sou.

— Bem, isso é problema deles.

Marjorie Roderick abriu a porta e imediatamente puxou Landon para um abraço.

— Landon... querido, seja bem-vindo. É tão bom te ver, filho.

— Você também, mãe.

Com cabelo loiro e curto, a mãe de Landon tinha uma aparência bem de americana média. Ela, na verdade, tinha mudado muito pouco. Já devia ter cinquenta e tantos ou sessenta anos agora.

Ela me olhou.

— Não sabia que você ia trazer uma amiga.

— Sim. Ela é o motivo de eu estar no Michigan. — Landon sorriu para mim de forma reconfortante e fez uma pausa. — É a Rana, mãe. Você se lembra dela...

Ela apertou os olhos, examinando meu rosto.

— Rana? Rana... Saloomi?

Sorrindo nervosa, dei de ombros.

— Sim, sou eu. — Meu nervosismo fez as palavras saírem sem pensar. — Eu... eu fiz plástica no nariz.

Eu provavelmente não devia ter dito isso assim. Mas estava muito nervosa e só pensei em dar alguma resposta.

Marjorie se aproximou para me abraçar.

— Meu Deus. Você está tão...

— Diferente, sim — eu disse.

— Eu ia dizer linda. Mas isso você sempre foi, querida.

— Bem, obrigada.

Marjorie olhou para o filho.

— Mas preciso admitir que estou confusa...

— Eu entendo — falei.

Landon finalmente deu a explicação pela qual ela estava esperando.

— Nós nos reencontramos nesse último ano, começamos a nos falar pelo telefone. E então a Rana foi me visitar na Califórnia. O resto é o resto. Agora ela é minha namorada.

Meu coração se aqueceu ao ouvir Landon me chamar assim. Mesmo que ele tivesse dito que me amava, era a primeira vez que me dava o rótulo de namorada.

Como esperado, ela pareceu genuinamente chocada.

— Uau. Isso é tão inesperado, mas, sinceramente... qualquer coisa que traga o Landon de volta para uma visita é ótimo do meu ponto de vista.

O pai de Landon, Jim, entrou na sala.

— Filho!

Landon e ele se abraçaram e deram firmes tapinhas nas costas.

— Ei, pai. Eu estava com saudades.

Marjorie me apresentou.

— Jim, você se lembra de Rana Saloomi, não? De anos atrás.

Jim pareceu chocado.

— Maldição, você está completamente diferente.

— É o que dizem.

— Landon e Rana se reencontraram. Eles estão namorando.

Senti a necessidade de imediatamente tratar do elefante na sala com o pai de Landon.

— Sinto muito pelo que aconteceu anos atrás, a forma como meus pais saíram do apartamento.

Jim levantou a mão para me impedir de continuar.

— Você não precisa pedir desculpas. Não foi culpa sua.

Marjorie acrescentou:

— Você sempre foi muito respeitosa. Nós nunca te culpamos. Eu me lembro de me sentir triste por Landon, porque ele perdeu uma amiga quando você foi embora.

Landon e eu olhamos um para o outro por um momento, trocando sorrisos.

— Naquela época as coisas estavam bem ruins para os meus pais — eu disse. — Obrigada pela compreensão.

— Não precisa agradecer — ela falou. — Honestamente, acho que nós te devemos uma agora, por ter trazido Landon de volta para uma visita.

Eu me sentia realmente mal pela mãe de Landon. Era claro que ela tinha sofrido por ele ter praticamente desaparecido da vida deles.

Landon a abraçou novamente.

— Me desculpe por ter demorado tanto.

Marjorie então olhou bem para mim quando disse:

— Nós realmente amamos nosso filho e sempre quisemos o melhor para ele. Mas, você sabe, só se pode segurar os filhos por um tempo. Alguma hora você tem que deixá-los ir, deixá-los se encontrarem. Eu não conseguia mantê-lo aqui, não importa o quanto implorasse, e então entendi que ele precisava viver sua vida e aprender com suas experiências. Deixá-lo ir para a Califórnia foi a coisa mais difícil que já fiz, mas eu sabia que não podia impedi-lo.

A situação de Landon era prova de que até pessoas com dois pais e uma criação aparentemente perfeita podem quebrar a cara.

— Nem sempre tive a cabeça no lugar, mas finalmente tomei jeito, mãe. Não precisa mais se preocupar comigo. Mas tenho que pedir desculpas por ter me afastado de vocês durante esses anos. A separação era só algo pelo qual eu precisava passar para chegar aonde estou agora. Acredite, vocês fizeram tudo certo. Vocês foram os melhores pais que alguém poderia querer.

A mãe dele parecia a ponto de chorar.

— Isso é muito gentil. E eu vou aceitar o que vier em termos de visitas do meu belo filho.

Sentamos para jantar, e, ao longo da noite, eu me peguei achando a companhia deles realmente agradável. Rimos muito, em especial quando Landon contou a história da primeira vez que seus pais viram suas tatuagens.

Era muito estranho estar de volta ao lugar onde eu tinha morado, embora a garagem tenha voltado a ser apenas isso, um lugar para estacionar carros e guardar coisas. Um ar de nostalgia definitivamente me seguiu por toda a noite.

Depois do jantar, Landon e eu demos uma volta pela velha vizinhança. Era surreal estar de volta àquela rua, olhando para as mesmas rachaduras da calçada sobre as quais eu costumava andar de bicicleta.

Andamos e nos lembramos das coisas até que um encontro inesperado interrompeu nossa noite.

Tínhamos acabado de dar a volta no quarteirão quando paramos na frente da casa da sra. Sheen. Uma mulher estava na entrada, debruçada para dentro de um carro. Ela desviou o olhar por um momento e nos viu nos aproximando.

Aparentemente, como um aviso, Landon apertou minha mão antes de dizer:

— Oi, Kelsie.

Ela protegeu os olhos com a mão, apesar de não haver nenhum sol.

— Puta merda. Landon? É você?

Embora ele tivesse dito o nome dela, levei alguns segundos para perceber que era Kelsie, a ex de Landon e minha antiga nêmesis de quatorze anos de idade.

Puta merda.

Que timing.

Ela ainda morava na casa dos pais?

— Uau. Não te vejo há anos. Mal te reconheci — ela disse.

— Sim, estou visitando meus pais.

Kelsie ainda tinha o mesmo cabelo loiro escuro de que eu me lembrava, embora definitivamente tivesse ganhado alguns quilos.

Landon espiou para dentro do carro.

— Quem é o rapazinho?

— Este é Bryce. Seu pai é militar e acabou de ser convocado, então estou passando um tempo com a minha mãe. Na verdade nós moramos em uma base no Illinois.

— Uau. Bem, agradeça a ele pelo serviço.

Ela fez que sim.

— Como vai a Califórnia? Você achou o que estava procurando?

— Sim. — Ele olhou para mim. — Sim, finalmente achei o que estava procurando.

— Bom. Bom. — Ela olhou para minha cara, mas não pareceu me reconhecer nem se apresentou. — Bem, tenham uma boa-noite.

— Você também — respondi.

Depois que nos afastamos o suficiente, Landon finalmente falou:

— Desculpe, não sabia se você queria que eu te apresentasse ou não. Sei que você a odiava e não queria te deixar desconfortável. Suspeitei que você não queria que eu dissesse nada.

— Eu estava rezando para que você não dissesse meu nome. Estou feliz que não disse. É a parte boa de estar diferente. Se encontro alguém do passado que não queria ver, eles não sabem que sou eu.

— Não queria que você achasse que precisava se explicar para ela.

— Boa.

Nossas mãos estavam entrelaçadas quando continuamos nossa caminhada.

— Você não está orgulhoso de mim? — Eu ri. — Vimos Kelsie e eu nem fiquei com ciúmes.

Ele me puxou para perto, se divertindo.

— Isso é porque eu acho que você finalmente sabe que não tem por que ter ciúmes.

Paramos em frente à casa dos pais dele, ambos hesitantes em voltar para dentro.

Enlaçando seu pescoço, olhei para ele.

— Estou muito feliz que fizemos essa visita.

— Eu também. Tem uma parte de mim que tinha vergonha do que eu vinha escondendo dos meus pais. Eu os estava evitando para não ter que lidar com isso. Você ter me aceitado depois de tudo que te disse realmente me ajudou a me perdoar. Me deu coragem de encarar meus pais de novo. Eu precisava me perdoar primeiro, acho.

Landon só ficaria por aqui mais uns dias. Logo eu perderia a oportunidade de contar a ele minha própria verdade. Essa noite tinha me dado mais certeza do que nunca de que não podia mais haver segredos entre nós.

Eu sabia que havia uma boa chance de eu contar a ele e dar errado, que ele poderia se voltar contra mim se levasse as coisas para o lado pessoal. Ele poderia muito bem perder o respeito por mim.

Contar a verdade para ele era um enorme risco, mas um risco que eu precisava correr.

19

Não há cirurgia que cure uma alma quebrada

Apesar de ter dito a mim mesma que contaria tudo para Landon em sua última noite no Michigan, às vezes um segredo nos consome tanto que já não pode mais ficar escondido. A verdade sempre encontra uma saída.

Depois que voltamos para casa, Landon e eu fizemos amor várias vezes, até adormecermos. Eu me sentia contente demais nos braços dele, mas a sombra do meu segredo estava sempre ali, me impedindo de aproveitar plenamente nossa conexão.

Acordei suando e tremendo no meio da noite; meu corpo não aguentava mais a culpa.

Landon acordou e notou imediatamente que algo estava muito errado comigo.

— O que foi?

— Eu preciso te contar agora.

— Sei que eu disse que não iria te pressionar, mas concordo. Você precisa falar comigo. Por favor — ele implorou.

De fato, parecia que era agora ou nunca, que a bolha de proteção que escondia meu passado havia estourado naquele momento.

Fiquei olhando para ele no escuro, porque queria aproveitar aqueles últimos segundos de felicidade inocente antes que eu colocasse tudo a perder. Eu então me virei e fiquei de conchinha com ele. Essa história seria mais fácil de contar se não estivesse olhando nos olhos dele, seria melhor se eu não tivesse que testemunhar sua decepção.

Ele me apertava em seus grandes braços.

— Vou te abraçar assim. E não vou te soltar. Quero que você me conte tudo.

Meu corpo continuava a tremer enquanto eu forçava as palavras a saírem.

— Quando meus pais e eu nos mudamos da sua casa e fomos viver com meus avós, eu meio que entrei nesta fase rebelde horrorosa. Fiz sexo pela primeira vez quando tinha só quatorze anos. Mesmo que não me sentisse bonita na maior parte do tempo, por alguma razão eu me sentia desejável... importante... quando comecei a explorar minha sexualidade. Os boatos de que eu era fácil se espalharam pela escola, e eu basicamente deixei que vários garotos fizessem o que queriam comigo. Iam de calouros a veteranos.

A respiração de Landon se tornou mais pesada. Sabia que ele não estava confortável escutando aquilo, apesar de tudo o que tinha confessado sobre ele. Continuei.

— As coisas estavam bem ruins em casa. Por mais que meu pai tenha tentado mantê-los separados, minha mãe fugiu com o namorado. Papa estava tentando tanto me controlar naquela época, porque eu era tudo que tinha restado a ele. Mas foi em vão. Eu saía escondida no meio da noite para me encontrar com garotos. Não podia falar nada com meu pai, então ninguém me ensinou direito a ser responsável.

Landon pareceu adivinhar para onde aquilo estava indo e sussurrou na minha nuca:

— Ah, porra. — Seu corpo se enrijeceu. Ele repetiu: — Porra.

Eu estava começando a me sentir enjoada.

Ponha para fora.

— Eu ia fazer quinze anos quando descobri que estava grávida. Era o pior pesadelo que podia imaginar. Meu pai nem sabia que eu saía de casa na maior parte das noites, muito menos que eu transava. Ele não fazia ideia de nada. Achava que podia só me proibir de fazer as coisas e eu ia escutar. Claramente, ele subestimava a força de uma garota adolescente cheia de hormônios, especialmente uma que vinha se rebelando contra uma mãe inútil.

Landon estava silencioso. Continuei com a minha história.

— Honestamente, eu não sabia o que fazer. Escondi pelo tempo que foi humanamente possível. Meu pai achou só que eu estava engordando. Ele provavelmente achou que eu estava comendo mais porque estava deprimida por Shayla ter ido embora. Eu ficava no meu quarto o máximo que podia, para que ninguém notasse meu corpo mudando. Mas, com seis meses, não dava mais pra esconder. Foi minha avó que finalmente me confrontou. Implorei a ela para não contar para o meu pai, mas ela não queria saber. Não sei o que eu estava pensando, pedindo para ela me ajudar a esconder. Ia aparecer, em algum momento. Nem preciso dizer que quando Papa descobriu, ele ficou completamente arrasado. Dado o quanto ele era rígido comigo, eu esperava que ficasse irado, me deserdasse. Mas sua principal reação foi de choque silencioso, tristeza. Era como se ele não conseguisse acreditar em quão ignorante tinha sido, e ele se culpou de verdade por isso.

Embora de início não quisesse encará-lo, eu precisava saber se Landon estava bem. Me virando, dei um suspiro de alívio quando ele colocou a mão no meu rosto.

A voz dele era baixa.

— Continue. Por favor. Eu preciso ouvir o resto.

Eu fiz que sim e respirei fundo.

— Com só mais alguns meses faltando, não havia muito tempo para os preparativos. Eu não estava pronta de jeito nenhum para ser mãe. Meu pai estava desempregado. Éramos sustentados pelos meus avós. Eu não tinha ideia do que fazer. — Fechei os olhos e os abri de volta. — Uma tarde, me disseram para descer. Havia uma mulher sentada na sala. Ela era de uma agência de adoção. Minha avó a tinha contatado. Ela me fez sentar e explicou como seria o processo caso fosse algo que eu cogitasse. Eu tinha quinze anos, estava assustada e em busca de uma solução. Só precisava de alguém que me dissesse o que fazer. A mulher pareceu ter argumentos muito bons. Na época, tudo que eu queria era esquecer que aquilo estava acontecendo, então ouvi-la falar sobre as responsabilidades de se ter um filho era demais para mim. Ela concluiu dizendo que havia um casal ótimo que estava em busca de um recém-nascido e que achava que podia ser uma boa solução para mim.

Landon mordeu os lábios e ficou em silêncio. Devia haver emoções em excesso o atravessando, por causa de sua própria história. Queria poder mudar a história de alguma forma, mas precisava contar a verdade absoluta.

— Eu estava completamente desconectada não só do bebê, mas de toda a situação. Não estava pensando nas consequências a longo prazo de dar meu filho para a adoção. Eu mesma estava pensando como uma criança. Não estava emocionalmente pronta para nem sequer pensar sobre, muito menos viver a maternidade. Deixei todo mundo me convencer de que estava fazendo um favor para meu filho ao dá-lo para esse casal bom e amoroso.

Os olhos dele ficaram distantes. Eu estava morrendo de medo de perdê-lo por causa disso. Ele nunca conseguiu perdoar completamente sua mãe biológica por dá-lo para adoção. Podia imaginar o que me ouvir dizendo que cometi o mesmo erro estava fazendo com ele. Ele olhou para o além quando perguntou:

— O que você teve... um menino ou uma menina?

Meus olhos começaram a se encher de lágrimas.

— Eu dei à luz uma garotinha e o hospital a entregou diretamente para os pais adotivos. Escolhi não segurá-la, porque tinha muito medo. Não queria arriscar sentir nada por ela, porque não ia fazer diferença. Eu sabia que não podia lidar com o fato de ser mãe. Eles me fizeram esperar um número determinado de dias para assinar os papéis, caso eu mudasse de ideia. O tempo exigido passou e eu assinei. — Engoli em seco. Aquelas palavras eram difíceis de pôr para fora.

Ele expirou longamente.

— Simples assim...

Concordei envergonhada e sussurrei:

— Simples assim.

— O que aconteceu depois? Quero dizer, como foi sua vida depois?

— Minha vida depois disso foi muito melancólica. Me arrastei pelo ensino médio, me sentindo extremamente vazia e cheia de ódio por mim mesma. Não me interessava mais por garotos, estava traumatizada demais pela gravidez para deixar que alguém me tocasse. Na verdade, isso continuou até que você entrou na minha vida. Mas naquela época, enquanto todo mundo estava pensando na formatura e pesquisando faculdades, eu fiquei isolada. Não conseguia lidar comigo mesma. Isso durou anos. Você já sabe que, quando fiz dezoito anos, eu usei o dinheiro que deveria ser para a faculdade para fugir para Detroit e fazer cirurgias plásticas. Bem, agora você sabe que o motivo não foi simplesmente melhorar minha aparência, mas mascarar meu antigo eu. Eu estava tão decepcionada comigo mesma que basicamente quis que Rana desaparecesse. — Meu lábio tremeu.

A simpatia retornou aos olhos dele, que estavam úmidos, embora ele não tenha chegado a chorar. Desconfiei que ele estava lutando com as emoções, provavelmente sem saber se ficava decepcionado comigo ou sentia empatia.

Continuei:

— Quando voltei para casa depois de fugir para a cirurgia, esperava que minha família me deserdasse de vez. Mas a recepção foi o oposto disso. A compaixão que eles mostraram nesse período foi além de tudo que eu esperava. Quando eu sumi, eles acharam que tinham me perdido para sempre. Então, foi só quando voltei para casa que percebi que, embora minha mãe estivesse pouco se fodendo para mim, eu tinha um pai e dois avós que me amavam muito. Eles nunca questionaram porque eu fugi. Pareceram entender totalmente. Eles sabiam que minha cirurgia tinha pouco a ver com a superfície. Infelizmente, não há cirurgia para uma alma quebrada.

Pronto. Uma lágrima caiu dos seus olhos. Doía nele me ouvir dizer aquilo. Era nesse momento que eu precisava tentar mais ainda fazê-lo entender.

Colocando minhas duas mãos em volta do rosto dele e secando suas lágrimas com o polegar, olhei fundo nos olhos dele.

— Posso te dizer, sem sombra de dúvida, Landon, que sua mãe biológica pode ter te dado para adoção, mas isso não quer dizer que ela não te amava. Ela só acreditou mesmo que você estaria melhor sem ela. E quero que você saiba que entendo perfeitamente se você não conseguir aceitar o fato de que eu cometi o mesmo erro que ela. Não quero que você me olhe e veja todo o ressentimento que tem por ela. Então, vou te pedir exatamente o mesmo favor que você me pediu na Califórnia. Se você não puder ignorar isto, se você não puder ficar comigo sem ter vergonha, então prefiro não fingir.

Ele enxugou os olhos.

— Você sabe onde ela está?

— Sim.

— Ela sabe de você?

— Não.

— Qual o nome dela?

Lá vamos nós.

Era a outra parte da história. Talvez a maior parte.

— O nome dela é Lilith.

20

Diga alguma coisa

Foi preciso um momento para que o nome fizesse sentido na cabeça dele.

— Lilith… esse não é o nome da…

— Sim. Da menina que eu visito toda semana. Sim.

— É ela? Sua filha?

— Sim.

Landon levantou da cama e foi para a janela.

Ele caminhou pelo quarto por um tempo antes de se virar para mim:

— Ela não faz ideia?

— Não.

Ele secou o suor da testa.

— Estou confuso. Me explica.

— Certo. — Me levantei da cama e caminhei até ele. — Você se lembra de como contou que acordou um dia e percebeu que a vida que você estava vivendo não era a vida que queria? Bem, isso meio que aconteceu comigo quando eu tinha vinte e um anos. Tinha trabalhado muito para dar um jeito na minha vida, consertar minha relação com meu pai e meus avós. Mas a única coisa que eu parecia incapaz de superar era a ausência permanente do bebê que eu tinha dado. Foi como se finalmente eu houvesse acordado e visto o que tinha feito. Mas era tarde demais. Percebi que havia uma parte de mim por aí e que eu nem sequer tinha olhado para ela. Ter dado minha filha não tinha nada a ver com não amá-la. De certa forma, nem sequer me permiti sentir as coisas por tempo suficiente na época do nascimento para perceber que a amava. Permaneci nesse estado constantemente anestesiado durante todo o tempo em que estive grávida e depois. Não tinha nada a ver com uma falta consciente de amor. Tinha a ver com eu me odiar e não querer que ela me odiasse como eu odiava minha mãe. Não queria ser o tipo de mãe que a minha havia sido. Queria algo melhor para ela, mas aos quinze anos eu não era esperta o suficiente para perceber que, desde que eu a amasse, poderia ter feito as coisas darem certo de alguma maneira. Eu podia não ter dinheiro, mas teria dado a ela uma abundância de amor. Minha mãe nunca teve isso dentro dela. Mas eu tinha. Percebi meu erro tarde demais. Porém, isso não mudava a forma como eu me sentia.

— Como você a encontrou?

— Não foi tão difícil. Não era uma adoção fechada. Sempre tive o nome e o endereço da família. Os pais adotivos não acharam que eu ia querer me envolver, então não fizeram nada para impedir que eu voltasse para procurá-la. Talvez eles nunca tenham insistido no anonimato porque suspeitassem que eu podia mudar de ideia um dia e querer conhecê-la. Sempre tive os nomes, endereços, tudo. Pareceu irônico e um pouco coisa do destino que eles não morassem longe de onde eu cresci. Foi por isso que me mudei de volta para esta parte do estado.

— Então... o que você fez...? Foi até a casa deles?

— Não. Jamais pensei em jogar uma bomba dessas na vida daquelas pessoas. Tomei cuidado. Quando ela tinha uns sete anos, liguei para a mãe dela e perguntei se tinha alguma forma de eu conhecer Lilith. Beth é uma advogada importante e trabalha muito. Eu garanti que respeitava o fato de que ela é a mãe da Lilith. Gostando ou não, abri mão dos meus direitos, por mais doloroso que fosse. Eu aceitava isso.

— O que ela disse?

— Por dois anos ela se recusou a me deixar vê-la. Beth achou que era cedo demais. Mas eu persisti. Quando Lilith tinha por volta de nove anos, sua mãe finalmente concordou. Bolamos um plano para que eu fosse voluntária lá uma vez por semana. Lilith acha que a mãe dela só me levou até lá para passar um tempo com ela depois da escola. Nós até arrumamos tudo pelo programa Irmã Mais Velha do Michigan. Ela também tem uma babá que cuida dela enquanto os pais trabalham. Os dois trabalham muito. Então, no último ano, tenho conhecido ela da única forma que posso, como se fosse uma irmã mais velha.

Landon ainda estava absorvendo tudo aquilo.

— Meu Deus. Como você consegue fazer isso? Deve ser incrivelmente difícil para você.

— Eu sei que isso vai soar estranho. Mas Lilith torna fácil esquecer da dor. Nós realmente nos tornamos amigas, nos conectamos em um nível pessoal, indiferente do papel que temos na vida uma da outra. Ela é absurdamente esperta... engraçada... e madura para a idade. Sou extremamente grata à Beth por ter me dado a oportunidade e não me excluir, porque ela poderia ter feito isso. Talvez eu merecesse isso.

— Então, você concordou em não contar à Lilith quem é? Um dia você vai contar?

— Lilith sabe que é adotada. Sua mãe sempre foi honesta com ela quanto a isso, desde que tinha idade suficiente para entender. Mas Beth ainda não me deixou contar quem sou. Não sei se ela um dia *vai* deixar, mas não quero pressionar agora, porque tenho medo de que eles não me deixem mais vê-la. Jamais tentaria roubá-la. Só quero estar na vida de Lilith, ajudar a cuidar dela e ter certeza de que o que aconteceu comigo nunca vai acontecer com ela. — Uma lágrima rolou pelo meu rosto. — Eu a amo tanto. E quero que ela saiba disso, mesmo que eu possa apenas lhe demonstrar, em vez de dizer com todas as letras. É por causa dela que eu nunca posso sair do Michigan, Landon. Não fui totalmente honesta na Califórnia quando disse que a razão era porque eu não podia me afastar do meu pai. É Lilith. Apenas Lilith. Se não fosse por ela, eu teria *ficado* em L.A. Não teria te deixado nunca, jamais teria voltado para cá.

Landon sacudiu a cabeça, incrédulo.

— Puta merda, Rana. Isso é...

— Eu sei. Eu sei que é um choque.

— Puta merda — ele repetiu.

Ele ficou em silêncio por muito tempo. Eu não podia culpá-lo. A namorada dele de repente tinha uma filha de dez anos. Sem falar em todas as semelhanças entre a situação de Lilith e a dele.

— Fala alguma coisa, Landon.

Ele só se sentou e colocou a cabeça entre as mãos. Então eu soube que minha revelação não seria algo que ele ia aceitar com facilidade, com certeza não no pouco tempo que ele tinha no Michigan.

Os dias que se seguiram à partida de Landon foram os mais difíceis.

Nos meus piores momentos, eu me perguntava seriamente se o veria de novo. Eu estava buscando uma afirmação verbal de que tudo ficaria bem, porque ele não tinha realmente me dado isso. Acredito que o choque foi mesmo demais para ele.

A única coisa boa: ele me disse que tinha começado a ir num terapeuta. Landon me garantiu que não era só porque precisava lidar com seus sentimentos sobre a minha revelação. Era algo que ele sentia que devia ter feito há tempos. Nunca havia lidado com seus problemas de abandono, nem falado com ninguém sobre a vergonha que sentia de sua antiga profissão.

Era simplesmente coisa demais para que ele absorvesse de uma só vez. Primeiro, o fato de que eu havia dado uma criança para adoção, e, depois, perceber que Lilith era, na verdade, minha filha. Eu sabia que era identificação demais. Era incrível como situações paralelas podiam impactar nossas vidas de forma parecida, mas bem longe de ser idêntica. Estávamos em lados opostos do que eram essencialmente as mesmas circunstâncias da vida.

Minha história não podia ser mais diferente da história da mãe biológica de Landon, mas o resultado era o mesmo aos olhos dele. Beverly e eu abríramos mão dos nossos filhos. E eu imaginava que fosse muito difícil para ele separar sua situação da de Lilith. A mãe dele não estava mais viva, no entanto, para receber o ressentimento que ficara.

Eu estava.

21

Magnífico pra cacete

Meu pai foi até minha casa uma tarde e me pegou no meio de um dia muito difícil.

Ele jogou as chaves no balcão.

— Triste, Ranoona?

Eu estava com a cabeça deitada sobre os braços, na mesa da cozinha, quando grunhi:

— Sim.

— Tenho pão pita quentinho.

— Pão pita quentinho não resolve tudo, Papa.

— Não, mas temos manteiga. Pita quentinho e manteiga resolvem muito. — Ele deu uma piscadela e fui incapaz de não sorrir quando levantei a cabeça.

Meu pai dividiu o grande círculo de pão em dois antes de pegar a manteiga na geladeira. Ele se sentou de novo e passou manteiga em um pedaço para mim.

Dei uma mordida.

— Então, vi que você foi visitar Lilith recentemente.

Ele ficou em silêncio e só confirmou com a cabeça.

— É. Ela me disse que recebeu outro envelope — falei.

Uns seis meses antes, Lilith anunciou que achava que Deus estava lhe deixando dinheiro. Por um tempo, apenas ouvi suas histórias, sem dar importância. Ela dizia que envelopes com seu nome simplesmente apareciam embaixo da porta de entrada ou, às vezes, amarrados a algo no jardim. O motivo pelo qual ela pensou que Deus os estivesse deixando era a imagem religiosa em cada um. Pedi que ela me mostrasse um deles e imediatamente percebi que eram os envelopes de doação da igreja do meu pai, Santa Cecília.

Papa sempre soube do paradeiro dela, mas nunca falou muito no assunto. Quando descobri sobre os envelopes, foi a primeira vez que percebi o quanto a neta tinha estado na cabeça dele durante esses anos. Ele depois confessou que pensava nela com frequência. Papa sabia do meu arranjo para vê-la toda semana e nunca tentou me dissuadir. Os envelopes eram prova de que eu havia subestimado seus sentimentos por Lilith. Pelo jeito, ele deixava os envelopes ocasionalmente, quando sabia que os pais dela estavam no trabalho e ela na escola. Tinha cuidado para não ser pego.

Lilith queria saber por que Deus não sabia soletrar o nome dela, porque ele sempre se esquecia do H no final. O engraçado é que era exatamente assim que meu pai pronunciava seu nome, Lilit. Assim, ela acreditava que Deus lhe mandava dinheiro e que precisava de umas aulas de ortografia.

Não pude evitar o riso numa tarde, quando ela me perguntou se eu achava que Deus ficaria ofendido caso ela gastasse parte do dinheiro dele em um pôster do Brooklyn Beckham. Eu disse para ela seguir em frente, que Deus a tinha feito como ela é, e gostar de garotos bonitos é parte da natureza humana.

— Contei a Landon sobre Lilith, Papa.

Ele parou de passar manteiga no pão por um momento.

— O que ele *dizer*?

Eu sabia que isso preocupava meu pai, que ele era antiquado e jamais pensaria em ficar com alguém que já tivesse um filho. É verdade que sua escolha de uma virgem jovenzinha para casar saiu totalmente pela culatra quando minha mãe, até então protegida, saiu dos trilhos e entrou em um estado perpétuo de rebelião do qual nunca voltou.

— Ele ficou chocado. Você sabe que Landon é adotado. Então, ele tem muitas questões não resolvidas com isso. Não queria contar para ele, mas precisei, porque me apaixonei.

Meu pai pareceu surpreso ao ouvir essas palavras saindo da minha boca. Nunca tinha admitido para ele que gostava de algum cara, muito menos que amava alguém.

Ele pareceu ponderar minhas palavras e então concordou com a cabeça.

— Eu *entende*.

— No que você está pensando?

— Nada. — Ele sorriu. — Feliz.

— É, bom, só tenho medo que Landon não consiga superar isso.

Papa sempre tinha a mesma resposta para tudo.

— *Reza* para *o* Santa Mãe. *Ele* conserta.

Normalmente, eu ria dele. Afinal, esse era o mesmo homem que jurava ter visto a imagem da Virgem Maria em uma torrada. Mas, naquele dia em particular, depois que meu pai foi embora, fui até a estátua que ele havia me dado, aquela cujo principal objetivo era me proteger de Lenny, e rezei.

Mais tarde naquele dia, eu estava checando o *app* de Landon, como normalmente fazia, e vi algo perturbador na tela.

Era uma nota que dizia: *A Lancheira do Landon está temporariamente fechada. Por favor, retorne em breve para atualizações.*

Surtando, peguei o telefone e liguei imediatamente para ele.

— Landon, o que está acontecendo?

— O que você quer dizer?

— Por que o *food truck* está fechado?

— Está em transição.

— Transição?

— É. Eu vendi. Apareceu um comprador de surpresa.

— Você vendeu o *food truck*? Por que você não me contou que ia vender?

— Eu ia te contar. Não queria te dar falsas esperanças até assinar na linha pontilhada. Hoje é literalmente o primeiro dia em que ele está fechado. Queria ter certeza de que todo o resto estava em ordem antes de te contar.

— Todo o resto em ordem? Do que você está falando?

— Que eu vou sair do apartamento e preciso me livrar da Range Rover.

— O que está acontecendo?

— Não é óbvio? Estou me mudando para o Michigan. Mas ainda não tinha te contado porque pode levar um tempo para vender meu carro e resolver todas as minhas coisas aqui. Mas um comprador apareceu do nada para o *truck*, então precisei aproveitar, já que era o maior problema.

A ficha ainda não tinha caído.

— Você... vai se mudar... para cá?

— Você realmente achou que eu ia conseguir ficar muito mais tempo aqui? Claramente você subestima minha necessidade de ter você.

Me sentindo feliz em vários níveis, eu nem sabia o que dizer.

— Claro, eu esperava que fosse acontecer, mas…

— De que outro jeito vamos trabalhar no nosso relacionamento? Agora eu entendo que não tem jeito de você se mudar para cá, nem eu iria querer isso, sabendo de Lilith. Não há escolha. Não quero viver sem você, então preciso mexer minha bunda e me mudar.

— Eu não tinha ideia de que você iria se mudar pra cá tão rápido. Na verdade, estava com medo de estar te perdendo. Você tem estado meio distante ultimamente.

— Me desculpe se foi isso que pareceu. Andei tão ocupado tentando amarrar as coisas aqui. E tenho refletido muito. Meu terapeuta realmente me ajudou a olhar para as coisas com outra perspectiva. Posso te contar quando chegar aí. É coisa demais para falar agora e pelo telefone.

— Mal posso esperar para ouvir mais sobre isso.

— Eu já te disse isso, mas acho que terapia faria bem para você também. Você sempre pode falar comigo, você sabe disso, mas é bom ter alguém totalmente não influenciado para te ajudar a lidar com as merdas.

Ir à terapia de verdade era algo que eu sempre tinha evitado.

— Vou pensar nisso. Prometo.

— Espero que sim.

Mudei de assunto.

— Com o que você vai trabalhar aqui?

— Bom, o dinheiro da venda do *truck* vai ajudar. Não vendi só o veículo. Foi o nome e o negócio como um todo, o *app*, tudo. Isso, com o dinheiro da Range Rover, é o suficiente para nós vivermos por alguns anos, pelo menos.

Nós.

Eu nunca tinha sido parte de um "nós" antes.

Ele continuou.

— Vou ter que pensar em um jeito de recomeçar. Talvez eu veja se posso operar um *truck* por aí, talvez um emprego de cozinheiro em algum lugar. Não sei exatamente o que vai acontecer em termos de trabalho, mas, honestamente, não é a coisa mais importante. Preciso chegar aí primeiro para poder fazer entrevistas. Vou arranjar algo. Eu realmente não dou a mínima pro que seja desde que estejamos juntos.

Sua última fala me fez lacrimejar.

Ele podia me ouvir fungando.

— Você está chorando? Deviam ser boas notícias.

— Só estou emocionada por isso e triste ao mesmo tempo que você teve que abrir mão do *food truck*. Você deu tão duro para fazer esse negócio crescer. Você está abrindo mão de tudo.

— A essa altura você ainda não sabe que *você* é tudo?

Ainda sem me sentir digna desse amor, fechei os olhos para aproveitar melhor essas palavras.

Ele continuou:

— Fiquei muito mal aqui nas últimas semanas, Rana. As coisas que eram importantes antes de você entrar na minha vida já não significavam nada para mim. Eu seria idiota de deixar o *food truck* me impedir de estar aí e fazer amor com a mulher que amo toda noite. Foda-se o *truck*. Eu abro outro. Você é insubstituível. Você tem lidado com muita merda sozinha. E agora eu sei melhor do que nunca que você precisa de mim aí.

Um mês depois, Landon tinha viagem marcada para Detroit em dois dias.

Suas malas estavam prontas e ele estava morando em um hotel perto da praia, depois de ter saído de seu apartamento.

Ele me ligou soando preocupado.

— Landon, o que aconteceu?

— Acabei de voltar do cemitério, visitei Beverly pela última vez. Foi muito emocionante, sabendo que eu não vou mais estar por perto. Senti como se a estivesse abandonando.

— Sinto muito.

— Tudo bem. Eu sabia que seria difícil.

— Não vai ser a última vez. Vamos voltar para visitá-la.

— Eu sei que vamos. Estou ansioso para nossas viagens para cá, na verdade.

— O que posso fazer para você se sentir melhor?

— Me conte algo engraçado.

Ele estava me colocando em uma situação difícil, e senti uma responsabilidade enorme para melhorar o humor dele, especialmente depois do que ele tinha acabado de dizer. Infelizmente, a história que eu estava prestes a contar era verdadeira até demais:

— Então, eu queria te surpreender com algo quando você chegasse aqui. Pensei que o que seria melhor para tirar sua cabeça da Califórnia que uma namorada peladinha... então eu fui depilar a virilha bem cavada.

— Você tá brincando? Isso é muito sexy. Você está lisa agora?

— Não exatamente.

— O que que aconteceu?

— A mulher recebeu uma ligação de emergência no meio da minha sessão, então meio que parece que a minha xota tem um moicano.

Meus ouvidos se encheram com o som da risada de Landon.

Sucesso.

— Mas que porra foi essa?

— Não está bonito.

— Não há nada nessa boceta que não seja bonito. Deixe assim. Quero ver. E então eu vou raspar o resto.

— Vou ganhar um esteticista pessoal, também?

— Entre outras coisas. Escravo sexual, faxineiro, guarda-costas. Por um tempo terei disponibilidade de ser o que você quiser, linda.

— Você está na praia agora?

— Sim.

— Consigo ouvir o mar. Fico triste de pensar que você não vai mais poder adormecer com os magníficos sons do mar.

— Vou estar ouvindo sua respiração e cheirando seu cabelo. Acho que isso é magnífico pra cacete, se você quer saber. De qualquer forma, você ainda tem a máquina de barulhos que eu te dei, certo? Podemos ouvir juntos.

— Eu tenho. — Sorri. — Mal posso esperar para você chegar aqui, Landon.

— Estou indo para casa, Banana.

22

ABUSADINHA

NA MANHÃ DEPOIS DA chegada de Landon, suas malas ainda nem estava desfeitas quando ele subitamente pousou o café e foi até onde eu estava, em frente à pia.

— Você disse que iria vê-la hoje, certo?

— Lilith? Sim.

— Quero conhecê-la.

Surpresa pelo pedido repentino, falei:

— Tipo... hoje?

— Sim. Preciso vê-la. Quero ir com você.

Engoli em seco.

— Ok.

Mais tarde naquele dia, meu coração estava pesado quando dirigíamos para a casa de Lilith no carro do pai de Landon. Ele o havia pegado emprestado até conseguir comprar um, o que planejava fazer mais para o final da semana.

Era o dia normal em que eu via Lilith, então a única coisa fora do comum era que Landon estava me acompanhando.

O nervosismo dele era evidente. Me lembrou muito do trajeto de volta do restaurante em L.A., a noite em que ele confessou seu passado sórdido para mim. Ele estava tendo uma conversa silenciosa consigo mesmo. Mesmo que eu quisesse que falasse sobre seus sentimentos nesse momento, sabia que ele precisava de silêncio para processar seus pensamentos e se preparar para ver minha filha pela primeira vez.

Por mais nervosa que eu estivesse, o alívio que estava sentindo por ter finalmente contado isso a ele equilibrava tudo. Me fez perceber o quanto guardar esse segredo estava me devorando por dentro.

Quando estacionamos, Lilith já estava esperando na porta. O cabelo dela estava crescendo, quase chegando na bunda, e eu suspeitava que ela estava deixando crescer para ficar parecido com o meu.

Eu a tinha avisado pelo telefone que ela iria conhecer Landon. Achei que ela não fosse gostar da surpresa. Ela gostava de se preparar para as coisas, especialmente se as considerasse importantes. Sabia que ela estava ansiosa para conhecê-lo. A curiosidade dela sobre ele era na verdade adorável.

A partir do momento em que ele pôs o carro em ponto morto, os olhos de Landon se grudaram nela. Saímos e subimos os degraus da entrada, indo até a varanda onde ela estava esperando. Sorri para mim mesma, notando que Lilith estava mais arrumada que de costume. Landon não era o único pensando em causar boa impressão, pelo jeito.

Conforme nos aproximamos dela, a expressão no rosto de Landon se tornou de espanto. Sei exatamente o que ele devia estar pensando. Ela se parecia perfeitamente comigo, bem, com meu velho eu. A maior diferença era que o cabelo dela era mais claro e mais longo que o meu naquela época. Mas o rosto dela era idêntico ao da jovem Rana.

Lilith batia o pé contra o piso.

— Muito bem, o menino da Califórnia finalmente pegou um avião para ver a gente.

Landon estava tendo a primeira prova da personalidade exuberante de Lilith.

— Muito bem, eu não sabia que tinha uma abusadinha esperando por mim. Teria feito isso bem antes. — Ele estendeu a mão para ela. — Eu sou Landon.

— Mesmo? Eu meio que já sei seu nome. — Ela lhe deu um *high-five* em vez do aperto de mão. — Rana só fala de você, o tempo *todo*. Ela ri bastante quando pensa em você, também. Acho que ela pensa que você é engraçado ou algo assim.

— É mesmo? — Ele fez uma pausa e estava sorrindo enquanto absorvia o rosto dela.

Lilith interrompeu o exame.

— Terra chamando Landon.

— Desculpe. Você só me lembrou de alguém.

— Miss Piggy? Porque alguém na escola disse isso uma vez.

— Não. Definitivamente não. Você é bem mais bonita que a Miss Piggy. Quem disse isso não sabe necas de pitibiriba.

— Necas do quê?

— De pitibiriba. — Ele riu. — Quer dizer que eles não sabem de nada. — Landon sussurrou para mim: — E pelo jeito eu não sei merda nenhuma sobre falar com crianças.

— Eu ouvi isso — Lilith retrucou.

— Melhor eu limpar a boca, então. Desculpe.

— Tudo bem. Rana disse a palavra que começa com F uma vez.

Os olhos dele se arregalaram.

— Ela disse?

— Sim. Ela fechou a porta na mão dela uma vez. Ela não queria falar palavrão, só saiu. Sei que não devo repetir. Mas foi engraçado.

— Ela ouve tudo — falei para ele antes de me virar para ela. — Sabe de uma coisa, Lilith? Landon veio para ficar. Se mudou com as coisas dele. Ele mora no Michigan agora.

— Você vai morar com a Rana?

Ele olhou para mim, incerto de como responder. Fiz que sim, para que ele soubesse que deveria dizer a verdade a ela.

— Vou.

— Espero que você saiba cozinhar. A Rana só sabe ferver água.

Parecendo se divertir, Landon olhou de lado para mim.

— Eu cuido disso. — Ele estava descobrindo a pestinha que ela era.

— Então, Lil, estava pensando em levar Landon à nossa loja de iogurte preferida.

Os olhos de Landon brilharam.

— O que é isso? Parece que eu estava perdendo alguma coisa.

— Rana coloca um monte de chocolate no iogurte sem açúcar e sem gordura. — Ela deu uma risadinha. — As dietas dela são muito engraçadas.

Ele riu.

— Pra mim isso parece trapaça.

Quando chegamos ao FroyoLand, Lilith estava se divertindo com a tentativa de Landon de fazer seu dinheiro valer empilhando quase todas as coberturas em cima de uma montanha de três iogurtes diferentes. Como o preço era único, você podia encher o copo o quanto quisesse. Landon definitivamente havia exagerado.

Lilith o desafiou.

— De jeito nenhum você vai comer tudo isso.

Ele arqueou uma sobrancelha:

— Quer apostar?

— Amo apostas. Quanto?

— Quanto você tem aí?

— Dois dólares.

— Fechado.

— Que tal isso, Lilith? Se você ganhar, eu pago cinco.

— Nada contra.

Ele deu uma piscadela.

— Claro que não.

Era engraçadíssimo ver Landon devorando o iogurte. Ele estava fingindo adorar, mas depois de um tempo eu podia notar que ele já estava enjoado. Lilith ficou observando com o rosto entre as mãos. Ela estava se divertindo demais. Nós duas terminamos nossos iogurtes antes que Landon chegasse à metade.

Ele segurou a barriga, exagerando uma dor de estômago.

— Ok, abusadinha. Você ganhou.

Lilith bateu palmas e deu pulinhos na cadeira quando Landon lhe entregou uma nota novinha de cinco dólares.

Notei que ela estava carregando uma bolsinha, o que era estranho.

— O que você tem na bolsa?

— É um presente para o Landon e o trabalho que escrevi sobre você, Rana. Eu tirei A. Eu ia ler ele para você.

— Você não precisava me dar nada. — Landon se inclinou. — E eu adoraria ouvir o que você escreveu.

— Ok — ela pareceu estranhamente tímida quando perguntou —, o que você quer primeiro? O presente ou a coisa da Rana?

— Vamos ouvir o que você escreveu. — Landon piscou de novo.

Lilith ajustou seus óculos e abriu o caderno. Ela pigarreou e começou a ler.

— *Rana, por Lilith Anastasia Allen.* — Ela levantou os olhos para mim. Eu lhe dei um sorriso encorajador e ela continuou. — *Pediram que escrevêssemos sobre alguém que admiramos. Eu vou escrever em vez disso sobre a Rana. Porque ela é mais engraçada que Amelia Earhart ou Michelle Obama. E ninguém mais vai escrever sobre Rana. Quem é Rana? Bem, ela vem me visitar uma vez por semana e passa tempo comigo sem motivo nenhum. Eu nem sei direito de onde ela vem. De Marte, talvez. Mas isso não importa. Há vários lugares no mundo em que Rana poderia decidir estar, mas ela escolhe estar comigo. Às vezes ela provavelmente está sem tempo, ou não está se sentindo muito bem. Mas ela aparece mesmo assim. Menos esta semana, mas eu a perdoo, porque ela está na Califórnia com um garoto por quem ela tem uma queda. O nome dele é Landon e ele tem um* food truck *que serve sanduíches muito legais. Não tipo sanduíches de mortadela. Sanduíches muito legais. Mas voltando à Rana. O cabelo dela é muito, muito comprido, e se você quer saber como ela se parece, pense na princesa Jasmine, do* Aladdin. *É ela. Uma vez ela veio me ver com um sapato diferente do outro. Eu não avisei a ela porque achei engraçado que ela não tivesse percebido. E, outra vez, a etiqueta ainda estava presa na saia dela. Eu também não comentei nada. Ela também está sempre atrasada e tem cheiro de ônibus. Mesmo que ela pareça confusa às vezes, ela ainda acha tempo para vir me ver, para me perguntar como estou e para brincar comigo. Ela não é perfeita, mas ela me ensinou que está tudo bem não ser. Você tem uma Rana? Se não, eu sinto muito por você. Então, eu não quero ser a Rana quando eu crescer. Porque só há uma Rana. E ela é minha amiga.*

Eu sabia que ela não queria me fazer chorar, mas não pude evitar as lágrimas. Landon pegou minha mão e a apertou. Ele sabia o quanto as palavras dela eram importantes. Me fazia tão feliz que ela me considerasse uma amiga e reconhecesse minha devoção a ela, mesmo que não tivesse ideia de onde aquilo vinha.

— Isso foi incrível. — Limpei o nariz com a manga. — Obrigada por escolher escrever sobre mim.

Landon esfregou minhas costas.

— Sério, Lilith, acho que se eu já não soubesse o quanto a Rana é ótima, eu com certeza iria querer conhecê-la depois disso.

— Quer seu presente agora?

— Claro.

Lilith lhe entregou a bolsa.

Landon enfiou a mão e tirou de lá um coque de cabelo artificial que era quase do mesmo tom de castanho que o dele.

Quê?

Ele ficou boquiaberto.

— Isso é… uau. O que é isso?

— É um coque masculino.

— Onde você conseguiu isso? — perguntei.

— Na internet. Eu tinha um vale-presente do Natal. Não usei ele inteiro, só uma parte. Estou guardando esse presente há um tempo.

Landon estava tentando não rir.

— Como você sabe sobre coques masculinos?

— Uma menina na escola... o pai dela usa um. Alguns meninos estavam gozando dele. Ava brigou com eles e disse que na verdade eles são algo muito legal agora. Antes disso, eu achei que só as garotas usassem coques.

— Sua mãe não questionou você ter comprado isso? — perguntei.

— Não.

— Põe — pedi.

Landon teve trabalho para abrir o fecho. Sem conseguir conter a risada, peguei da mão dele e o prendi em sua cabeça.

Ele deu um sorriso torto.

— Como estou?

Na verdade, ele estava bem gato com aquilo.

— Fantásticoque. — Ela riu.

— Bem, vou usá-lo com orgulho e pensar em você, Abusadinha. — Ele virou sua cabeça na minha direção rápido demais e o coque caiu.

Todos nós estávamos gargalhando.

Durante o caminho para casa, Lilith e Landon falaram de música. Ele deixou que ela controlasse seu celular e ela ficou passando as músicas. Ela se sentou na frente enquanto eu fui para trás.

Landon parou o carro na frente da casa dela.

Ela enfiou a mão no bolso e pegou a nota de cinco dólares que ele tinha dado a ela.

— Eu sei que ganhei, mas quero que você fique com ela e use-a para comprar algo bonito para Rana.

— Não. Você ganhou isso de forma justa.

— Você me deixou ganhar. Você com certeza conseguiria ter comido tudo. Olhe pra você. Você é imenso. — Ela saiu do carro antes que ele pudesse discutir e correu para os degraus da casa.

Quando ela estava fora de vista, Landon se virou para mim depois que eu passei para o banco da frente.

— Bem, acho que encontramos seu nariz perdido. Ela é exatamente igual você era.

— Eu sei.

— Era como olhar para você. — Os olhos dele estavam cheios de emoção. — Ela é uma criança incrível, tão inteligente e simpática.

— Bem, não posso levar crédito por nada disso.

— Claro que pode. Ela te admira e claramente aprecia o tempo que você passa com ela. E, sinceramente, algumas coisas são inatas. Ela tem um espírito muito parecido com o seu, mesmo que você não a tenha criado. — Ele olhou para baixo e perguntou: — Você me disse que sabe quem é o pai dela, certo?

— Sim. O tempo da gravidez, graças a Deus, limitou a um garoto. O nome dele era Ethan. Ele não queria nada comigo na época. Eu não queria contar a ele, mas minha avó me forçou. Fomos à casa dos pais dele uma noite e eles praticamente nos expulsaram quando contamos. Não sei se não acreditaram, ou se só não queriam acreditar.

— Pelo menos você tentou.

— Eram tempos muito confusos.

Ainda estávamos parados. Landon contemplava a casa de Lilith.

— Eu me pergunto se ele pensa nisso agora, se ele pensa que o bebê dele está por aí em algum lugar.

— Honestamente, eu diria que ele provavelmente merece o arrependimento, mas eu não era uma pessoa muito melhor ou mais responsável do que ele naquela época.

— Você definitivamente não era responsável, mas isso não te torna má pessoa. — Ele olhou para o celular, para uma foto que havia tirado dela. — Mas eu me preocupo com a reação dela se descobrir.

Respirando fundo, falei:

— Você não é o único.

— Acho que pode acontecer qualquer coisa, Rana. Pode ser muito bom, ou muito ruim.

— O único motivo para eu não ter contado é porque eu não posso. Os pais dela precisam concordar que é para o bem dela saber.

— Eu me lembro de pensar que queria que meus pais tivessem me contado toda a verdade mais cedo. Me senti vivendo uma mentira. No caso dela, ela sabe que é adotada, você disse?

— Sim. A mãe dela contou que não é sua mãe biológica. Então pelo menos essa parte não será um choque.

— O que o pai adotivo dela faz?

Se beber, não ligue 199

— Ele é psiquiatra. Os Allen são muito bem-educados. São boas pessoas.

— O que a mãe dela disse sobre a mãe biológica dela… você?

— Sinceramente, nunca perguntei a Beth como ela explicou, e Lilith não fala disso. De certa forma, é um alívio, porque não sei como teria lidado se ela falasse… sabe… se ela falasse de mim para mim.

— Posso imaginar que, quando ela for um pouco mais velha, vai começar a cavar — ele disse. — Quando descobri, foi como se eu não pudesse descansar até saber exatamente de onde vim.

23

Rolha de vinho

Na manhã seguinte, eu estava separando a correspondência na mesa da cozinha quando Landon veio por trás de mim.

A sensação do peito nu dele esquentando minhas costas era melhor que tudo.

— Hmmm. — Me virando, dei um risinho quando notei que ele estava usando o coque. — Gosto dele.

— Achei mesmo que você fosse gostar. Não ia fazer mal experimentar uma vez, certo? Se funcionar pra você, eu uso de novo.

Olhando para a barriga dele, notei uma tatuagem que nunca tinha visto antes. Era muito pequena, bem no fim de seu V esculpido.

Sorri, correndo meu dedo por ela.

— É nova?

— Estava esperando você notar.

— É para ser eu?

— O que você acha?

— Acho que é. — Sorri como uma idiota. — Quando você fez?

— Logo antes de sair de Venice Beach. Na verdade, ela tem uma história engraçada.

— Mesmo?

— Então, eu estava no *truck*, tirando umas coisas que não ia deixar para trás, e ouvi alguém gritando, "Rana!... Rana!", então claro que saí correndo. Meu coração estava disparado, pensando que tinha algo a ver com você, por-

que eu só penso em você. Então, se alguém diz "Rana"... Eu penso em...
Você, certo?

Cobri a boca, admirada.

— Isso é muito engraçado.

— Então eu achei a fonte, e eram esses dois garotinhos mexicanos. Eles
estavam perseguindo uma merda de um sapo. A coisa estava pulando por aí e
tudo. Eu tinha esquecido totalmente que seu nome quer dizer sapo em espanhol. — Ele sacudiu a cabeça. — Depois que percebi meu erro, sentei na
grama e ri histericamente. As pessoas passando provavelmente acharam que eu
era maluco. Naquela tarde, não consegui evitar. Fui ao meu tatuador favorito
em Venice. Pensei em matar dois coelhos com uma cajadada só e me despedir
dele, também. Pedi para ele tatuar esse sapinho na parte de baixo da minha
barriga. Pensei que era mais original que seu nome no meu pau.

Correndo meus dedos pela pele dele, falei:

— Eu amei.

O R rolou para fora da língua dele.

— *Ranita*. — Ele sorriu. — Pequeno sapo.

— Deus, você é sexy falando espanhol.

— Mesmo? Tem mais de onde isso veio.

— É? Diga mais alguma coisa.

— Vamos ver. — Fechando os olhos, ele refletiu sobre o que dizer, antes
de sair com: — *Quiero metértelo por el culo, mi amor.*

— O que isso quer dizer?

— Quero foder sua bunda, meu amor.

— Isso é *tão* romântico.

— *Será* romântico.

— É mesmo?

— No meu estilo de romance, sim. Você vai implorar por isso quando eu
terminar de te provocar. Quer uma amostra?

Me sentindo extremamente excitada, mordi meu lábio:

— Sim, eu quero.

Landon saiu da cozinha e voltou um minuto depois. Ele estava segurando
algo que parecia um consolo pequeno e pontudo, com uma base mais larga,
feita de silicone.

— O que é isso?

— O que você acha que é?

202 *Penelope Ward*

— Uma rolha de vinho?

— Um plug anal.

— Onde você arranjou isso?

— Eu comprei... pra gente. Para brincar.

— Para a *sua* bunda?

— Bem, eu não tinha pensado nisso, mas não, comprei com a *sua* bunda em mente.

Enlacei o pescoço dele.

— Que outros brinquedos você está escondendo?

Ele me beijou e disse:

— Alguns.

— Mesmo...

Me virei para o balcão para ficar de costas para ele e então olhei para trás brevemente para assisti-lo lambendo a ponta do brinquedo para molhá-lo um pouco. Era tão erótico. Fechei os olhos e relaxei meus músculos. Abrindo as pernas, me preparei para o que sabia que ia acontecer.

De repente ouvi a porta se abrir.

Ele deu um pulo atrás de mim.

— Quem está aí?

A voz do meu pai ecoou pelo apartamento e através do corredor.

— Oláááááá.

— Merda! — Landon correu para se arrumar e atirou o plug anal para o outro lado do cômodo.

Papa entrou na cozinha carregando um abacaxi gigante.

Fazendo o melhor para parecer casual, falei:

— Papa, você devia ter ligado primeiro.

— Eu não *ligar*. Por que você *precisar* que eu *liga* antes? Eu *vir* ver ele. — Meu pai apertou os olhos para Landon. — Por que você *ter* cabelo de mulher, como *um* bailarina?

— Não é de verdade. — Landon estava sem fôlego quando tirou o coque. — Eddie... é bom te ver. — Ele ofereceu a mão.

Enquanto eles apertavam as mãos, meu pai pareceu confuso e perguntou:

— Onde você *morar*?

Ele sabia que Landon tinha se mudado para o Michigan, mas não tínhamos dito que moraríamos juntos.

Sem saber se admitia isso, Landon me olhou. Dei de ombros. Não fazia sentido esconder.

— Estou morando aqui, na verdade.

Meu pai olhou de Landon para mim. Ele não estava feliz. Por mais que eu soubesse que ele queria que eu namorasse de novo, ele era muito conservador e não acreditava em morar junto antes do casamento. Landon sabia disso.

Ele me surpreendeu quando olhou meu pai nos olhos e disse:

— Eu sei que você não concorda com o que estamos fazendo. Mas não quero mais ela morando sozinha. Quero poder ajudá-la financeiramente e, sinceramente, mesmo que isso não fosse uma questão, não quero viver longe da sua filha. Já passei tempo demais longe dela. Sei que você também quer proteger Rana. Você foi a principal pessoa a cuidar dela por praticamente toda sua vida. Mas quero que você saiba que agora você tem um ajudante. Não quero nada além do melhor para ela também. Porque eu a amo. E é muito importante para mim que você entenda isso. Vou ficar aqui quer você goste ou não, mas espero merecer sua confiança.

Meu pai apenas concordou com a cabeça, em silêncio. Eu sabia que ele havia ouvido Landon claramente. O fato de ele ter escolhido não discutir queria dizer, essencialmente, que ele havia aceitado.

Papa andou até o outro lado da cozinha. Colocou o abacaxi no balcão.

Landon e eu olhamos um para o outro com medo quando meu pai se abaixou para pegar algo do chão. Era o plug anal que Landon havia jogado na pressa.

— O que é isso?

— É uma rolha de vinho — falei.

Papa pareceu cético.

— Hmmmm.

Eu peguei da mão dele e joguei na gaveta de utensílios.

— Então, onde você conseguiu o abacaxi?

— Eu amo abacaxi. — Landon sorriu, tentando afastar a conversa sobre o plug anal.

Meu pai respondeu minha pergunta:

— *Na* mercado. — Levando-o para a mesa com uma faca e alguns pratos e garfos, ele fez um sinal para que nós o seguíssemos.

Papa e eu com frequência nos sentávamos sozinhos na mesa comendo frutas. Pela primeira vez, tínhamos alguém com a gente, e eu de alguma forma sabia que era o início de uma nova tradição familiar.

Landon e eu usamos nossos garfos em uma corrida para pegar as fatias que meu pai cortava.

Comemos em silêncio, até que Papa nos surpreendeu ao dizer:

— Da próxima vez, eu *liga* antes de *visita*.

Landon parecia animado quando entrei no apartamento.

— Preciso te mostrar uma coisa.

— Da última vez que você disse isso foi uma visão e tanto.

— Não é nada nesse sentido, linda.

— O que é?

— É lá fora. — Ele colocou a mão na minha cintura, me guiando para fora.

Estacionado na rua estava um *truck* bege que parecia muito com a Lancheira do Landon.

— Ah, meu Deus. O que você fez?

— Decidi arriscar. Vou transformar esse em outro *food truck*. Tenho uma reunião com a universidade na semana que vem para ver se consigo um ponto permanente no campus.

— Não acredito que nunca pensei nisso. É realmente um ótimo lugar.

— Espero que dê certo. Vai levar um tempo para arrumar tudo e deixá-lo exatamente como preciso dentro, mas não vou saber se não tentar, certo? Preciso pensar na marca. Eu vendi o nome e o aplicativo da Lancheira do Landon. Então vai ser mesmo como começar do zero, mas espero construir algo tão bom, se não melhor, que o antigo.

Landon passou um tempo me mostrando o novo *truck* antes de voltarmos para o apartamento.

— Uma vez que estiver funcionando — eu disse —, posso te ajudar durante o dia, já que só trabalho à noite.

— Estava contando com você como parceira alguns dias na semana. Seria ótimo.

Pensar em trabalhar ao lado dele me fazia flutuar. Eu me lembrava de como tinha sido divertido na Califórnia.

— Alguém precisa ajudar a afastar todas aquelas universitárias do meu namorado gato e tatuado. Vou cuspir algum veneno.

— Uma olhada para minha namorada com a cobra nos ombros... e eu tenho certeza de que elas vão fugir. — Ele passou o braço pelos meus ombros e beijou minha testa. — Na verdade, eu estava pensando que minha princesa dançarina seria um belo atrativo para os garotos da faculdade. Vou precisar deixar bem claro que você pertence a mim. Só de pensar em algum cara flertando com você na minha frente me deixa louco. Poderia perder a cabeça e o negócio na mesma hora.

Sorri para meu namorado loucamente gato. Em alguns dias, não conseguia acreditar que agora ele era meu. Acho que uma parte de mim sempre sentiria ciúmes e insegurança e, especialmente, um instinto de proteção quando se tratasse dele.

Sentindo que precisava relaxar, peguei uma garrafa de vinho.

— Vamos celebrar. — Quando abri a gaveta, notei o plug anal que estava ali desde o dia que meu pai tinha nos surpreendido. — Lembra disso?

— Lembro. — Ele baixou a voz. — Não seria má ideia brincar com isso agora, na verdade.

— Acho que vou precisar de bem mais que uma taça de vinho, então.

Ele examinou meu rosto.

— Você acha que é algo que precisa estar bêbada para fazer?

— Sinceramente, me assusta um pouco… anal.

— Mesmo… o que te assusta?

— Nunca coloquei nada… você sabe… *lá dentro* antes.

— Sei que falei sobre o quanto quero fazer isso com você e parte do que me excita é saber que eu seria o primeiro. Eu, egoísta, quero possuir cada pedaço de você. Mas temos muito tempo. Não quero que você se sinta pressionada. Não percebi que te assustava. Você precisa me contar coisas assim. Agora me sinto um cuzão, perdão pelo trocadilho.

— Quero tentar. Só tenho medo de que vá doer. Você não é pequeno.

— Você acha que eu só vou enfiar? Anal é uma arte. Se não for tão fodidamente fantástico que você esteja gritando de prazer, não está sendo feito direito. Não deve ser dolorido.

Quase perguntei como ele adquiriu tanta experiência, mas guardei a curiosidade para mim. Não queria pensar nele fazendo algo tão íntimo com outra pessoa. Eu tinha ficado bem boa em não deixar mais minha mente ir *para esse lugar* e não queria regredir.

O rosto de Landon estava junto ao meu.

— Você vai *saber* quando estiver pronta. E você com certeza não vai precisar estar bêbada para fazer comigo. Se uma pessoa precisa estar bêbada para fazer isso, então o parceiro está fazendo errado. Há uma grande diferença entre pressão e dor. Nunca deve ser dolorido. Mas a pressão deve ser prazerosa. Mas antes de chegarmos a essa parte, eu te provocaria até que você não aguentasse mais. De jeito nenhum meu pau vai entrar na sua bunda se você não estiver implorando para que eu enfie ele lá.

Ouvir essas palavras saindo da boca dele mudou uma chave dentro de mim. Não me lembrava de ter sentido tanto tesão antes. Os músculos entre minhas pernas se contraíram.

— Bem, fiquei intrigada.

Ele rangeu os dentes.

— E eu estou duro pra porra.

— Quero tentar.

Não precisei falar duas vezes.

Os olhos dele brilharam.

— Se você não estiver gostando, a gente para.

Ele pegou o plug anal e eu o segui até o quarto.

Landon me despiu lentamente, até eu ficar completamente nua.

Arrepiada, me deitei de costas na cama e fechei os olhos enquanto ele beijava suavemente todo meu corpo. Ele continuou até perceber que eu estava totalmente relaxada.

Landon ajoelhou-se sobre mim, desabotoou e baixou seus jeans, deixando-os no meio das pernas. Eu podia ver a umidade em sua cueca.

— Estou um pouco excitado demais — ele sussurrou.

Levantei meu pé e o esfreguei por sua ereção, coberta pelo tecido da cueca boxer.

Landon se inclinou para pegar o plug do criado-mudo. Ele também pegou um tubo de algo que espalhou na ponta. Aparentemente, tinha se preparado para esse momento.

Abrindo minhas pernas, ele me olhou e disse:

— Relaxe os músculos. Vai estar meio frio no início.

Landon começou a inserir o brinquedo na minha bunda. Foi estranho de início, mas ele estava indo o mais devagar possível, enfiando um pouco de cada vez e então tirando de novo. A sensação de quando ele puxava devagar era estranha, mas de forma alguma desconfortável. Conforme meus músculos se expandiam lentamente, a sensação do plug entrando e saindo se tornou mais prazerosa.

— Queria que você pudesse ver isso, Rana, como sua bunda é linda abrindo e fechando desse jeito. Incrível. Nunca te vi assim.

— É muito bom.

— Vou continuar por um tempo. Vai ajudar a te alargar para mim.

O pau de Landon tinha umas quatro vezes a grossura do plug. Tentei não me apavorar ao pensar nisso, mas me sentia muito melhor quanto a isso agora do que antes.

Quando o plug estava todo dentro, ele baixou sua boca até meu clitóris, dando tapas com sua língua. A sensação da boca dele na minha boceta, junto com a pressão do brinquedo na minha bunda, era extremamente excitante.

Ele já tinha quase me feito gozar várias vezes, mas sempre parecia saber parar antes do clímax.

Senti ele se abaixar e puxar devagar o plug da minha bunda. Apesar da sensação estranha, eu queria ser preenchida de novo. Eu queria *ele*. Ele estava certo. Chegaria um ponto em que eu iria implorar para que ele entrasse em mim. Tão desesperada que não me importaria mais com a possiblidade de dor. Eu só o queria dentro de mim.

— Como você se sente? Quer que eu coloque de novo?

— Quero *você* lá.

— Me quer onde?

— Você vai me fazer dizer?

— Porra, sim.

— Eu te quero no meu cu.

Com um sorriso convencido, ele abaixou a cueca. A visão de seu pau intumescido saltando para fora me fez ter um momento de hesitação.

Eu acabei de pedir para que ele coloque essa coisa na minha bunda?

Ele baixou a boca de novo, mas dessa vez senti o calor da sua língua rodeando meu cu devagar. De olhos fechados, sentia os círculos de calor, a sensação de seu hálito quente soprando meu buraco. Ele enfiou a língua bem lá dentro e gemeu. Era fenomenal.

Landon parou e disse:

— Respire, não fique tensa. Vou usar meus dedos por um tempo antes.

Instintivamente, fiz exatamente o que ele tinha me dito para não fazer. Eu me tensionei.

Percebendo isso, eu disse:

— Desculpe.

— Pelo quê? Tudo bem.

Ele me deu um beijo e passou um pouco de lubrificante nos dedos. Então os colocou dentro de mim com cuidado, movendo-os para dentro e para fora devagar, como tinha feito com o plug.

Quando eu tinha entrado em transe, ele tirou os dedos e me deu um aviso:

— Preciso comer sua bunda agora.

Olhei para cima e o vi olhando para baixo enquanto se masturbava.

— Vou fazer ainda mais devagar do que antes — ele disse. — Se em qualquer momento eu te machucar, é só dizer, e eu paro.

Fiz que sim com entusiasmo. Me surpreendeu o quanto eu desesperadamente queria aquilo, o quanto não me importava mais com a dor.

Passando uma boa quantidade de lubrificante, ele lambuzou toda sua vara antes de se inclinar sobre mim.

Seus lábios se moviam devagar sobre os meus e eu senti sua cabeça em minha entrada. Ele foi penetrando muito devagar, então saiu, exatamente como tinha feito com o brinquedo.

Mas não havia comparação. Sentir sua pele quente entrar em mim era infinitamente mais excitante, não só porque tê-lo no meu cu era uma sensação totalmente diferente, mas por causa do quanto ele estava estimulado.

Os olhos de Landon estavam bem fechados e ele continuava a foder minha bunda bem devagar, a ponta se movendo suavemente para dentro e para fora. Cada vez que ele entrava de novo, ia um pouco mais fundo, até que, finalmente, ele estava todo dentro. Todas as minhas terminações nervosas estavam ativadas. Agora que ele estava completamente dentro, a pressão pareceu diminuir um pouco.

— Isso é surreal, Rana. Tão apertado. — Ele aliviou os movimentos por um momento. — Está tudo bem?

— Sim.

Não sabia se era o tabu do que estávamos fazendo ou o quê, mas pareceu muito mais intenso do que tudo que Landon e eu já tínhamos feito antes. Apesar do seu tamanho, ele havia passado tanto lubrificante que não doía. Como ele havia prometido, havia pressão, mas não dor. Percebi que ele era provavelmente o único homem no mundo com quem eu poderia ter vivido aquilo, porque ele era a única pessoa em quem eu confiava plenamente. Era uma situação muito vulnerável para se estar, mas como eu estava descobrindo, com a pessoa certa podia ser incrível.

— Você é tão gostosa. Por favor me diga que isso é bom para você.

— Incrivelmente bom. Pode ir mais rápido.

— Tem certeza?

— Sim.

Landon começou a meter com mais força, mas logo perdeu o controle.

— Ah, porra... merda.

Agora eu sabia por que ele estava indo tão devagar. Aparentemente ele não aguentava. O corpo dele tremia. Sentir ele latejar dentro de mim me colocou à beira do abismo. Assim que seu gozo quente encheu meu cu, esfreguei meu clitóris para gozar. Ele tinha gozado com tanta força que eu podia sentir seu sêmen escorrendo pelas minhas coxas.

Ele ainda estava ofegante quando perguntou:

— Está surpresa de ter gostado tanto?

— Não. Não com você. — Sorri. — Como é para você?

— É mais apertado, difícil descrever. Eu amo sexo das duas formas igualmente, pra ser sincero. Essa foi sua primeira vez, e como você estava tão apertada foi quase bom demais. Óbvio, você viu o quão rápido eu gozei. — Ele me beijou. — Obrigado por confiar em mim.

— Obrigada por tornar isso fácil.

24

TERAPIA NA BANHEIRA

LANDON ME FEZ COLOCAR minhas mãos sobre meu rosto.

— Feche os olhos. Deixe eles fechados.

— O que está acontecendo?

Me guiando até o lado de fora, ele reforçou:

— Não abra ainda.

— Isso é loucura — eu disse, tentando não tropeçar.

Quando finalmente paramos, eu o ouvi dizer:

— Ok, agora abra.

Abri meus olhos e perdi o ar.

O novo *food truck* de Landon estava estacionado ali. Ele o havia levado para a pintura, então eu não o via há umas duas semanas. Não queria me contar o que ia fazer com ele. Agora eu sabia por quê.

Eu estava de boca aberta.

— É... — Eu nem sequer conseguia ordenar os pensamentos o suficiente para falar.

— Incrível, certo?

Virei a cabeça para olhar para ela de outro ângulo. Digo *ela* porque grudado na frente do *truck* estava um decalque gigante de... mim, junto do nome *Banana da Rana*. Não era uma foto minha, mas uma caricatura. Ela tinha olhos grandes, cabelo preto comprido e estava vestida com uma roupa de dançarina do ventre. Ela era gostosa e tinha até mesmo uma cobra em volta do pescoço, suas mãos segurando-a de ponta a ponta. A língua da cobra estava para fora, como se estivesse sibilando. E eu estava sentada em uma banana gigante.

— Não acredito que você fez isso.

— Por que não? Você é minha musa. Desde que você entrou na minha vida, é assim que me sinto.

— É muito gentil, lindo. Eu só... Isso é... — Eu estava sem palavras.

O entusiasmo dele era uma gracinha.

— Não consigo imaginar passar por esse *truck* e não parar. E quando as pessoas vierem almoçar, elas podem conhecer a Rana de verdade se você estiver trabalhando no dia. Vai ser um bom atrativo.

Não tive coragem de dizer a ele que ser exibida ao público não me agradava. Mas já estava feito. Ele devia ter pago uma fortuna pelo design. E era bonitinho que ele quisesse dedicar seu negócio a mim.

Só havia uma resposta possível:

— Eu te amo. Obrigada pelo gesto.

A animação em seus olhos era palpável.

— Obrigado *você* por me inspirar, linda.

Era a grande inauguração do *food truck*, e o clima estava anormalmente quente para a primavera do Michigan.

Landon havia estacionado a Banana da Rana logo do lado de fora do gramado do campus. Ele tinha conseguido licença para operar ali por um ano.

Os estudantes voaram para o *food truck* exótico, curiosos quanto ao conteúdo, diante da minha caricatura sexy. Eu tinha que admitir que a ousada ideia de marketing do Landon tinha sido bem esperta. A multidão de estudantes famintos provava que ele tinha atiçado a curiosidade deles com a imagem sensual. E ele pareceu preencher um vácuo, porque não havia nenhum outro *food truck* nas redondezas.

Talvez mais especial que o decalque de mim tenha sido sua outra ideia. Do outro lado do *truck* ele havia pendurado um enorme quadro branco. No topo estava escrito: *Me Conte Algo Engraçado*. Era um tributo à pergunta que ele sempre me fazia quando estava triste.

Os estudantes realmente se divertiram com aquilo e se revezavam com as canetas.

Em uma hora, o quadro estava cheio de frases. Havia uma enorme variedade de piadas, algumas engraçadas, algumas idiotas e algumas bizarras. Coisas como:

Eu me caguei na aula hoje.

Ou:

Meu roommate *teve que colocar implantes nos seios depois de ficar bêbado e perder uma aposta na Tailândia. Agora ele está juntando dinheiro para retirá-los.*

A ideia era engenhosa, porque os alunos paravam para escrever algo engraçado e então sentiam o cheiro delicioso de comida e acabavam pedindo alguma coisa.

Landon tinha cinco sanduíches especiais no menu, e eu me esforçava para decorar os ingredientes de cada um.

A melhor parte do primeiro dia foi quando a multidão do almoço diminuiu e Lilith deu uma passada no fim da tarde.

Sua babá a tinha pegado na escola e levado lá para dar uma olhada no *truck*.

Landon se inclinou para fora da janela:

— Com o que posso ajudá-la, Abusadinha?

— Essa é com certeza a imagem de Rana mais assustadora que já vi.

— Você não gostou? — Ele riu.

— Não, quis dizer assustadoramente igual a ela.

—Ah, bom. Concordo.

— Posso ver por dentro?

— Claro que pode — eu disse.

A babá ficou para trás, lendo um livro no gramado, enquanto nós cuidávamos de Lilith dentro do *truck* por um tempo.

O humor de Landon sempre parecia melhorar quando Lilith estava lá. Acho que ela o lembrava de como era ser criança, especialmente de um tempo inocente das nossas vidas, já que ela parecia meu eu mais jovem.

— O que você vai querer, senhorita?

— Quero um *Fickle Pickle*, mas quero ajudar a fazer.

— Ok. Rana vai pegar os ingredientes, e eu vou deixar você fazer sozinha.

Eu me afastei e cruzei os braços, observando Landon orientá-la.

— Não sei não, Landon. Acho que Lilith está querendo roubar meu trabalho como assistente.

Ele me olhou e deu uma piscada. Observar Landon com ela me dava um sentimento acolhedor e quentinho. Eu sabia que ele seria um pai incrível um dia, quer dizer, se ele quisesse filhos. Nunca tínhamos falado sobre isso. Até bem recentemente, eu tinha uma boa certeza de que nunca mais teria outro filho.

Uma coisa que eu sabia com certeza era que Landon sempre cuidaria de Lilith. Ela não percebia isso, mas o pateta bonitão que a estava ajudando a fazer um sanduíche era alguém com quem ela sempre poderia contar, assim como eu podia.

Durante uma visita de Lilith algumas semanas mais tarde, fui totalmente pega de surpresa.

Eu provavelmente nunca tinha percebido o quanto precisava de Landon até aquela tarde em que literalmente corri da casa de Lilith até a universidade.

Landon estava fechando o *truck* quando eu cheguei no campus.

Ele percebeu imediatamente que havia algo errado.

— O que foi, Rana? — Largando tudo, ele saiu correndo do veículo e me abraçou. — Você está tremendo. Alguém te machucou?

— Não, estou bem.

— O que aconteceu?

— Eu estava com Lilith e... — Eu hiperventilei.

— O quê?

— Ela começou a falar sobre como ela com frequência se perguntava de onde vinha.

Ele me abraçou.

— Ah, meu amor. Sinto muito.

— Eu sabia que esse dia ia chegar, mas eu ainda não estou preparada para ele.

— Sei que você não está.

— Estou me dando conta agora de que não posso fazer isso. Não posso fingir que não sei de nada e mentir na cara dela. Tive muita sorte até agora, mas não sei fingir. Só parece muito cruel.

— Como você reagiu?

Mal. Acho que ela percebeu que tinha algo errado comigo. Eu a escutei, concordei com a cabeça. Foi horrível. Me orgulho de ser aberta e honesta com ela. Mas essa é a única coisa sobre a qual não posso falar, não até me darem permissão.

Minha respiração estava ficando cortada muito rápido. Landon sabia que eu tinha ataques de pânico. Ele continuou a me segurar firme até eu me acalmar.

— Entre no *truck*. Vamos para casa. Precisamos falar sobre algumas coisas e isso não pode esperar.

— Não posso lidar com mais nada hoje, Landon.

— Não é nada ruim, mesmo. Prometo. É só uma conversa já muito adiada e que tem a ver com o que aconteceu hoje.

Ele terminou de limpar enquanto eu ficava ali sentada, em transe.

Sentada no chão do *truck*, fechei os olhos enquanto Landon dirigiu de volta para nosso apartamento.

Uma vez em casa, ele desapareceu dentro do banheiro. Quando eu ouvi a água correndo, percebi que ele estava preparando um banho para nós.

Landon tirou a roupa antes de me despir. Por mais que eu já tivesse visto ele nu muitas vezes, a beleza de seu físico tatuado nunca deixava de fazer meu queixo cair. Depois que me levou para a água morna, Landon entrou e puxou meu corpo na direção do dele. Com minha cabeça apoiada no peito dele, não poderia estar mais grata por ter uma noite de folga do trabalho de dançarina. Hoje eu não estava com cabeça.

— Estou com medo — sussurrei.

— Eu sei. Mas espero que o que eu vou te dizer te faça se sentir melhor.

— O que é, Landon?

Ele apertou os braços em volta de mim com mais força por sob a água. A voz dele era baixa e reconfortante quando falou contra minha pele.

— Eu te contei que antes de sair da Califórnia comecei a ir num terapeuta, mas nunca entrei em detalhes a respeito de nenhuma das epifanias que tive quando me mudei para cá. Não parecia nunca o momento certo… até hoje.

— Eu sei. Não queria te pressionar a falar sobre isso.

— Você sabe que passei muitos anos confuso e cheio de ressentimentos em relação à minha mãe biológica. Acho que nunca tinha visto as coisas pelo ponto de vista dela, até reencontrar você. Não conseguia entender como ela podia ter me dado para adoção até ver o mesmo cenário pelos olhos de alguém que eu amo mais que tudo. Você me deu uma nova perspectiva sobre os sentimentos de desespero que minha mãe deve ter sentido. E, vendo seu sentimento de culpa, sei o quanto você sente. Sei o quanto você ama Lilith e que suas ações quando adolescente não são reflexo de seu amor por ela. Percebo agora que minha mãe provavelmente me amou muito. Você me mostrou isso. Então, obrigado.

Ele estava me agradecendo?

— Ela te amou, Landon. Eu sei que ela amou.

— Tudo que você faz é por Lilith. Ela tem você. Ela só não sabe disso. Ela não sabe a sorte que tem, mas vai saber, um dia. Meu terapeuta também me ajudou a ver a situação de forma diferente quando se trata dos meus pais.

Eu nunca me importei. Eles me amaram mais do que poderiam ter amado um filho biológico. Minha mãe não podia ter filhos, sabe. Por isso eles adotaram.

— A Beth também não.

— Você deu um presente para os pais de Lilith, assim como minha mãe deu um a Marjorie e Jim. Fui cego para o fato de que algo maravilhoso veio do abandono de Beverly. Eu só estava focando nos motivos pelos quais ela não devia ter me dado, mas não nas coisas boas que vieram como resultado. Para começar, eu te conheci. Minha vida não seria a que é hoje se eu tivesse crescido com Beverly. Minha infância teria sido mais dura, ela me amando ou não. Às vezes, amor é suficiente, mas, às vezes, coisas ruins podem realmente eclipsá-lo. Não posso garantir que teria sido mais feliz se ela tivesse ficado comigo. Mas *posso* dizer com cem por cento de certeza que eu tive uma boa criação, com pais amorosos. O que a pobre Marjorie ganhou de volta por isso? Um filho que a abandonou para encontrar sua, entre aspas, mãe verdadeira. Eu *tinha* uma mãe. E eu realmente devo desculpas a ela pela forma como lidei com as coisas, a forma como desapareci.

Meu coração tinha se partido pela mãe de Landon. Eu sabia que ela tinha passado muitos anos pensando que o tinha perdido.

— Marjorie é uma mãe maravilhosa.

— A questão é a seguinte, Rana: tudo aconteceu como deveria. Você se tortura por ter aberto mão da sua filha, mas alguém já te lembrou do quanto você foi corajosa? Você podia ter decidido abortar o bebê assim que descobriu. Minha mãe podia ter decidido a mesma coisa. Em vez disso, você levou Lilith até o fim. Isso deve ter sido muito assustador naquela idade. Então você tomou a decisão que acreditou ser melhor para ela. E quando você se ajeitou, bancou seu erro e lidou com ele de uma forma que provavelmente bem poucas pessoas teriam peito para fazer. Você encarou o arrependimento e tentou retomar algo que perdeu.

Meu coração estava pesado.

— E se isso explodir na minha cara? E se eu perdê-la?

— Ela vai descobrir. É inevitável. Mas quero que você saiba que eu estarei aqui com você quando acontecer. E depois que você contar para ela, estarei lá para *ela* também. Vou contar minha própria história e mostrar que ela não é a única a ter lidado com isso. Ela nunca vai precisar passar por isso sozinha, Rana. Lilith e eu... nós compartilhamos algo que mais ninguém pode entender, a não ser que tenham estado nesse lado da situação. Se tem um motivo pra tudo que acontece na vida, então talvez eu tenha passado por tudo isso por ela, para que eu possa ajudar Lilith.

O fato de ele se sentir assim realmente me tocou fundo. É como se ele tivesse desemaranhado toda nossa dor e a recosturado em algo lindo. Não havia palavras para expressar minha gratidão por ele ter se aberto comigo assim.

— Não posso dizer o quanto é importante para mim saber que não vou precisar passar por isso sozinha e que você vai querer apoiar Lilith dessa forma.

— Você não vai perdê-la, Rana. Eu finalmente aprendi a perdoar Beverly, mesmo que ela nem mesmo possa falar comigo. Se Lilith de início ficar com raiva, ela vai aprender a te perdoar, especialmente porque você já fez um esforço para ser parte da vida dela da única forma que te permitiram. O fato é, talvez eu não pudesse ser grato por Beverly ter me dado a vida até começar a viver uma vida que eu amasse. Estou vivendo essa vida linda agora porque ela escolheu me ter, mesmo que estivesse sofrendo incrivelmente. Eu não mudaria mais nada sobre o passado. Então, preciso deixar minha hostilidade para lá. Preciso só olhar para os céus e dizer "Obrigado, Beverly", e ser grato pelo fato de que Lilith vai poder conhecer a mãe biológica dela, quando eu não pude. Ela vai ter a sorte de perceber que ela tem duas mães e um pai que a amam. E ela sempre vai ter a mim, também. Talvez ela fique brava com você por um tempo, mas ela vai ser amada. Vai entender isso no fim das contas. E isso vai ser o mais importante.

Eu realmente esperava que ele estivesse certo.

Me virando para olhá-lo, tirei um minuto para absorver a beleza daquele homem, que era externa, mas principalmente interna, e que ele estava demonstrando na forma como havia cuidado de mim naquela tarde.

— Obrigada pela terapia na banheira. Eu precisava disso hoje.

— Eu sei que precisava. Esses pensamentos estavam na ponta da minha língua há um tempo, esperando o momento certo.

Ficamos na água quente por quase uma hora. Apesar do susto com Lilith mais cedo, eu me sentia incrivelmente relaxada agora.

Já que estávamos sendo tão abertos, havia uma pergunta insistente que eu queria fazer a ele. Era algo que nunca tínhamos discutido.

Me virando para encará-lo, enrolei minhas pernas em volta da sua cintura e corri meu polegar por seu belo lábio inferior.

— Você quer ter um filho seu algum dia?

— Só com você — ele disse sem nem pensar. — Só se você também quiser um. Embora eu realmente ache que não precisamos tomar essa decisão no futuro próximo.

— Eu costumava me dizer que não merecia ter outro filho, que eu tinha tido minha chance e aberto mão dela, mas na verdade eu nunca quis de verdade... até você.

Landon me puxou para ele e me beijou docemente. Eu podia sentir sua ereção crescendo embaixo de mim.

— Meu instinto é que quero te engravidar por questões primitivas. Fico excitado só de pensar. Mas, na verdade... é uma vida de responsabilidade. E sendo bem sincero... — Ele hesitou. Eu não tinha certeza do que ele ia dizer até que as próximas palavras saíram. — Eu realmente quero. A verdade é, eu quero com você, tanto que até dói.

Meu coração estava disparado com a confissão dele.

— Quando você hesitou, eu fiquei com medo por um segundo.

— Isso deve significar que, bem no fundo, você também quer muito.

— Acho que não percebi o quanto queria até este momento, até que meu coração quase afundou quando pensei que talvez você não quisesse.

Meu homem cuidou de mim a noite inteira. Depois do banho, Landon fez jantar e comemos no sofá, enquanto vimos Netflix.

Quando o filme acabou, ele pegou sua carteira.

— Esqueci. Tenho algo pra te mostrar. Minha mãe encontrou isso. Ela me deu hoje quando a encontrei para o café da manhã. Olha só. — Ele me estendeu uma foto.

Abri um largo sorriso. Era uma foto de Landon e eu tirada nos primeiros meses depois de a minha família ter se mudado para o apartamento da garagem. Eu me lembrava vivamente do dia em que ela tinha sido tirada. Estava havendo uma venda de quintal em nosso quarteirão, e Landon e eu estávamos encarregados de recolher o dinheiro para os itens na mesa de Marjorie. Ela nos deu dez por cento dos lucros como pagamento, e usamos o dinheiro para comprar nosso primeiro cubo mágico em uma das outras mesas.

Ainda sorrindo diante da foto, falei:

— Foi nesse dia que compramos o cubo mágico.

— Eu me lembro, mas não sabia se você ia lembrar.

— Não, eu me lembro de tudo nesse dia. Foi uma das primeiras vezes que percebi o quanto gostava do vizinho.

Ele bateu de leve o joelho contra o meu.

— É. Eu te achava ok, também.

No verso da foto, a mãe dele tinha escrito nossos nomes e a data.

Continuei olhando para ela. Era a primeira vez em séculos que eu via uma foto minha daquela época. Estava me batendo mais do que nunca o quanto Lilith se parecia comigo.

— Eu estou igualzinha a ela nessa foto, não?

— Sim. Sempre que Lilith está com a gente, eu volto no tempo. Eu me sinto como uma criança de novo perto dela. É bom pra minha alma.

Depois que Landon guardou a foto de volta na carteira, ele me envolveu com os braços e beijou minha testa repetidamente. Passei muitos anos vivendo sozinha e assustada. Pela primeira vez na vida eu me sentia verdadeiramente a salvo. As mãos dele podiam ser calejadas, seus braços podiam ser tatuados, ele podia parecer perigoso, mas Landon era tão gentil quanto protetor.

— Eu nunca teria imaginado isso acontecendo entre a gente, Landon. Eu sou tão grata por ter você comigo agora.

— Nunca pensei que te veria de novo, nem em um milhão de anos, depois que você foi embora. A vida pode ser dura pra cacete, mas às vezes... às vezes ela me surpreende da melhor maneira.

Naquela noite, antes de dormir, Landon estava escovando os dentes enquanto eu arrumava os lençóis. Olhei para cima e acabei notando algo bizarro. Meus bichos de pelúcia da infância sempre estiveram alinhados em uma estante que ficava no alto da parede em frente à cama. Havia dezenas enfiados ali, de todos os tipos e cores. Um urso em particular me chamou a atenção, porque eu não o reconheci.

Não era meu.

Quando Landon entrou, eu perguntei:

— Você me comprou um ursinho de pelúcia?

— Não. Por quê? Você quer um?

Andando até a estante, eu levantei o urso marrom.

— Acabei de reparar nesse. Não é meu. — Eu o passei para ele.

A expressão de Landon se tornou preocupada enquanto ele o inspecionava.

— Tem um zíper aqui. — Ele abriu o urso e achou uma câmera dentro. — É uma porra de uma câmera escondida!

Meu coração disparou.

— O quê?

— Olha... o nariz são as lentes. — As mãos de dele estavam tremendo. Eu nunca tinha visto Landon tão nervoso. — Aquele merda doentio devia estar te filmando.

Preciso admitir que não tinha olhado direito para a estante desde que Lenny saiu, então não tinha como saber há quanto tempo o urso estava lá. Como trocamos as fechaduras, era pouco provável que ele tivesse voltado depois de ter se mudado. Ainda assim, aquilo definitivamente me perturbou.

Ele jogou o urso na cama.

— Está vazio... sem fita ou nada dentro. Você vai me deixar chamar a merda da polícia agora?

— Não. Não quero problemas. Eu sei que soa loucura... mas eu só quero deixar passar.

Landon respirou fundo, frustrado.

— Preciso me esforçar mais para achar um apartamento novo pra gente.

Achar um lugar novo tinha meio que ficado de lado. A cada dia que passava depois da saída de Lenny, parecia menos necessário se mudar.

Mas essa descoberta perturbadora definitivamente abriu velhas feridas, tornando a necessidade de nos mudarmos novamente uma prioridade.

25

RODA-GIGANTE

LILITH FEZ ONZE ANOS naquela semana.

Eu só tinha passado alguns aniversários com ela, mas eles eram sempre um misto de alegria e tristeza.

Aquele ano seria diferente, porque Landon estava aqui para me ajudar a celebrar. Eu esperava que isso me distraísse dos momentos em que minha mente inevitavelmente viajava para o dia em que ela tinha nascido, ou para os anos que eu tinha perdido.

Embora o aniversário dela tecnicamente já tivesse passado, comemoraríamos a ocasião aquela noite. Acabou acontecendo que um parque de diversões estava na cidade, e planejamos levá-la lá no fim da tarde, depois de fechar o *truck*.

Por volta das quatro da tarde, Landon estava tomando um banho rápido depois de um longo dia de trabalho. Eu já estava vestida e esperando por ele, por algum motivo me sentindo muito ansiosa.

Landon emergiu do banheiro com uma pequena toalha enrolada na cintura. Algumas gotas d'água escorriam pelos veios de seu torso malhado. Ele parecia tão gostoso que dava vontade de lamber.

Ele se aproximou de mim no meio da sala e sua toalha caiu no chão. Seu pau completamente ereto estava totalmente à mostra.

— Tome cuidado — eu disse. — A cortina está aberta, e Deus queira que meu pai não chegue.

— Isso ia ser bem-feito, porque ele prometeu não aparecer mais do nada. Já é ruim suficiente que ele deixe estátuas religiosas que me julgam quando estou te comendo por trás na cozinha.

— Ela não está te julgando. Ela nos aproximou.

— O quê?

— Eu rezei para ela logo antes de você me ligar e dizer que estava se mudando para cá.

— Ah, ótimo. — Ele puxou minha regata. — Então ela não vai se importar se eu enfiar meu pau entre esses belos peitos bem agora, vai? Todo o tempo que passei no banho eu fiquei pensando em como eles estão lindos nesta camiseta. Eu estava ficando com muito tesão, mas intencionalmente não bati punheta, esperando que pudesse rolar uma rapidinha.

Por mais que me doesse, eu disse:

— Não dá. Já estamos atrasados.

Eu me abaixei, tomei o pau dele na boca e dei uma rápida chupada antes de parar de repente e me levantar.

— Você precisa se vestir.

Ele levantou os braços, sua ereção levantada para o ar.

— Ok, isso foi cruel. Você vai para o inferno por isso. Pode ter certeza.

Demos muita sorte com o tempo. Estava seco e confortável, com apenas um leve vento frio no ar.

O sol estava começando a se por quando fomos para a bilheteria pela segunda vez. Já tínhamos nos divertido muito e precisávamos de mais tíquetes.

Avançando a passos lentos na longa fila, esperamos pacientemente. Meus olhos pousaram em uma garotinha que parecia ter três anos. Sua bola de sorvete tinha caído da casquinha. Quando ela começou a chorar, sua mãe se abaixou e a consolou.

Olhei para Lilith. Eu ficava triste de ter perdido esses anos com ela, todos esses pequenos momentos em que ela podia ter estado triste e eu não estava lá para ajudar. Afastei esses pensamentos, me lembrando que esta devia ser uma ocasião feliz.

Landon deu a Lilith uma longa tira de tíquetes.

— Todos esses são para mim?

— Bem, são para mim também, aniversariante. Acha que vou te deixar ir nesses brinquedos sozinha? Nada disso. Onde você quer ir primeiro?

Ela estava exultante.

— Bate-bate.

— Ok, vamos lá.

Eu não era fã dos brinquedos, então fiquei segurando o enorme bicho de pelúcia que ele tinha ganhado para ela. Com uma vaca gigante em uma mão e um algodão-doce cor-de-rosa na outra, fiquei do lado de fora enquanto eles iam se aventurar juntos.

Comecei a pensar que Landon era como o irmão mais velho que Lilith nunca teve. Me derretia ver como eles se davam bem. O pai de Lilith, Jack, trabalhava muito e não era do tipo que sujava as mãos ou se divertia num parque desses. Eu não conseguia imaginar meu próprio pai correndo por um parque de diversões comigo também. Nunca fizemos coisas assim juntos. Ele diria que eram bobas, ou que era jogar dinheiro fora.

Quando eles voltaram, depois de muitas voltas, Lilith pegou seu algodão--doce.

Ela pôs um pedaço enorme e fofo na boca antes de dizer:

— Rana, você tem que ir na xícara maluca.

—Ah, não. A única vez que fui quando era criança eu fiquei muito enjoada e vomitei. Não posso girar.

— Você *tem* que andar em alguma coisa. O parque só vem uma vez por ano.

Eu não podia decepcioná-la.

— Ok, talvez no bate-bate? Posso aguentar tudo que fique no chão e não seja muito rápido.

Landon lhe deu um olhar malicioso.

— Acho que devemos achar alguém para segurar esse bicho de pelúcia para que possamos montar um time contra Rana e bater nela. O que você acha?

— Eu gosto dessa ideia.

— Ok, valeu, caras.

Apontando para a bilheteria, ele disse:

— Vamos comprar mais uns tíquetes.

De volta à longa fila, Landon abriu sua carteira no momento em que um vento forte bateu, derrubando alguns de seus recibos e dinheiro no chão. Um outro item caiu: a velha foto de nós dois que sua mãe havia lhe dado.

Meu coração quase parou quando Lilith se abaixou para pegá-la. Ela a virou para olhar. Como ela caiu com a parte de trás para cima, eu sabia que ela provavelmente tinha visto nossos nomes escritos.

Ela nunca tinha visto uma foto minha criança antes. Era intencional, dada nossa semelhança.

Meu corpo gelou.

Quando Landon percebeu que ela estava segurando a foto, ele me olhou em pânico. Então, nossos quatro olhos se grudaram nela, esperando alguma reação.

Ela devolveu a foto para Landon, mas não disse mais nada.

— Obrigado — ele disse. Ele olhou para mim e depois para ela. — Pronta?

Ela fez que sim.

Eu tinha escapado?

Honestamente, não sabia. Não era típico de Lilith não fazer perguntas, especialmente sobre uma foto de nós dois por volta da idade dela. Ela não tinha notado os nomes no verso? Não tinha reparado na nossa semelhança?

Minha respiração desacelerou um pouco enquanto eu tentava me convencer de que tudo estava bem e nos dirigíamos para os carrinhos de bate-bate. Uma avó boazinha concordou em segurar o bicho de pelúcia para que nós três pudéssemos ir juntos.

Landon e Lilith cumpriram a promessa de me usar de alvo. Sendo a péssima motorista que era, eu ficava batendo nas paredes, enquanto os dois batiam em mim.

Depois que saímos dos carrinhos, Lilith me estendeu os últimos tíquetes.

— Eu quero ir na roda-gigante mais uma vez antes de ir embora. Você vai comigo, Rana?

Por mais que eu odiasse altura, não podia dizer não para ela.

Enquanto esperávamos nossa vez, olhei para Landon e ri ao ver meu *bad boy* tatuado segurando a vaca de pelúcia gigante. Ele me soprou um beijo.

Viu? Tudo está bem, Rana. É uma linda noite. Pode se acalmar.

Lilith estava quieta quando entramos em nossa cabine e travamos a barra à nossa frente. Com um movimento brusco, a roda-gigante começou a subir.

Eu me virei para ela, esperando ver talvez um sorriso animado. Meu próprio sorriso sumiu quando percebi que a expressão dela não era parecida com nada que eu tivesse visto antes. Ela estava me olhando como se fosse a primeira vez que me visse, como se estivesse examinando meu rosto. Seus olhos se moviam de um lado para o outro. Eu podia prever as palavras que iam sair da boca dela.

— É você.

As palavras pareceram me atravessar como um tiro.

Engoli em seco.

— Quem?

— Foi você que me deu pra adoção.

Meu coração estava martelando contra o peito. Meus olhos se encheram de lágrimas enquanto chegávamos ao ponto mais alto. Achei que fosse entrar em pânico neste momento, mas não sentia mais nenhum medo por mim, só por ela.

Concordando com a cabeça, eu finalmente forcei as palavras a saírem:

— Sim.

Ela fechou os olhos com força, mas não estava chorando. Quando os abriu de novo, desviou o olhar.

— Olhe para mim, Lilith.

Se recusando a me olhar nos olhos, ela continuou a observar a multidão lá embaixo. A roda-gigante subiu e desceu três vezes antes de ela subitamente se virar pra mim:

— Eu pensei que você fosse minha amiga. Você mentiu pra mim.

Doía tanto ouvi-la dizer isso.

— Eu não quis mentir para você. Eu só não podia te contar ainda. Nós não tínhamos certeza se você estava pronta para saber.

Finalmente, uma lágrima caiu do olho dela.

— Eu não entendo. Não entendo nada disso.

Minha voz ficou mais alta.

— Eu sei que não. Eu preciso explicar para você, Lilith. Você precisa me deixar.

Foi um péssimo momento para o brinquedo parar. Eu precisava de mais tempo sozinha com ela lá em cima. Parecia que eu ia precisar de todo o tempo do mundo.

Lilith não podia ter saído mais rápido do banco. A próxima coisa que vi foi ela correndo na direção de Landon.

Corri atrás dela.

Landon deu uma olhada para o meu rosto e entendeu tudo.

— Me leva pra casa — ela disse para ele. — Eu quero minha mãe.

Os olhos dela estavam repletos de medo.

Eu disse sem som:

— Ela sabe.

Landon se ajoelhou na grama, colocando as mãos nos ombros dela.

— Lilith, podemos falar sobre isso?

Ele podia me ver balançando a cabeça atrás dela. Eu sabia que não era o momento certo, que ela não estava pronta para ouvir. Era coisa demais pra ela.

— Por favor, não. Não agora. Por favor. Não fala comigo. Só quero minha mãe. Só me leva pra minha mãe.

— Ok, querida. Vamos te levar para casa — ele disse.

O caminho de volta foi extremamente tenso. No banco da frente eu mandava mensagens frenéticas para Beth para contar o que tinha acontecido. Ela respondeu imediatamente dizendo que estaria esperando na porta. Ela achava melhor que eu não entrasse e não tentasse falar do assunto com Lilith hoje. Nós duas conhecíamos Lilith bem o suficiente para saber que era a coisa certa a fazer. A última coisa que eu queria era magoá-la ainda mais.

No segundo em que Landon parou, Lilith saiu correndo do carro, batendo a porta. Ela não podia ter sido mais rápida. Beth estava na varanda para levá-la para dentro.

Assim que ela estava fora de vista, eu caí no choro, libertando toda a dor que tinha me obrigado a reprimir na frente dela.

Os braços de Landon me envolveram tão rápido que eu soube que ele estava esperando o segundo em que poderia me confortar. Ele me apertou com muita firmeza.

— Prometo que vai ficar tudo bem. — Ele respirou no meu cabelo. — Não acredito que derrubei aquela foto. Me desculpe.

— Você não derrubou. Ela voou, e, honestamente, tudo isso era inevitável. Eu já estava começando a achar que não poderia esconder dela por muito mais tempo, de qualquer forma.

— Você acha que foi só a foto, ou que ela suspeitava de algo antes?

— Ela estava estranha comigo hoje à noite, mesmo antes da foto. Você não acha? — Solucei. — Mais quieta que o normal, mas só comigo, não com você. Algo está errado há um tempo. Desde que ela mencionou a adoção para mim, notei uma mudança nela. Então, sinceramente não sei. Talvez a foto só tenha confirmado uma suspeita que já estava lá. Mas não tenho como saber, a menos que ela me deixe perguntar.

— Como ela tocou no assunto?

— Um tempo depois da roda-gigante começar a subir, ela só jogou a bomba. Ela falou "é você".

Landon fechou os olhos, como se ouvir aquilo o destruísse.

— Eu sempre te disse que estaria lá quando você contasse para ela. Me mata saber que eu não estava. Mas ela claramente queria estar sozinha com você.

— A questão é... eu *queria* que a roda-gigante girasse para sempre. Queria que ela tivesse me deixado falar com ela com calma. Esse sentimento agora de precisar desesperadamente explicar e não poder é muito pior.

— Ela não está pronta. Eu entendo. É coisa demais. E ela provavelmente precisa ouvir a Beth primeiro. Quando descobri a identidade de Beverly, eu não estava pronto para pensar nela por muito tempo. Claro, isso é diferente, porque Lilith já te conhece.

— Nem consigo imaginar o que está passando pela cabeça dela agora. Há tanta coisa que nem Beth pode explicar para ela. Não sei o que vou fazer se ela pensar que eu planejei enganá-la de alguma forma. Se ela nunca mais quiser me ver de novo, eu vou morrer, Landon.

Ele me apertou com mais força.

— Nós vamos superar isso. Vai levar alguns longos dias, mas eu sinto que ela vai te ouvir.

— Não sei o que faria se você não estivesse aqui.

— Bem, pra começar, aquela foto não teria voado da minha carteira. Eu me sinto responsável por isso em parte.

— Não foi a foto. Tenho certeza de que foi outra coisa que me entregou. Esconder a verdade dela estava começando a me quebrar.

— Bem, eu, pessoalmente, estou feliz que isso veio à tona, Rana. Se tem uma coisa que aprendi com minha própria experiência nessa vida é que nada de bom vem de esconder a verdade. Ela sempre aparece, você estando pronto para ela ou não.

26

NADA POR DIZER

A CARTA FOI IDEIA de Landon.

Beth tinha entrado em contato comigo nos dias seguintes ao parque para me contar como a filha dela estava. Lilith aparentemente ainda estava meio em choque, mas falava mais sobre isso com os pais.

Beth disse que explicou tudo sobre como eu tinha me tornado a "Irmã Mais Velha" dela. Ela deu sinais de que Lilith ainda não estava pronta para me ver, mas garantiu que ela não me odiava.

Pelo jeito, segundo Beth, Lilith tinha escutado os pais conversando uma noite. Eles mencionaram meu nome, e foi isso que a levou a tocar no assunto comigo aquela vez, quando eu tinha pirado e agido de forma estranha. Isso a deixou desconfiada. Então, no parque de diversões, quando ela viu a foto, a suspeita se confirmou.

Landon sabia o quanto essa espera era difícil para mim. Ele sugeriu que eu colocasse meus pensamentos em uma carta. Assim, Lilith poderia lê-la em seu próprio tempo e isso me permitiria pôr para fora tudo que eu queria dizer sem bagunçar as coisas e sem esquecer de nada.

Desesperada para contar meu lado da história, passei vários dias sem fazer nada além de escrever para ela. Escrevi sobre a minha infância, sobre meu relacionamento, ou a falta dele, com a minha mãe. Escrevi sobre os pensamentos e sentimentos que passaram por mim quando eu descobri que estava grávida. Dei todos os detalhes do nascimento dela e rememorei os meses em que fugi.

E, especialmente, tentei fazer o melhor para expressar todo o arrependimento que sentia. Mais que tudo, tentei mostrar o quanto a amava, apesar do que minhas ações podiam implicar. Também tentei explicar o melhor possível que, mesmo que eu nunca tivesse revelado minha verdadeira identidade, o laço que vivenciamos nos últimos anos era real. Eu queria que ela soubesse que estava conhecendo meu verdadeiro eu esse tempo todo.

Provavelmente, a coisa mais complicada era explicar minha cirurgia plástica. Contradizia tudo que eu já tinha dito a ela sobre se aceitar e se amar como você é. Eu dizia com frequência como ela era bonita. Ela seria capaz de acreditar, sabendo que eu tinha mudado meu rosto, o *nosso* rosto? Tentei ao máximo explicar que era muito mais que uma necessidade de mudar a aparência por motivos puramente físicos. Mas temia que minha explicação nunca deixasse de ser algo difícil para ela, especialmente quando ela se tornasse adolescente. Sem ideia do que ela ia pensar sobre isso, eu só podia rezar para que minhas ações não ferissem a autoestima dela a longo prazo.

Todas as noites, Landon e eu nos deitávamos e ele revisava o que eu tinha escrito ao longo do dia. Uma das melhores partes disso foi descobrir que Landon usava óculos de leitura. Ele ficava muito sexy com eles enquanto focava minhas palavras na luz do abajur.

Ao final, minha carta tinha o tamanho de um livro. Era longa demais para ser uma carta, era praticamente a história da minha vida e da dela. Queria que ela soubesse de tudo, porque ela merecia.

Haviam muitas palavras cortadas e outras anotadas nos cantos. Como eu tinha mudado muitas coisas, decidi digitar o produto final. Landon me pediu para imprimir duas cópias quando eu terminasse e dá-las a ele, junto com algumas fotos da minha infância e adolescência. Eu não tinha muitas, mas dei as que estavam comigo.

Ele arrumou tudo cuidadosamente em um livro rosa que tinha comprado em uma loja de artesanato e juntou cópias coloridas das fotos em seções que correspondiam ao período. Ele transformou aquilo em um pequeno romance e fez uma cópia idêntica pra mim, para que eu pudesse guardá-lo para sempre. Escrevê-lo havia sido muito terapêutico, na verdade.

Mais para o fim, expliquei o mistério dos envelopes com dinheiro que ela encontrava. Ri quando notei que Landon tinha colocado ali uma foto atual do meu pai. Papa estava segurando um melão e parecia que ele estava gritando com Landon por tirar a foto. Devia ser bem recente. Landon colocou na legenda: *Deus*.

As fotos realmente adicionaram humor e vida ao que eu tinha escrito. No final, por mais dolorido que fosse colocar tudo no papel, era lindo.

Mas nada tinha me emocionado mais do que o que ele acrescentou bem no fim. Landon tinha pedido minha permissão para escrever algo para ela também. Eu não fazia ideia do que viria.

Lilith,

Com a permissão de Rana, tenho esperado o momento certo para compartilhar isso com você. Diria que não há momento melhor que o presente.

Você me conhece como o namorado da Rana, o cara alegre da Califórnia. Mas o que você não sabe é o quanto eu e você temos em comum.

Eu fui adotado também.

Eu entendo a confusão e o eventual vazio que se sente ao saber que a pessoa que te trouxe a este mundo escolheu uma vida separada de você. Eu totalmente entendo, Lilith. De verdade.

Meus pais escolheram me contar que eu era adotado quando eu tinha dezesseis anos, então eu era bem mais velho que você quando descobri que não era filho de sangue dos meus pais. Quando fiz dezoito, me sentia muito perdido em minha própria pele. Foi quando me mudei para a Califórnia em busca da minha mãe biológica. O nome dela era Beverly. Quando eu a encontrei, já era tarde demais. Ela tinha falecido. Nunca vou saber se ela pensou em me encontrar um dia. Escolhi acreditar que teríamos nos reencontrado e tido um relacionamento.

Espero que te contar isso te ajude a perceber quanta sorte você tem de sua mãe biológica ter te procurado. Ela não esperou que você procurasse por ela. Ela precisava ter certeza de que você estava bem e queria ser parte da sua vida.

Minha mãe não tinha a cabeça necessária para fazer isso porque, infelizmente, ela era viciada em drogas. Hoje eu sei que as ações dela não significam necessariamente que ela não me amava. Ela só não podia se salvar. Ela não poderia ter cuidado de mim, mesmo se quisesse. Ela tomou a decisão que achava ser a melhor para mim. De qualquer forma, ficarei feliz em contar mais da história da minha mãe biológica para você se você quiser ouvir. Mas, na verdade, essa história acabou antes de ter uma chance de começar.

Como Beverly, Rana sentiu que estava fazendo o que era melhor para você quando te deu para os seus pais. Mesmo que ela sempre tenha te amado, ela não se permitiu realmente sentir o amor quando você nasceu, porque era dolorido demais. Eu sei que ela já explicou tudo isso para você, mas quis te contar um pouco do que eu observei.

Quando reencontrei Rana pessoalmente pela primeira vez, eu sabia que ela estava escondendo algo sério de mim. Toda vez que olhava para ela, eu podia ver o peso de alguma coisa em seus olhos. Na época eu só não sabia que esse peso era você. Agora tudo faz sentido. Ela te carrega na alma, Lilith. Você ainda é parte dela. Tudo que ela faz é para você, para se tornar uma pessoa melhor para que você possa ter orgulho dela um dia. Eu sei que a forma que ela achou de estar perto de você foi estranha, mas ela queria uma chance de realmente te conhecer e de que você a conhecesse também. Estar com você faz ela muito feliz. Ela sempre fala de quanto orgulho tem de você.

Você pode escolher não falar com a Rana por causa de uma decisão que ela tomou quando era jovem (só alguns anos mais velha que você), ou você pode escolher perdoá-la. Ela vai te amar de qualquer forma. Como alguém que perdeu a chance de conhecer a mãe biológica, eu daria tudo para estar no seu lugar e ter essa chance.

Ver o amor de Rana por você me ajudou a curar alguns dos sentimentos mal resolvidos que eu tinha em relação a Beverly e me ajudou a perdoar. Mais que isso, me ajudou a apreciar meus pais adotivos, ou como gosto de chamá-los, meus pais. Você nunca deveria sentir que deixar a Rana entrar na sua vida vai diminuir o que seus pais fizeram por você. Eles sempre serão seus pais. Acredite, nós dois temos muita sorte de termos pessoas que escolheram nos criar. Se pergunte se você algum dia trocaria tê-los como pais. Minha resposta para essa pergunta seria não.

Nós dois também temos sorte de ter Rana em nossas vidas. Você não tem ideia de como você me lembra dela quando tinha sua idade, não só na aparência, mas na sua natureza curiosa e seu bom coração. O espírito dela vive em você.

Você devia usar todo o tempo que precisar para absorver as coisas nesse livro. É muito. Mas estaremos aqui quando você estiver pronta. E digo nós porque eu não vou a lugar nenhum. Você sempre vai me ter como amigo. E espero por muitos encontros em parques de diversões no nosso futuro.

Rana vai te amar até o dia que ela morrer, Lilith. Ela pode ser imperfeita, mas o amor dela por você não é. É inquebrável. Ela nunca vai te deixar enquanto viver, ela deixou isso bem claro para mim. Nós provavelmente estaríamos na Califórnia se ela não quisesse estar perto de você. Não estou dizendo isso para fazer você se sentir culpada. Só quero que saiba que mesmo com o tanto que ela queria estar comigo, e o tanto que ela teria amado o sol e o mar, nada, nada mesmo, importa para ela mais do que você. O amor dela por você é maior que qualquer oceano no mundo.

Ainda que nada mais dê certo, espero que você vá dormir essa noite sabendo disso.

Landon

P.S.: Eu disse para você levar o tempo que precisar, mas tente não achar que ele é infinito. O amanhã nunca é garantido. Nada deve ficar sem ser dito. Aprendi isso da forma mais difícil.

P.P.S.: Acho que eu e você estarmos na vida um do outro foi destino.

27

Férias em casa

Algumas semanas se passaram ainda sem notícias de Lilith.

Beth confirmou que havia recebido o livro, mas que sua filha ainda não estava pronta para abri-lo. Ela prometeu me avisar quando Lilith tivesse lido e se e quando Lilith iria querer me ver de novo.

Não poder vê-la toda semana doía de verdade. Eu tinha me acostumado demais a ter esse tempo com ela e estava sofrendo com a abstinência. Mas eu sabia que esse tempo era necessário e rezava toda noite para que não fosse eterno.

Landon vinha trabalhando duro no *food truck* e não tinha tirado folga desde a inauguração. Seu único dia de folga era domingo.

Estávamos jantando uma noite quando ele anunciou:

— Acho que preciso parar. Foram semanas muito estressantes.

— O que você está pensando?

— Estava pensando em férias em casa, na verdade. Vamos só tirar uns dias para relaxar aqui, bem, não tecnicamente *aqui*, mas num lugar perto. Não vamos longe, caso Lilith escolha esses dois dias para aparecer.

— Isso parece ótimo, mas para onde vamos?

— Tenho um lugar em mente.

— Mesmo? Você já fez planos?

Ele piscou.

— Tudo pronto. Mas você precisa ligar para o trabalho e dizer que está doente por umas noites. Pode fazer isso?

— Sim, claro. Eu nunca falto, não desde a Califórnia. Então já está na hora de usar essa cartada, eu acho.

— Ou você pode contar a verdade, que vai brincar com a cobra do seu namorado em vez da deles por alguns dias.

Eu ri.

— Isso me parece promissor.

Landon não queria me contar para onde íamos, mesmo que eu soubesse que, onde quer que fosse, não era longe.

Nem preciso dizer que quando paramos na frente da casa dos pais dele eu fiquei completamente perplexa. Isso deviam ser férias. Eu amava Marjorie e Jim, mas não queria passar nossa pequena folga com eles.

— Ok. Hum… estou definitivamente confusa.

— Eu sei. — Ele riu enquanto estacionava o carro na frente da casa.

Olhando para os meus peitos saltando do vestido, eu disse:

— Se eu soubesse que íamos visitar seus pais hoje, eu teria vestido algo menos vulgar.

— Você está vestida para ser fodida. E é exatamente isso que vai acontecer. Confie em mim.

O quê? Ok, isso era perturbador.

Em vez de tocar a campainha, Landon usou sua chave para entrar na casa.

— Eles não estão?

Ele sorriu para mim.

— Não. Não contei na hora porque estava curtindo seu leve surto.

— Valeu. Onde eles estão?

— Flórida.

De repente, fez sentido. Íamos ficar na casa dos pais dele enquanto eles não estavam. Fui tomada de alívio. Ficaríamos sozinhos o tempo todo.

—Acho que nunca estive dentro desta casa sem seus pais. Por que parece que estamos fazendo algo escondido? Naquela época, ficávamos quase sempre no apartamento da garagem ou lá fora. A casa principal sempre me pareceu fora dos limites. Tirando a última vez que visitamos seus pais, acho que só estive aqui poucas vezes.

— Quer ver o que meus pais fizeram com meu antigo quarto? — Ele apontou com a cabeça. — Venha.

Quando entramos no cômodo, ele riu e disse:

— Nada. Eles não fizeram absolutamente nada. Pode acreditar?

O quarto parecia o típico quarto de um adolescente. Havia um pôster de um carro exótico na parede, além de vários troféus de esporte e flâmulas. Não tínhamos ido até o quarto dele na noite em que viemos jantar, quando ele veio fazer uma visita pela primeira vez. Então era minha primeira visão dele.

— Ah, meu Deus, Landon. Eles nem tocaram nele.

— Assustador, né? Depois que fui para a Califórnia, minha mãe ficou arrasada. Era como se preservar esse quarto fosse a única coisa que me mantinha vivo, que me mantinha como filho dela. Me deixa triste, na verdade.

— Mostra o quanto eles realmente te amam.

Andei até uma colagem na parede que continha, entre outras coisas, pequenas fotos de amigos do ensino médio e algumas fotos da formatura. Cheguei mais perto para examinar uma delas. Landon parecia bastante elegante em seu colete e gravata-borboleta. Uau... como as coisas tinham mudado.

Passei meu dedo por uma das fotos.

— Você e Kelsie.

— Eu me esqueci delas. Devia ter tirado.

— Está tudo bem. Não sou mais o monstro ciumento que eu era quando nos encontramos. Pelo menos estou tentando não ser. Mas eu a invejo por ter ido à formatura com você. Eu nem sequer fui à formatura, muito menos com Landon Roderick.

Ele ficou atrás de mim, com as mãos nos meus ombros, enquanto eu continuava a olhar para as memórias do colegial.

— Você não teria me querido naquela época. Eu estava na borda de uma implosão autodestrutiva. Eu olho esse menino ingênuo agora e é como olhar para um estranho. Ele tinha muito que aprender e muita merda para fazer antes de se tornar eu. O homem que sou hoje é a quem você pertence.

Eu me virei para encará-lo.

— Tenho muita sorte de ter te encontrado quando encontrei. Acho que talvez, se eu não tivesse me mudado, algo teria acontecido entre a gente ou, pior, eu teria que ver você e Kelsie juntos. De qualquer forma, eu teria te perdido para a Califórnia. Isso era inevitável.

— É engraçado como as coisas que vimos um dia como trágicas são exatamente as que precisavam acontecer, em retrospecto.

— Não tenho dúvidas de que não estaríamos juntos agora se eu não tivesse ido embora, se meu pai não tivesse tomado a decisão impulsiva de fazer as malas e ir embora.

— Loucura, não? — As mãos dele deslizaram pelas minhas costas, ele apertou minha bunda e grunhiu: — Mal posso esperar para te foder na minha velha cama, mais tarde.

— Tem alguma coisa de muito safada nisso.

— Vou te dizer uma coisa… o garoto nessa foto teria morrido de ataque do coração se soubesse que um dia ia trazer uma garota com peitos e bunda tão obscenamente lindos como os seus para esse quarto.

— E ele *certamente* teria um ataque do coração se soubesse que esses peitos e bunda pertenceriam a Rana Banana.

— Sem sombra de dúvida.

Ele baixou o rosto para os meus seios e lambeu por cima do tecido do vestido, circulando meu mamilo com a língua e deixando uma mancha molhada que me fez querer mais.

Depois que Landon parou, relutantemente, ele disse:

— Muito bem… não posso me empolgar muito tão rápido. Ainda não terminamos o tour. — Ele pôs a mão na minha cintura. — Vamos explorar um pouco mais.

No caminho para a sala, bati acidentalmente em uma mesinha de canto, fazendo um vaso cair e se espatifar no chão.

— Merda, Landon! Sua mãe vai me matar.

— Nah. Ela não vai ligar. Ela nem mora mais aqui.

— O quê? Do que você está falando?

O rosto de Landon ficou vermelho.

— Bem-vinda ao lar, Rana.

— Hã?

— Esta casa é nossa agora. Eu comprei deles.

Meus olhos quase saltaram das órbitas.

— Você… o quê?

— Meus pais vinham pensando em se aposentar e mudar para a Flórida há um tempo. Eles finalmente decidiram ir.

— Eu nem achei que seus pais fossem velhos o suficiente para se aposentar. Como eu não sabia de nada disso?

— Eles já tinham por volta de quarenta anos quando me adotaram, então estava na hora. Eles planejam passar metade do ano lá e os verões aqui. Eles têm um pequeno apartamento no fim da rua para quando voltarem. Foram ontem para Naples. Esta casa dava trabalho demais pra eles e eles já queriam se desfazer dela de qualquer forma. Então, aproveitei a oportunidade e disse que estava interessado em comprar. Você não sabia de nada porque eu queria que fosse uma surpresa. Claramente funcionou, você está chocada.

Olhando em volta, eu gaguejei:

— Eu... eu estou.

— Pensei também que era bastante perto do seu pai e de Lilith. Eu nunca teria aceitado se não fosse assim. Eles deixaram os móveis e tudo para trás, mas é claro que você pode decorar com seu próprio gosto.

— Você tem certeza de que temos dinheiro para morar aqui?

— Eles não estão com pressa para receber o dinheiro, mas eu insisti em dar uma entrada, coisa que já fiz. Eles me fizeram um bom preço, porém. A prestação não é muito mais do que pagamos em aluguel. Fizemos um plano de financiamento para que eles não saiam prejudicados. É bom saber que não precisamos lidar com um banco. Não vamos perder a casa se o *food truck* der errado. Eu nunca ia querer nos colocar nessa situação.

— Eu nunca sonhei que teria uma casa. Acho que nunca teria conseguido bancar isso sozinha na minha vida. Você tem certeza de que não estamos dando um passo maior do que as pernas?

— Eu dou conta. Não se preocupe.

— Isso está mesmo acontecendo?

— Só se você quiser, amor. Eles sempre podem vendê-la para outra pessoa se você não estiver feliz de morar aqui.

Dando uma olhada para a ampla cozinha, eu não podia acreditar que era minha.

— Eu *quero*.

— Pensei que poderíamos ficar aqui nos próximos dias, batizar cada quarto, torná-la nossa, talvez decorar um pouco. Então eu vou trazer nossas coisas aos poucos, até que tenhamos saído totalmente do apartamento.

— Podemos fazer no nosso tempo — eu disse. — Adoro a ideia de não ter que mudar tudo de uma vez.

— Quero um tempo para arrumar algumas coisas antes. Quero substituir alguns utensílios e colocar aquecimento central. — Ele andou até a porta. — Vamos ver a garagem.

Pensar em ver o interior do velho apartamento da garagem de novo me dava arrepios.

O que eu encontrei, na verdade, não era nada do que eu esperava e me deixou sem fala.

Fotos em preto e branco ampliadas e emolduradas cobriam todo o espaço, que estava vazio exceto por elas. Eram fotos de Landon e eu, sozinhos ou juntos, ao longo de anos. Tinha uma que eu ainda não havia visto, na praia na Califórnia. As paredes tinham sido pintadas de branco, e ele tinha instalado luzes embutidas no teto. Parecia literalmente uma galeria de arte. Além das quatro paredes a nossa volta, não havia sinal do apartamento mal-ajambrado em que vivemos tantos anos atrás.

Quando me virei para olhá-lo, ele já estava ali, a centímetros do meu rosto e segurando um bilhete dobrado em forma de triângulo.

— O último. Abra.

O que está acontecendo?

Desdobrei o bilhete e encontrei dentro um lindo diamante redondo, no anel mais diferente que eu provavelmente já tinha visto. Era todo feito de pequenos diamantes, e os lados eram traçados como números oito.

— Leia o bilhete — ele disse antes de pegar o anel.

Eu olhei para sua caligrafia familiar.

Rana Banana,

Eu já te fiz muitas perguntas estúpidas ao longo dos anos. Confie em mim, essa não é uma delas. Essa próxima é a mais importante de todas.

Landon

P.S.: Eu te amo.

Então, ele se abaixou sobre um joelho. As luzes acima de nós refletiam em seus olhos maravilhosos.

— Rana Saloomi… nossa jornada de volta um pro outro nem sempre foi fácil, mas sinto que tudo que aconteceu na minha vida foi para que eu pudesse chegar nesse exato lugar agora. Estou delirantemente apaixonado por você. Tenho muito orgulho de você por ter encarado seu maior medo este ano. Seu amor e dedicação, não apenas a mim, mas àqueles que têm a sorte de serem amados por você me inspiram todos os dias. Obrigado por me amar e por sempre guardar um pedaço de mim em seu coração, mesmo que tenhamos seguido caminhos muito diferentes ao longo dos anos. Mas, especialmente, obrigado por ficar bêbada e me ligar naquela noite fatídica. Eu sempre vou ser grato pelo fato de que minha garota é fraca para bebida. Você nunca mais vai ter que beber sozinha de novo. Você nunca mais vai ter que *estar* sozinha de novo. Quer casar comigo?

Era a pergunta mais fácil que já tive que responder.

— Sim!

Landon colocou o anel no meu dedo antes de me levantar no ar.

Estávamos verdadeiramente em casa, de volta onde tudo começou e onde agora nossa história começaria outra vez.

Ainda segurando o bilhete, envolvi seu pescoço com os braços. Quando Landon me baixou, olhei mais de perto para o anel que ele havia escolhido.

— Eu amei.

— São dois números oitos, um de cada lado. Me lembrou da sua dança. O joalheiro não entendeu de que raios eu estava falando quando disse isso, mas, de qualquer forma, achei que era tão único quanto você.

Ficamos ali abraçados por um tempo e então demos uma volta no cômodo para ver as fotos de novo.

— Não acredito no que você fez aqui. Agora eu sei por que você desaparecia aleatoriamente nos domingos à tarde.

— Este espaço me trouxe você. Agora é seu, para fazer com ele o que quiser. Precisamos pensar em um uso legal para ele no futuro.

Concordei.

— Algo que combine com a gente.

— Sala do sexo, então? — Ele deu uma piscadela.

Dirigimos até a cidade naquela noite para celebrar nosso noivado.

Enquanto andávamos do restaurante Hibachi para o *truck*, demos de cara com algo que me fez parar quando passávamos em frente a um prédio de tijolinhos.

— O que foi, Rana?

Andei até o pôster pendurado na entrada para olhar direito. Então eu levantei o rosto para o letreiro de neon que dizia *A vida de uma drag*.

— Precisamos entrar — insisti.

— Você quer ver um show de *drag queen*?

— Sim. — Agarrei o braço dele. — Venha.

Depois de pagarmos pelos ingressos na bilheteria, Landon foi até o bar pegar dois drinks para nós. Pedi que ele pegasse algo forte.

Assistimos a duas performances, me recusei a contar a Landon o que estava acontecendo até ter certeza. Quando o DJ anunciou a terceira apresentação, quase cuspi meu drink, porque só fortaleceu minhas suspeitas.

— Senhoras e senhores, nosso próximo show dessa noite é a bela de cabelos negros favorita de todo mundo. Por favor, deem as boas-vindas à nossa dançarina do ventre, Lanaaaaaaaa.

O som da percussão na música vibrou por todo o meu corpo. Landon estava me olhando e tentando entender. Ele me seguiu enquanto atravessei a multidão quase em transe para ver o palco mais de perto.

Quando consegui ver os olhos que já tinha notado no pôster, com aquele olhar insano familiar, não tive mais dúvida. De boca aberta, me virei para Landon e respondi à pergunta silenciosa que ele estava me fazendo com sua expressão perturbada.

Eu disse sem emitir som:

— É ele.

Lenny aparentemente tinha se transformado em Lana. Tudo nele era eu... Desde a peruca longa e negra até o delineador pesado e minha roupa vermelha de dançarina que havia sido roubada do meu armário.

Até o nome. Lana, uma combinação de Lenny e Rana.

Quando os olhos de Lenny pararam em mim, ele nem hesitou, só continuou dançando ao som da música. Sua boca se curvou em um sorriso de prazer e quase desafiador, como se ele estivesse esperando por aquele momento, para que eu descobrisse que ele tinha se transformado em mim.

De repente, eu precisava de ar. Landon me seguiu enquanto eu corria para fora.

Quando Landon e eu finalmente recuperamos o fôlego, já na metade do quarteirão, olhamos um para o outro, incrédulos.

— Puta merda, Rana... todo esse tempo... ele estava te estudando. Ele não queria te matar. Ele só queria *ser* você.

28

Não convencional

Eu era provavelmente a noiva menos tradicional do mundo.

Minhas flores haviam sido colhidas do jardim que meu pai tinha plantado na nossa casa. Meu vestido, embora de marca, tinha sido comprado num brechó. E não era branco, era champanhe, rendado, estilo vintage. Eu não tinha madrinhas também, talvez por que as mulheres próximas de mim tinham debandado de alguma forma.

Essa falta de companhias femininas e adultas não era algo que me deixasse feliz. Permiti que muitas das minhas amizades do ensino médio morressem depois da gravidez e não construí laços com nenhuma mulher nos meus vinte anos. Não ajudava o fato de que a maior parte dos meus colegas de trabalho fossem velhos gregos. Além de algumas primas do lado do meu pai que eu via uma vez a cada eternidade, simplesmente não havia mulheres de confiança na minha vida, ninguém que eu considerasse digna de ser madrinha, claro, além da óbvia mulher que estava faltando hoje. Com certeza havia um buraco no meu coração sem Lilith aqui.

Então, era só a mãe de Landon, Marjorie, e eu no cômodo reservado para a noiva na igreja. Landon estava por aí em algum lugar com seu pai e Ace, que tinha vindo da Califórnia. Meu noivo ainda não tinha me visto e eu estava fazendo o possível para que continuasse assim.

Landon e eu não queríamos um casamento grande, mas meu pai perguntou se poderíamos nos casar na Santa Cecília. Era o mínimo que eu poderia fazer por ele, considerando que eu basicamente tinha quebrado todas as regras pré-nupciais que ele instituíra para mim. Eu sabia que o casamento na igreja seria importante para ele. Convidamos por volta de cinquenta pessoas, a maioria do lado de Landon, parentes e amigos dos seus pais. Devia haver dez pessoas do meu lado, incluindo meus avós.

Marjorie ajustou a fina coroa de flores na minha cabeça. Por mais que eu a amasse, não podia parar de desejar que Lilith estivesse aqui comigo em seu lugar. Eu esperava que ela viesse, mas não me parecia uma possibilidade. Mandamos um convite, mas podia ser forçar a barra, considerando que ainda não tínhamos nos falado desde a noite em que ela descobriu a verdade. Segundo Beth, ela ainda não estava pronta para me encarar. Era algo que eu tinha que aceitar.

Não esperava me sentir tão emocionada. Até pensamentos sobre minha mãe estavam aparecendo. Por mais que eu tentasse não pensar na mulher que tinha nos abandonado, parte de mim queria que ela ao menos soubesse que eu estava me casando e de todas as coisas da minha vida que ela tinha perdido. Ela nem sequer sabia que tinha uma neta. Era assim principalmente porque eu não tinha dúvida de que ela não se importava e que eu acabaria ainda mais magoada.

Marjorie pareceu preocupada quando notou que eu tinha começado a chorar. Eu nem sabia o que tinha causado o choro, porque os pensamentos na minha cabeça mudavam a cada minuto.

— Rana, o que foi?

— Vou ficar bem.

— Quer que eu chame Landon?

— Eu não devia vê-lo. Dá azar, não?

— Bom, tenho certeza de que isso é baboseira.

A verdade é que eu realmente queria vê-lo. Estávamos adiantados e ainda tinha uma hora até a cerimônia. Parecia um tempo infinito para esperar, especialmente nesse estado de espírito. Ele era a única pessoa na Terra que podia me fazer sentir melhor apenas com sua presença.

— Você vai estragar sua maquiagem — ela disse.

— Acho que já estraguei.

— Vou pegar um lenço.

Em vez de Marjorie voltando, ouvi a voz de Landon atrás da porta.

— Minha mãe me disse que você precisa de mim. Vou entrar.

— Espera. Você tem certeza que quer me ver?

— Não há nada que eu queira mais no mundo. — Ele não esperou permissão para abrir a porta.

Landon ficou parado na entrada, me olhando.

— Uau.

Eu me levantei, olhando para a saia do vestido.

— Você gostou?

— Rana, você usou muitos visuais que eu gostei, mas agora você parece mesmo uma princesa hippie. Está tão linda, amor.

Puxando sua gravata de seda, eu disse:

— E você está tão bonito com esse colete.

Ele notou minhas lágrimas.

— Não chore.

Funguei.

— Me bateu hoje que tudo que tenho mesmo nessa vida são você e meu pai. Eu estou muito sentimental, especialmente quando penso em Lilith.

— Eu sabia que você ficaria. Sei que você a quer aqui mais que qualquer coisa.

— Quero. Eu odeio que isso esteja diminuindo a felicidade deste dia.

— Você não pode fazer nada. Eu tenho pensado nela, também, e mesmo em Beverly mais do que o normal, hoje. Acho que é normal pensar nas pessoas que amamos que não estão mais na nossa vida quando algo feliz está para acontecer. É da nossa natureza sentir que não merecemos a alegria quando há sentimentos de tristeza mal resolvidos, ou de culpa, dentro de nós.

— Eu esperava que ela já tivesse por perto de novo a essa altura.

— Eu sei. Pra ser sincero, eu também. — Ele secou uma lágrima do meu rosto e tentou melhorar meu humor. — Podemos falar mais sobre como você está linda?

— Minha maquiagem está escorrendo.

— Vamos retocá-la.

— *Você* vai consertar? Minha maquiadora foi embora faz tempo.

— Claro, deixa comigo. Sente-se.

Fiz como ele disse. Landon então se sentou na minha frente e torceu a ponta de um lenço de papel que tinha no bolso para secar as laterais dos meus olhos. Ele estava vestindo uma camisa branca sob um colete champanhe e tinha as mangas arregaçadas.

— Onde estão suas coisas de olho?

Eu peguei a nécessaire de maquiagem e tirei de lá rímel e delineador.

— Aqui.

— Feche os olhos.

Respirei, tentando me acalmar enquanto ele retocava meu delineador. Eu podia ter feito isso sozinha, mas, sinceramente? Observar seus braços tatuados se movendo enquanto ele maquiava meus olhos era divertido demais.

— Quem precisa de madrinha quando tem você?

— É uma pena que não pudemos convidar Lana. Aposto que ela saberia fazer sua maquiagem.

Eu ri.

— Você vai me fazer chorar de rir. Vai ter que me maquiar tudo de novo.

— Eu gosto disso. — Ele fechou o delineador. — Pronto. Que tal?

Eu me virei para me olhar. Ele tinha feito um ótimo trabalho. Adicione "usar o noivo como maquiador" à lista de coisas não convencionais nesse casamento.

Sorrindo para ele por trás do espelho, eu disse:

— Você torna tudo melhor. Posso não ter dado sorte no quesito mãe, mas tenho o melhor marido do mundo.

— Gosto de ouvir você me chamando de marido e te beijaria sem parar agora se não me importasse em te bagunçar toda de novo. — Ele me virou e disse "Foda-se", antes de me dar um enorme beijo.

Landon e eu passamos o resto do tempo que faltava sozinhos naquela sala. Eu precisava ficar retocando minha maquiagem porque ou estava chorando, ou rindo, ou ele me beijava de novo.

Finalmente, alguém bateu na porta.

Marjorie enfiou a cabeça para dentro:

— O padre disse que está na hora.

Ele pegou minha mão.

— Está pronta?

Fazendo que sim, eu disse:

— Quando eu entrar, tente fingir que está me vendo pela primeira vez.

— Fingir que não acabei de arrumar sua maquiagem? Aposto que sou o único noivo que pode dizer isso.

— Provavelmente.

Ele me deu um leve beijo nos lábios, dessa vez realmente tentando não estragar meu batom:

— Eu te amo, Rana.

— Eu te amo mais.

De mãos dadas, entramos no hall da catedral e, por um breve momento, pensei que estava vendo coisas.

Beth estava lá, com as mãos nos ombros de Lilith. Pela primeira vez na vida, Lilith parecia nervosa em me ver.

— Graças a Deus — pude ouvir Landon sussurrar atrás de mim.

Ela estava vestindo um lindo vestido branco e tinha flores no cabelo.

Mal consegui falar.

— Oi.

— Você precisa de uma daminha? — Lilith perguntou.

Andando devagar até ela, eu disse:

— Só tenho uma vaga para isso e ela sempre foi sua.

— Você me prometeu.

— Prometi.

— Não chore — ela disse. — Você vai estragar a maquiagem.

— Tudo bem. Eu posso retocar — Landon disse e todo mundo se virou para ele.

Lilith lhe chamou a atenção por isso:

— O quê?

— Não ligue para minha maquiagem — eu disse enquanto secava os olhos e a abraçava. — Eu não ligo para essa maquiagem idiota.

Parecendo um pouco desconfortável, Beth sorriu.

— Nós ficamos presas no trânsito. Achamos que iríamos chegar tarde demais.

Olhando para ela enquanto ainda abraçava Lilith, eu disse sem emitir som:

— Obrigada.

— Imagina. — Os olhos dela permaneceram em mim e ela me lançou um olhar que me dizia que nós duas podíamos nos entender como duas mulheres unidas no amor por essa garotinha.

— Eu teria parado tudo e começado de novo por você, Lil, se você tivesse chegado atrasada.

Ela me olhou com admiração.

— Você está muito bonita.

— Você também.

— Era o único vestido branco da loja. Eu não sabia que você ia usar bege. Vai entender. Enfim, eu comprei na Macy's. Sei que é de onde minha avó costumava roubar.

Se beber, não ligue 245

— Você leu o livro?

Ela corou um pouco.

— Sim.

Beth olhou para ela.

— Nós o lemos várias vezes.

Meu pai, que estava falando com alguns parentes, finalmente apareceu. Seus olhos se iluminaram quando ele notou Lilith.

Ela deve ter o reconhecido imediatamente, porque disse:

— Oi, Deus.

Papa segurou o rosto dela com as duas mãos.

— Lilit. — E a puxou para um abraço.

Era a primeira vez que meu pai abraçava a neta. Eu não podia pensar em um presente de casamento melhor do que testemunhar isso.

E, de repente, eu não era mais a única chorando. Landon tinha perdido a briga contra suas próprias lágrimas ao ver meu pai a segurando.

Perguntei a Lilith se ela se importaria de entrar comigo e meu pai. Mais uma coisa não convencional para a lista.

Com meu pai de um lado e minha filha, sim, minha filha, do outro, andei até Landon naquele dia, me sentindo mais completa do que na minha vida inteira.

EPÍLOGO

LANDON
DOIS ANOS DEPOIS

O PARAÍSO PARA MIM era um domingo preguiçoso em casa, com uma brisa quente. Domingo era meu único dia de folga, então eu basicamente vivia em função dele.

Quando o verão do Michigan chegou, os domingos se tornaram ainda melhores. O clima me lembrava um pouco a Califórnia. Uma nostalgia agridoce sempre surgia quando eu pensava nos meus dias na Costa Oeste.

Rana e eu estávamos sentados na varanda que eu havia construído na frente da casa, para que tivéssemos uma vista privilegiada de todos os acontecimentos, particularmente aqueles que tinham a ver com uma certa menina de treze anos. Observamos Lilith subir e descer a rua com um vizinho chamado Jayce.

Adoraria dizer que Lilith tinha aceitado totalmente o fato de Rana ser sua mãe biológica, mas a relação ainda era um processo. Elas ainda tinham uma dinâmica de irmãs. Não sei se isso um dia vai mudar. As coisas tinham se complicado ultimamente porque, como adolescente, Lilith tinha chegado em uma fase rebelde. Rana tinha uma sensibilidade extrema a cada movimento de Lilith e estava determinada a ter certeza de que ela não se meteria em problemas com garotos.

Também adoraria dizer que a mãe de Rana tinha aparecido na nossa porta e, por algum milagre, elas tinham reatado, mas isso nunca aconteceu e provavelmente nunca vai.

E eu *especialmente* adoraria dizer que Rana e eu estávamos segurando nosso primeiro filho nesse lindo dia, mas minha esposa teve um aborto espontâneo com doze semanas, uns seis meses depois do nosso casamento. Ficamos arrasados, mas prometemos continuar tentando sem muito estresse. Tínhamos fé que Deus nos daria um bebê quando fosse a hora, da mesma forma que tinha nos aproximado.

Basicamente, eu adoraria dizer que tudo tinha dado perfeitamente certo na nossa vida, mas não é assim que funciona. Não era perfeito. Mas também não precisava ser.

Rana acabou nunca aprendendo a dirigir. Por mais que ela amasse estacionamentos, continuava amarelando todas as vezes que eu tentava levá-la para a estrada. Ela também ainda não tinha voltado para a faculdade, porque estava sempre mudando de ideia a respeito do que queria estudar. Por enquanto, ela continuava a ser uma dançarina do ventre profissional, o que não era ruim, porque, sinceramente, ela nasceu para rebolar aquela bunda. Alguém precisava ter esse trabalho. E eu *amava* assisti-la.

Domingos também eram os dias que Lilith passava conosco, mas, ultimamente, ela preferia passar seu tempo com Jayce. Isso deixava Rana louca, até que eu a lembrei que eles eram iguaizinhos a *nós* naquela idade, fazendo exatamente as mesmas coisas, exatamente na mesma rua. Também não passávamos o tempo com nossos pais. Entender isso não queria dizer que Jayce estava a salvo de mim, porém. Ele sentiria minha ira se encostasse um dedo nela. Lilith estava ferrada com dois pares de pais e um avô doido sempre se metendo na vida dela. Eu esperava que um dia ela percebesse quanta sorte tinha.

Falando no avô doido... lembra-se da ideia de sala de sexo que eu e Rana pensamos para a garagem? É, isso nunca aconteceu, porque Eddie agora mora lá. Ele foi despejado de seu apartamento, então nós o acolhemos. Havia coisas boas e ruins nisso. O ruim? Rana e eu não podíamos fazer sexo barulhento como queríamos porque o homem ouvia toda a maldita coisa (também não posso dizer maldita ou ele me crucifica). Mas tínhamos um ótimo jardim e uma horta, já que ele passava o dia inteiro trabalhando nisso. A parte de fora da nossa casa também tinha mais estátuas religiosas que o Vaticano.

Observamos Lilith sentada no guidão da bicicleta de Jayce enquanto ele a levava para lá e para cá.

Rana não tirou os olhos deles quando disse:

— Sabe o que ela me perguntou essa manhã?

— O quê?

— Ela me perguntou por que ela deveria me perdoar pelos meus erros quando eu não era capaz de perdoar minha mãe pelos dela. Ela não estava dizendo que eu não merecia seu perdão. Estava mais tentando defender um ponto de vista, eu acho, o de que eu provavelmente deveria ir atrás de Shayla. Acho que ela tem curiosidade sobre a avó ladra e misteriosa.

— O que você disse a ela?

— Eu disse que perdão era uma via de mão dupla, que você não pode perdoar alguém que não *quer* ser perdoado.

— Foi uma boa resposta, amor. Nem todo mundo merece ser perdoado.

Rana mudou rapidamente de assunto, como costumava fazer quando falávamos da mãe dela.

— Eu acho que ela gosta dele... Jayce.

— Não diga isso. Não quero ter que machucá-lo, tenho certeza de que ele precisa dos dentes.

— Tenho medo que *ele* vá machucar *ela*.

— Ela não é você. Sei que é difícil acreditar nisso às vezes, considerando o quanto ela é parecida com você. As coisas pelas quais você passou podem não necessariamente ser a experiência dela. Mas, ainda assim, ela precisa viver a própria vida e aprender com os próprios erros, por mais difícil que seja para você aceitar isso.

— Eu sei. — Ela suspirou. — Você está certo. Mas por que ela não podia ter dez anos para sempre?

— Pelo menos você sabe que vai poder estar lá para ela, não importa o que aconteça. E eu vou estar lá para foder com quem brincar com ela.

— Conto com isso.

Eddie surgiu da garagem segurando uma maçã e uma faca.

— E aí, velho? — brinquei.

Ele olhou para minha cara e disse:

— Por que você não *barbear*?

— Rana gosta de mim assim e eu gosto de te irritar, então todo mundo sai ganhando.

Ele sabia que eu estava brincando. Deixá-lo bravo era um dos meus passatempos preferidos. Eu usava o coque masculino às vezes, só para provocá-lo. Era tudo feito com amor. Na verdade, Eddie tinha se tornado um segundo pai para mim, e não havia nada que eu não faria por ele. Também jogávamos cartas juntos quando Rana trabalhava à noite.

Lilith veio saltitando até nós:

— Podem me dar algum dinheiro? Jayce e eu vamos até a loja.

— Você acha que eu sou um caixa eletrônico, Abusadinha? — falei, pegando a carteira.

Ela fez bico.

— Por favor?

Antes que eu pudesse pegar meu dinheiro, Eddie estendeu uma nota de cinco dólares.

— Obrigada, Papa — ela disse antes de sair correndo.

Rana adorava que Lilith fazia Eddie de gato e sapato. Ele tinha sido muito rígido com Rana, mas tudo que Lilith precisava fazer era olhar para ele e ela conseguia o que quisesse.

Eu gritei para Lilith:

— Mimada!

Nós três observamos Lilith e Jayce se afastando em suas bicicletas.

Quando saíram de vista, Eddie balbuciou:

— Eu não *gosta* desse menino.

— Você não gosta de nenhum garoto que esteja a menos de dois metros dela. — Eu ri.

Ele concordou:

— Verdade.

Rana se levantou e começou a andar em direção à porta.

Eu gritei pra ela:

— Onde você está indo?

— Preciso checar algo em casa. Já volto.

Com Rana lá dentro e Eddie fixado em sua maçã, peguei o cubo mágico com que estava brincando mais cedo.

Depois de uns dez minutos, tinha quase os seis lados prontos. Concentrado, virei um dos lados para a frente devagar e não pude acreditar nos meus olhos. Finalmente aconteceu. Eu finalmente tinha resolvido todos os seis lados do cubo.

— Puta merda!

Eddie me reprimiu.

— Olha a boca.

— Você não entende! Eu resolvi todas as cores. Levei quinze anos.

Ele pareceu pouco impressionado.

Eu precisava contar a Rana. Saltando do banco, corri para dentro de casa e a encontrei no banheiro com a porta aberta.

— Amor, você não vai acreditar nisso. Eu...

— Eu estou grávida. — Ela estava segurando um palito branco.

— O quê?

— Entrei para conferir o teste. Eu fiz xixi nele logo antes de irmos para a varanda. Sentia que ia ser positivo, porque eu estou atrasada. Eu nunca atraso. Queria ter certeza antes de dizer qualquer coisa... Não queria te dar falsas esperanças.

Meu corpo estava tremendo de animação. Eu não tinha palavras. Era a última coisa que eu esperava ouvir.

— Vamos ter um bebê?

— Sim!

Eu a segurei nos braços e a apertei. Rana estava ainda mais quente que o normal, nosso contato mais elétrico, agora que eu sabia que ela carregava minha carne e meu sangue dentro dela. O aborto tinha, infelizmente, me roubado a capacidade de visualizar nosso bebê tão cedo. Eu não ia me permitir fazer isso prematuramente, mas não pude evitar ficar animado que aquilo estivesse finalmente acontecendo conosco de novo.

Sussurrei no ouvido dela:

— É o dia mais feliz da minha vida.

— É estranho que eu esteja com medo de contar a Papa?

Nunca contamos a ele sobre a primeira gravidez, então ele nunca soube que tínhamos perdido um bebê. Mas juramos que se acontecesse de novo, nós iriamos compartilhar com ele, porque ele parecia ter uma linha direta com o cara lá de cima, e as preces de Eddie eram muito importantes para Rana.

— Ele vai ficar exultante. — Eu sorri. — Na verdade, ele vai dar uma ótima babá também. — Havia algo que eu queria pedir a ela. — Ei, se for um menino, eu estava pensando no nome Brandon. B para Beverly, R para Rana, e Landon... Brandon. Você gosta?

— Eu amei, é brilhante. Acho que *tem que* ser Brandon se for menino.

— Infelizmente já pegaram Lana, se for uma menina.

Ela soltou uma risada.

— Já foi.

Acariciei a barriga dela.

— Se for uma menina, temos que pensar em um nome que seja lindo e exótico como a mãe dela.

— O que você correu aqui para me contar, aliás?

—Ah. — Peguei o cubo mágico que tinha deixado na pia. — Eu consegui. Eu juntei todas as cores. Mas parece insignificante agora.

— É um sinal. — Ela o pegou e sorriu. — As coisas estão finalmente no lugar certo.

A vida definitivamente não era perfeita. Mas havia momentos que eram, absolutamente. E esse era um deles.

De muitas maneiras, nossa história era como um cubo mágico: colorida e complicada. Levou anos para ser resolvida, mas então, de repente e como mágica, em um domingo aleatório, tudo encontrou o seu lugar.

AGRADECIMENTOS

EU SEMPRE DIGO QUE os agradecimentos são a parte mais difícil de um livro e isso ainda é verdade! É difícil pôr em palavras o quão grata eu sou por cada leitor que continua a apoiar e promover meus livros. Seu entusiasmo e fome por minhas histórias é o que me motiva todos os dias. E a todos os blogueiros de literatura que me apoiaram, eu simplesmente não estaria aqui sem vocês.

Para Vi, eu disse isso da última vez e vou dizer de novo, porque se torna mais verdade ainda conforme o tempo passa. Você é a melhor amiga e parceira no crime que eu poderia pedir. Eu não conseguiria ter feito nada disso sem você. Nossos livros em conjunto são um presente, mas a maior bênção sempre foi nossa amizade, que veio antes das histórias e vai continuar depois delas. (A quem estamos tentando enganar? Nunca vamos parar de escrever.)

Para Julie, obrigada pela sua amizade e por sempre me inspirar com sua escrita, atitude e força incríveis. Este ano vai arrebentar!

Para Luna, obrigada por seu amor e apoio, dia após dia. Eu estou ansiosa para sua volta para casa este ano. As preces de Eddie vão continuar a te guiar para casa. Que venha o Natal!

Para Erika, sempre vai ser uma coisa da E. Eu sou tão grata por seu amor e amizade e apoio e por nosso tempo especial em julho. Obrigada por sempre alegrar os meus dias.

Para o meu grupo de fãs no Facebook, o Penelope's Peeps, eu amo todos vocês. Sua animação me motiva a cada dia. E para a Rainha Peep Amy, obrigada por servir como administradora dos Peeps e por ter sempre sido tão boa comigo, desde o início.

Para Mia, obrigada, minha amiga, por sempre me fazer rir. Eu sei que você vai nos trazer palavras fenomenais este ano.

Para minha assessora de imprensa Dani, da InkSlinger P.R., obrigada por tirar parte do peso dos meus ombros e por guiar esse lançamento. É um prazer trabalhar com você.

Para Eliane, da Allusion Book Formatting and Publishing, obrigada por ser a melhor revisora, diagramadora e amiga que uma garota pode querer.

Para Letitia, da RBA Designs, a melhor capista do mundo! Obrigada por sempre trabalhar comigo até que a capa esteja exatamente como quero.

Para minha agente extraordinária, Kimberly Brower, obrigada por acreditar em mim muito antes de ser minha agente, quando você ainda era uma blogueira e eu uma autora estreante.

Para meu marido, obrigada por sempre tomar conta de muito mais do que deveria para que eu possa escrever. Eu te amo muito.

Para os melhores pais do mundo, eu tenho muita sorte de ter vocês! Obrigada por tudo que fizeram por mim e por sempre estarem lá.

Para minhas melhores amigas: Allison, Angela, Tarah e Sonia, obrigada por aguentar essa amiga que de repente virou uma escritora doida.

Por último, mas igualmente importante, para minha filha e meu filho, a mamãe ama vocês. Vocês são minha motivação e inspiração!

ESTE LIVRO, COMPOSTO NA FONTE FAIRFIELD,
FOI IMPRESSO EM PAPEL POLEN SOFT 70G/M², NA BMF.
SÃO PAULO, JULHO DE 2020.